KB248459

대법왕 4

몽월 新무협 판타지 소설

초판 1쇄 찍은 날 § 2008년 9월 19일
초판 1쇄 펴낸 날 § 2008년 9월 29일

지은이 § 몽월
펴낸이 § 서경석

편집장 § 문혜영
편집 § 서지현

펴낸곳 § 도서출판 청어람
등록번호 § 제1081-1-89호
등록일자 § 1999. 5. 31
어람번호 § 제2-1581호

주소 § 경기도 부천시 원미구 심곡동 163-2 서경B/D 3F (우) 420-010
전화 § 032-656-4452 팩스 § 032-656-4453
http://www.chungeoram.com
E-mail § eoram99@chollian.net

ISBN 978-89-251-1482-8 04810
ISBN 978-89-251-1420-0 (세트)

大
대法
법王
왕

몽월 新무협 판타지 소설
FANTASTIC ORIENTAL HEROES
FANTASTIC STORY

몽월
新무협 판타지 소설

대법왕
大法王

4

왕의 귀환

청어람

目次

第一章
피의 구경

大 대法법왕王

여추량이 경악의 표정으로 쳐다보았다.

"지… 지금 무림맹을 친다고 하셨사옵니까?"

동천비가 웃으며 말했다.

"왜 그러시오? 치면 안 되는 것이오?"

"……."

"시간없소. 서둘러 회의를 소집하시오."

여추량은 움직이지 않았다. 너무 놀랍고 예상 못했으며 상상을 벗어난 말이었다.

"여기서 무림맹이 있는 천목산까지 직선거리로 백 리가 채안 되니까 미시쯤 출발하면 넉넉잡아 술시면 도착할 것이오. 반 시진가량 휴식을 취하며 체력을 회복한 후 정각 자시에 칩

시다."

"저… 정말이옵니까? 진짜로 무림맹을 공격하신단 말입니까?"

여전히 동천몽은 미소를 띠고 말했다.

"내가 언제 거짓말하는 것 봤소? 빨리 나가보시오. 지금 서둘러도 계획에 맞추자면 빠듯할 것이오."

여추량은 동천몽이 장난으로 뱉은 말이 아니라는 것을 확인했다. 갑자기 가슴이 뛰고 숨이 거칠어진다. 동오룡 밑에서 수십 년 동안 장사를 하며 잔뼈가 굵은 자신이지만 이토록 가슴이 뛰어본 적은 아직 없었다.

여추량이 나가고 혼자 남은 동천몽은 창가로 다가갔다.

멀리 사명산 제일봉 태화봉이 구름에 가려 있었다. 무림맹은 지금 사기가 충천해 있었다. 잇달아 자신의 주축인 두 곳의 조직을 궤멸시켰으니 흥분되어 있을 것이다.

일반적으로 이 정도 타격이면 위축되거나 숨기에 바쁘다. 그래서 무림맹 또한 자신이 어디로 도주하는지 그것에만 관심을 둘 뿐 설마 기습을 해오리라고는 전혀 생각지 못할 것이다.

더구나 무림맹의 주력 부대 중 상당수가 밖에 나와 있었다. 천대와 용대, 호대는 아직 귀맹하지 않은 상태이고 나머지 조직들은 자신의 뒤를 추적하기 위해 중원 곳곳에서 움직이고 있었다. 다시 말해 지금 무림맹은 비어 있다고 해도 과언이 아니었다.

심장부가 적에게 점령당하는 것은 전쟁에서 치명적이었다.

아무리 무림맹이라고 할지라도 자신의 손에 본거지가 유린당하면 그야말로 천하가 발칵 뒤집힐 것이고 상당 기간 동안 자신의 목을 죄어오지 못할 것이다.

무림맹의 주축은 구파일방과 사대가문이었다. 현재 무림맹에 파견된 힘이라는 것은 구파일방과 사대가문이 지닌 힘의 십분지 일 정도밖에 되지 않는다.

오늘 밤 자신의 발길에 무림맹이 짓밟힌다고 해도 그들의 힘은 크게 달라지지 않는다는 얘기였다. 하지만 무림맹의 고질적인 병폐로 인해 회복이 쉽지 않을 것이다.

무림맹의 주축이 구파일방과 사대가문이지만 그들에게는 보이지 않는 경쟁이 벌어지고 있고, 그래서 서로 간에 메워지지 않는 거리가 존재했다.

결국 무림맹이 자신의 침공으로 무너지면 쉽게 복원되지 않을 수도 있다는 얘기가 된다. 그때를 노려 그들의 거리를 더욱 벌리든지 아니면 각개격파하든지 그도 아니면 자신에게 끌어들이든지 해야 한다.

*   *   *

하늘에서 불이 떨어져 쌓여 이뤄진 산이라 하여 홍산이라 부른다. 멀리서 보면 거대한 불길이 타오르고 있는 듯 시뻘겋게 보이는 홍산 한쪽으로 백색의 거대한 건축물이 세워져 있었다.

하늘에 지어진 듯 신비롭기까지 한 웅장한 포달랍궁을 보며 동천완은 숨을 삼켰다.

포달랍궁에 도착한 것이었다.

과거 상단을 이끌고 두어 번 지나친 적은 있었지만 그때는 별 관심이 없었기 때문에 그다지 가슴에 와 닿는 것은 없었다. 그가 포달랍궁에 대해 아는 것이라고는 서장의 소림사라는 것 정도였다. 그런데 저 포달랍궁이 가문의 생사를 쥐고 있다는 생각을 떠올리자 숨이 막힐 듯 커 보인다.

포달랍궁을 오르는 홍산 초입에 이르렀을 때 일행은 깜짝 놀라고 말았다. 조금 전까지 눈앞에 보이던 포달랍궁이 통째로 사라져 버린 것이다.

"어엇!"

"어… 어떻게 이런 일이!"

모두가 기절할 듯 놀란 표정을 지었다.

포달랍궁뿐만 아니라 앞으로 뻗어가던 산길까지 사라져 버렸다. 갑자기 길까지 없어져 버린 것이었다. 보이는 것이라고는 오로지 불타고 있는 듯한 홍산뿐이었다.

아무리 주위를 두리번거리며 포달랍궁을 찾았지만 마치 사막의 신기루처럼 눈앞에서 사라졌다. 일행은 믿을 수 없는 일에 당황하다 다시 처음의 위치로 물러났다.

"세상에!"

"있잖아!"

포달랍궁은 여전히 그 자리에 있었다.

그런데 다시 홍산 초입에 이르자 길과 포달랍궁 모두 보이지 않았다.

팟!

동천완의 눈이 예리한 빛을 토했다.

'그것이다!'

자세한 건 모르지만 동천완의 머릿속에 떠오르는 것이 있었다. 강호에는 진법이라는 것이 있고 주위 지형을 바꾸어 버린다고 했다. 주로 적의 침입을 막기 위해 설치하며 고도로 뛰어난 상승의 진법은 바람의 침입까지도 막는다고 들었다.

틀림없이 진법이 설치되어 있음이었다. 그렇지 않고서는 이렇게 갑자기 모든 것이 변할 리가 없었다. 진법에 문외한이기 때문에 더 이상 포달랍궁에는 들어갈 수가 없었다. 유일한 방법은 그쪽에서 자신들을 발견하고 다가와 주는 것 말고는 이쪽에서 해결할 수 있는 것은 전무했다.

그런데 자신들만 포달랍궁에 들어가지 못한 것이 아니었다. 어찌 된 영문인지 알아보기 위해 덕격으로 나와 주루를 찾아들어가 물었더니 보름 전부터 포달랍궁이 폐쇄되었다고 했으며 그 이유는 자신들도 잘 모른다고 했다. 수십 년 동안 장사를 해왔지만 이런 일은 처음이었고, 특히 수백 리 먼 지역에서 순례차 온 사람들이 헛고생만 한 채 발길을 돌리고 있다고 했다.

동천완은 며칠 머무르며 자세한 사정을 알아보기로 하고 주유객점에 여장을 풀었다.

객점에 머무른 지 이틀 만에 동천완은 대략의 상황을 알 수 있었다. 누구도 속 시원하게 얘기해 주는 사람은 없었고 다만 객점에 식사를 위해 찾아온 손님 중 무림인들로부터 들은 얘기였다. 그들도 정확한 사정은 모르고 갑자기 산문을 폐쇄한 것으로 보아 적의 침입을 막기 위한 조치일 것이라면서 아주 조심스럽게 전망했다. 그들의 말을 종합해 보면 이십여 일 전 포달랍궁의 대법왕의 행방이 묘연해졌고 이후 산문이 폐쇄된 것으로 보아 상호 연관성이 있을 것이라는 얘기였다.

동천완이 알고 있기에 포달랍궁의 대법왕은 동천몽일 가능성이 구 할 이상이었다. 그런데 그가 행방이 묘연해졌다는 소문에 크게 놀랐다.

모든 희망을 동천몽에게 걸고 찾아왔는데 들어가지도 못할 뿐 아니라 그의 생사까지 알 수 없다면 날벼락이 아닐 수 없었다.

*　　　*　　　*

불과 이틀 만에 오백 리를 달렸다. 끼니를 찾아 먹을 때를 제외하고는 오로지 달리고 또 달렸다. 잠도 자지 않았고 서장 제일경이라는 황벽을 지나오는데도 눈길도 돌리지 않았다.

동천몽의 두 눈에서는 무서운 광채가 쏟아져 나왔고 어금니는 조용히 물려 있었다.

금방이라도 누군가를 죽일 것 같은 기세에 겁을 먹은 듯 점소이가 주춤거리며 공손히 물었다.

"소… 손님, 무엇을 드릴까요?"

아무래도 밤길을 달려야 할 것 같았다. 그래서 조금 이른 시간이지만 저녁을 먹고 가기로 한 것이다.

"만두."

동천몽이 짧게 말했다.

점소이가 조심스럽게 다시 물었다.

"며… 몇 인분을 드릴까요?"

"일인분."

"시… 신속히 올리겠사옵니다."

점소이 나이수는 서너 걸음 걷다 말고 뒤를 돌아보며 사정없이 인상을 썼다.

'귓볼에 피도 안 마른 새끼가 어디서 인상을 긁고 있어.'

자신의 나이는 올해 서른둘이다. 아무리 잘 봐도 동천몽의 나이는 이십 중반을 넘어 보이지 않았다.

"저런 애송이들까지 날 우습게보고 반말이라니, 더러워서 이 짓 때려치워야지."

항상 느끼는 것이지만 직업에 귀천은 있었다. 비록 점소이로 있지만 자신도 책 좀 읽었다. 단지 가정 형편이 어려운데다 맏이로서 가게를 도와야 한다는 책임감에 일찍 직업전선으로 나선 것이었다. 손님들끼리 주고받는 대화를 보면 그들의 수준을 짐작할 수가 있다. 한마디로 옷만 번지르르하게 입었을 뿐 수준 이하의 손님들이 태반인 것이다. 그런 무식한 손님들에게 무시당하며 인간 이하의 대우를 받을 땐 눈이 뒤집힌다.

보나마나 저 인간도 그런 놈들 중 하나라고 욕을 하며 나이수는 주방에 대고 소리쳤다.

"만두 일인분!"

일부러 동천몽 들으라고 크게 외쳤다.

그리고 슬며시 동천몽의 반응을 살폈는데 자신의 말을 듣지 못한 듯했다. 여전히 두 눈에 힘을 주고 누군가를 잡아 죽일 듯한 기세로 앞만 쳐다보고 앉아 있었다.

점심 시간으로는 늦었고 저녁 시간으로서는 일러서인지 주루 안에는 손님이라고는 동천몽 한 명뿐이었다. 그래서 다른 점소이들까지 우두커니 서서 동천몽을 주시하고 있었다.

"도대체 쟤 뭡니까? 뭔데 저렇게 인상 팍 긁고 있죠? 세월도 별로 들어 보이지 않는데."

후배 점소이가 다가와 말을 건넸다.

나이수가 콧구멍을 쑤시며 말했다.

"내 말이 그 말이야. 들어오자마자 인상 팍 긁으며 말 까잖아. 저런다고 우리가 겁먹을 줄 아나본데, 웃기는 놈."

왕왕 점소이들 앞에서 무게 잡는 손님들이 있었다. 그럴 때 굽실거려 주면 더욱 좋아한다.

"저 자식 우리가 굽실거려 주기를 바라나 본데, 죽었으면 죽었지 어린놈에게는 그렇게 못하지."

나이수가 단호히 뱉었다.

"만두 나왔어."

주방 쪽에서 말이 나왔고 후배 점소이가 나섰다.

"선배님, 제가 가져다 드리면 안 될까요?"

나이수는 후배 점소이의 표정이 심상치 않다는 것을 느끼며 그렇게 하라고 물러섰다. 후배 점소이 성질은 객점에서 뿐만 아니라 인근에까지 소문이 날 만큼 화났다 하면 앞뒤 안 가린 다. 인근 불량배들까지도 후배 점소이를 함부로 건드리지 않을 정도였다.

"손님, 만두 나왔습니다."

그러면서 툭 던지듯 접시를 놓았다.

그 바람에 만두 한 개가 탁자로 굴렀다. 그런데 동천몽은 전혀 개의치 않고 떨어진 만두를 주워 입속에 넣고 삼켰다. 그리고 뒤이어 접시 위 만두를 본격적으로 먹기 시작했다.

점소이의 눈이 커졌다. 다른 손님 같았으면 이미 한바탕 난리가 났을 것이다. 그런데 동천몽은 전혀 관심도 두지 않았으므로 자신들이 오해했음을 알아차렸다.

"죄송합니다, 손님."

허리를 깍듯이 숙여 사죄를 했는데, 진심으로 마음에서 우러난 행동이었다. 하지만 동천몽은 아무런 반응을 보이지 않았고 만두만 부지런히 먹을 뿐이었다.

자신이 사과를 했는데도 아무런 반응이 없자 펴졌던 점소이 얼굴이 다시 구겨졌다. 하지만 결코 자신을 무시하려는 것이 아님을 알아차리고 돌아섰다. 뭔가 개인적으로 큰 분노가 있기 때문에 저렇게 눈에 불을 켜고 있는 것이 분명했다.

"여기 계산."

동천몽이 짧게 말했고, 이번에는 나이수가 갔다.

"닷 푼입니다."

동천몽이 두말 않고 은자를 꺼내주더니 횡하니 밖으로 나갔다.

"꺼어억!"

트림을 한 동천몽은 다시 몸을 날렸다. 그러면서 씹어뱉듯 한마디 중얼거렸다.

"본왕이 네놈들을 가만두면 사람이 아니다."

동천몽이 서편으로 떨어지는 석양을 향해 몸을 날렸다. 삽시간에 동천몽의 몸은 황혼 속으로 잠기듯 사라져 버렸다.

동천몽이 덕격에 도착한 것은 유시가 조금 되지 않아서였다. 덕격은 여전히 사람들로 붐볐다. 덕격에서 궁까지는 일다경이면 자신의 신법으로 도착할 거리였으므로 잠시 감정을 가라앉히기로 하고 다루(茶樓)에 들어섰다.

초저녁 다루는 몇몇 손님들이 앉아 담소를 나누고 있었다. 동천몽이 들어서자 점소이가 다가와 말했다.

"무슨 차를 드릴까요?"

동천몽이 길게 한숨을 내쉬었다.

가슴속에서는 뜨거운 분노가 활활 타오르고 있었지만 대법왕 정도 되면 자신의 감정 정도는 자제해야 한다. 이제는 예전 소주의 개고기가 아니라 만인의 어버이이자 활불인 대법왕이었다. 그러나 생각을 할수록 미칠 것 같았고 감정 절제가 되지 않아 혹시 차를 마시면 도움이 되지 않을까 싶어서 들어온 것이다.

다선일미(茶禪一味)라고도 했다.

좋은 차는 분노를 가라앉히고 육정을 초월한다고 했다. 차를 마시므로써 영혼의 혼미함을 씻고 평정한 마음으로 사물을 관조한다고 했다.

"용정, 사천 것으로."

옛날 부친이 용정을 즐겨 마셨는데 한사코 사천 것을 선호했다. 궁금하여 물었더니 같은 용정이라도 사천 것이야말로 최고라고 했다.

"아미타불!"

동천몽은 차를 기다리면서 쉬지 않고 아미타불을 반복했다. 지금 심정 같아서는 모조리 패 죽일 것 같았기 때문이었다.

점소이가 차를 내왔다. 동천몽은 김이 피어나는 용정을 마셨다.

후루룩 소리를 내며 마시자 주위 다른 손님들이 눈살을 찌푸렸다. 자신에게 지금 다도는 중요하지 않았다. 어떻게 해서라도 차로 마음을 진정시켜 보는 것이 목표일 뿐이었다.

연거푸 다섯 잔을 마셨다. 물배가 찼지만 뜨거운 것이 들어간 탓인지 오히려 더욱 화가 치밀었다.

'아미타불! 아미타불!'

계속 불호를 외우며 마음을 다스리기 위해 애썼다.

창밖은 본격적으로 어두워졌고 다루에도 사람들이 하나둘 몰려들었다. 동천몽은 계산을 치르고 밖으로 나왔다. 차 때문인가. 들어올 때보다는 확실히 가슴이 진정된 것 같았다.

동천몽은 몸을 날렸다. 일반적으로 사람이 많은 저잣거리에서는 신법을 자제하는데, 지금 그따위 것에 신경 쓸 여유가 없었다. 쉭, 하며 지나가는 동천몽을 보며 사람들이 놀란 눈으로 보았다.

멈칫!

어느 순간 날아가던 동천몽의 눈이 빛났다. 저잣거리 한쪽을 걸어가는 한 무리가 있었는데 그중 한 사람이 낯익었다. 하지만 이내 고개를 저었다. 이런 외진 곳에 자신이 아는 사람이 있을 턱이 없었다.

동천완 역시 휙 하며 지나가는 동천몽을 보았다. 워낙 빨라 자세히 확인은 못했지만 옆모습이 동천몽을 닮았다고 생각했다. 하지만 속의를 걸치고 있었으므로 그럴 리는 없다고 생각하며 포달랍궁을 향해 다시 걸어갔다. 이젠 아예 근처에서 머물 생각이었다. 그러다 보면 혹시라도 어떤 방법이나 기회가 얻어질지 모른다.

홍산 초입에 도착한 동천몽의 눈이 커졌다. 주위 지형이 완전히 바뀌어 있었다. 주위가 어둡지만 자신의 시선은 어둠 따위에 영향을 받지 않는다.

'이, 이게……!'

아무리 주위를 뒤지고 찾아봐도 포달랍궁으로 오르는 길이 사라졌다. 인근을 샅샅이 뒤지고 기억을 되살려 보았지만 도무지 찾을 길이 없었다. 혹시 무상탄독의 폭발 때 입은 충격으로 기억력에 문제가 생기지 않았을까 되돌아봤지만 그런 징후는 없었다.

달이 떠오르면서 주위가 환해졌다. 하지만 전혀 낯선 풍경이 앞을 가로막고 있었다.

팟!

동천몽의 눈이 빛났다. 순간적으로 죽은 천장금왕의 말이 떠오른 것이었다. 그의 말에 의하면 포달랍궁 주위로는 상고의 절진이 펼쳐져 있다고 했다. 평소에는 진을 가동하지 않지만 어떤 위험이 닥치거나 위기라고 판단되면 진을 발동시키는데 워낙 가공할 살진이자 방어진이기에 누구도 침입할 수 없다고 했다.

'그럼 진법을 발동시켰단 말인가…….'

그렇지 않다면 지형이 이렇게 달라질 이유가 없었다. 또한 진법이 발동되었다면 궁에 위험이 닥쳐왔기 때문이라는 해석이 가능했다. 어둠 속에서 동천몽의 눈이 별빛처럼 반짝였다.

물이 흘러가듯 동천몽의 두 눈이 부지런히 좌우로 굴러다녔다. 그리고 한순간 입가에 미소가 떠올랐다. 진법이 펼쳐진 대략의 이유가 잡히고 있었다.

'훗훗! 늙은이들이 제법이군.'

아무리 생각해도 진법을 가동한 것은 아주 잘한 일이었다.

적은 보나마나 백쾌섬이다. 그가 아닌 누구도 포달랍궁을 넘볼 능력이나 배포는 갖고 있지 못했다.

사실 백쾌섬을 의심했지만 당하지 않을 자신이 있었기 때문에 당했을 것을 대비한 전략은 전혀 준비하지 않았고 지시도 내리지 않았다.

그런데 백쾌섬이 무상탄독이라는 초강수로 자신을 공격하여 위기에 빠지면서 가장 걱정되었던 것이 궁의 안전이었다. 전쟁에서 수뇌를 제거했으니 다음 수순은 뻔한 것 아닌가. 그런데 진법을 가동한 것을 보면 사대법왕의 머리도 제법이라는 생각이 들었다.

어쨌든 잘한 조치이지만 자신까지 들어가지 못하게 되었다는 것에 서서히 심기가 불편해지기 시작했다. 천장금왕이 만일의 경우를 대비해 파해법을 배워두라고 했지만 당시는 오로지 고향으로 돌아가겠다는 생각이 머리를 지배하고 있었기 때문에 관심이 없었다.

힐끔 달을 보았다. 술시가 가까워 오고 있었다.

척!

동천몽이 구부러진 노송 아래 가부좌를 틀었다.

그리고 불사심법을 운용하여 전기를 끌어올린 채 입술을 움직이기 시작했다.

천리전음(千里傳音)을 펼친 것이었다.

천리전음이라고 해서 전음이 무려 천 리를 가는 것은 아니었다. 그만큼 먼 거리를 간다는 의미인데 천리전음을 펼치기 위해서는 반드시 한 가지 조건이 전제되어야 했다. 그것은 다름 아닌 내공이었다. 전음의 경지와 거리는 내공에 비례한다. 전음이라는 것이 내기를 언어로 보내는 것이기 때문에 내공이 심후할수록 멀리 보낼 수밖에 없는 것이었다.

동천몽의 입술이 쉴 새 없이 달싹거렸다. 그리고 반 각 정도 지난 후 가부좌를 풀고 몸을 일으켜 세웠다.

한편 동오룡이 천목산 무림맹에 도착하자 해시가 조금 넘었다. 어두운 밤길을 걸어 나타난 동오룡을 무림맹 위사들이 막았다. 전쟁이 벌어지고 있기 때문인지 예전보다 훨씬 살벌한 기세를 풍겼다. 하지만 자신의 신분을 밝히자 잠시 기다리라면서 안에 기별을 넣으며 부산을 떨었다.

동오룡은 조용히 숨을 가다듬고 왼쪽 가슴을 쓰다듬었다. 가슴속에는 비장의 팻감이 들어 있었다. 어둠 속에 무림맹은 조용히 숨 쉬고 있었다. 하지만 위기에 처한 때문일까, 어둠을 뚫고 수백 개의 칼날이 자신의 목을 죄어오는 느낌이었다.

"또 뵙는군요, 각주님."

어둠 속에서도 옆구리에 찬 은빛 검집이 유난히 번들거린다. 운룡각주 혈매자였다.

동오룡이 마주 포권의 예를 취했다.

"허허! 자꾸 귀찮게 해 송구하오. 상관 총관님을 뵈러 왔소이다."

혈매자가 웃으며 말했다.

"그러잖아도 기다리고 있었습니다. 이 늙은이를 따라오시지요."

혈매자가 웃으며 등을 돌렸다.

동오룡의 눈이 커졌다. 혈매자의 말을 되새겨보면 상관량은 자신이 찾아올 줄을 알고 있었다는 뜻이 된다.

한데 혈매자는 무림맹 밖으로 걸어갔다. 정문으로 들어가지 않고 왼쪽 담장을 끼고 난 조그만 오솔길로 들어섰다. 동오룡이 지금 어딜 가느냐고 물으려는데 앞서 가던 혈매자가 입을 열었다.

"상관 총관님께서는 지금 군휘정(軍揮亭)에 계십니다."

동오룡의 눈이 빛을 뿌렸다.

한 번도 들어보지 못한 이름이었다. 어쨌든 무림맹 밖에서 자신을 기다리고 있다는 사실만 알고서 혈매자를 따라 산길을 올라갔다.

혈매자는 무공을 모르는 동오룡을 배려하여 천천히 올랐다. 하지만 동오룡은 무척 힘이 들었고 땀이 흘렀지만 내색은 하지 않았다. 오솔길은 급경사로 돌변했고, 하나의 봉우리를 올라서자 달빛 아래 한 채의 정자가 세워져 있었다.

정자에는 한 인물이 앉아 술잔을 기울이고 있었는데 한눈에도 상관량임을 알아보았다.

혈매자가 가까이 다가가 허리를 구부렸다.

"동 각주님을 모셔왔습니다."

상관량이 반쯤 들어 올렸던 술잔을 내리더니 자리에서 일어나며 말했다.

"핫핫! 어서 오시오, 동 각주."

상관량이 반갑게 맞이해 주었으므로 굳어 있던 동오룡의 표정이 조금은 풀어졌다.

정자에 오르기 전 힐끔 현판을 올려다보자 군휘정이라고 쓰여 있었다.

'군사를 지휘하는 곳이라!'

나름대로 해석을 하며 상관량이 권하는 맞은편에 자리를 잡았다.

혈매자는 어느새 사라지고 보이지 않았고 자신의 잔인 듯 물고기가 새겨진 흰색 잔이 하나 더 있었다.

콸콸!

상관량이 호기롭게 술을 따랐다.

"자, 듭시다!"

동오룡은 두 손으로 공손히 잔을 부딪쳤고 상관량은 한 손이었다.

멈칫!

고개를 옆으로 돌려 술잔을 입에 대던 동오룡이 고개를 쳐들었다. 놀랍게도 정자 아래로 무림맹의 모습이 한눈에 들어왔다. 무림맹은 망루를 제외하고는 모두 불이 꺼져 있었다.

그 모습을 보며 상관량이 말했다.

"군휘정에 앉아 있으면 무림맹의 훤히 내려다보이지요. 원래 군휘정은 무림맹 십대 군사이셨던 백운자께서 세우셨소이다."

상관량은 군휘정이 세워진 역사에 대해 간단히 설명을 해주었다. 군사는 전황을 가장 잘 살필 수 있고 적과 아군의 움직임에 대한 연락이 가장 빠른 곳에서 지휘를 해야 한다. 백운자는 그 지역으로 이곳을 선택해 군휘정을 지었다.

이후 무림맹의 군사나 간부들은 적과의 싸움이 있으면 항상 이곳 군휘정에서 진두지휘를 하여 승리로 이끌었다는 것이 상관량의 얘기였다.

왜 갑자기 그런 얘기를 하는지 동오룡은 이해를 하지 못한 채 따라준 두 번째 잔을 비웠다.

"왜 이곳에 계시옵니까? 언뜻 운룡각주의 말을 들어보니 총관님께서는 소인이 올 줄 알고 계신 듯하더군요."

상관량을 쳐다보는 동오룡의 눈이 빛났다.

상관량이 술병을 들어 자신의 잔에 술을 따르며 말했다.

"그냥 넘겨짚어 본 것인데 어떻게 맞은 거요. 그러잖아도 이곳에 앉아 술 한잔하고 싶었는데 마침 각주가 오셨다는 기별을 듣고 이곳으로 모신 거요. 자, 우리 오늘은 모든 걱정 다 털어버리고 술이나 마십시다. 각주와 술을 마셔본 지도 아주 오래된 것 같구려."

상관량이 따르자 동오룡은 두 손으로 공손히 받았다.

"요즘 장사는 어떠시오? 불경기라곤 하지만 워낙 천하 상권을 좌지우지하는 천상각인만큼 큰 타격은 없겠지요?"

동오룡은 단번에 마시며 대답했다.

"덕분에 아직은……."

"하긴 진정한 상인은 불경기 때 돈을 긁어모은다더군요."

동오룡이 가벼운 미소를 지으며 품 속에 손을 집어 넣으려던 차에 상관량이 술병을 내밀었다. 그래서 하는 수 없이 다시 술잔을 받았다.

"사실 잠시 후면 아주 볼만한 구경거리가 생길 것이오. 혼자 보기에는 너무 아까워 각주를 불렀소이다."

술병을 세운 상관량이 야릇한 눈빛을 던지며 말했다.

"일생에 두 번 다시 보기 힘든 귀한 구경거리이니 우리 술을 마시면서 즐겁게 관전합시다."

동오룡의 이마가 찌푸려졌다.

도무지 무슨 말을 하는지 짐작할 수가 없었다. 이 깊은 밤에 무슨 구경거리가 있다고 하는지, 주위를 휘둘러보아도 눈을 호사시킬 어떤 징후도 보이지 않았다.

쏴아아!

그때 바람 부는 소리가 들려왔다. 하지만 근처 소나무들이 꼼짝도 하지 않았으므로 동오룡은 눈을 크게 떴다. 결국 자기가 들었던 소리는 바람 소리가 아니라는 뜻이었다.

"왔군!"

아래를 내려다보던 상관량이 미소를 지으며 말했다.

동오룡 또한 상관량의 시선을 따라 무림맹을 내려다보았다.

흠칫!

무림맹 망루의 불빛에 비쳐 수많은 흑의인들이 담장을 넘는 모습이 보이고 있었다. 무림맹 무사들이라면 담을 넘는 따위의 짓은 할 리가 없었으므로 동오룡이 눈을 크게 떴다.

"저, 적 아니오?"

"각주의 눈에도 그렇게 보이나 보구려? 맞소이다. 지금 적이 무림맹을 침입하고 있는 중이오."

돌연 무림맹으로부터 처절한 비명 소리들이 들려오기 시작했다.

"크아악!"

"퇴, 퇴각하라. 함정이닷!"

비명과 당황한 목소리가 뒤섞여 터져 나왔다.

동오룡은 한눈에 모든 상황을 읽을 수 있었다. 무림맹은 오늘 밤 적이 침입해 오리란 것을 예상하고 함정을 파놓고 기다린 것이 분명했다.

"으아악!"

"컥! 크악!"

그것은 비명의 폭풍이었다. 수십 명이 일거에 떼죽음을 당하며 흘리고 있음이 틀림없었다.

"자, 듭시다."

상관량이 잔을 들어 올렸으므로 동오룡 역시 하는 수 없이 잔을 들어 마셨다.

소낙비처럼 쏟아지는 비명이 귓가를 파고들었다. 장사꾼이지만 한 가지 분명한 사실은 아무리 강한 집단일지라도 기습

사실이 누설되면 절대 살아날 수 없다는 것이었다.

휘익!

그때 옷자락 펄럭이는 소리에 동오룡이 고개를 돌렸다.

조금 전 자신을 안내했던 혈매자가 나타났다. 옆구리에 꽂혀 있던 그의 은검이 손에 쥐어져 있었는데 붉은색으로 변해 있었다. 은검이 그냥 붉게 변할 리는 없을 테고, 모두 피라는 의미였다.

"예상대로 적의 선봉장은 낭도채의 채주 제갈팽이었습니다. 그 외엔 혈막과 청룡련의 연합 부대입니다. 하지만 우리가 쳐놓은 그물에 걸려들어 거의 도륙해 가고 있으며 제갈팽을 제외한 청룡련의 수뇌와 혈막 막주의 목은 땅에 떨어졌습니다."

'우우웁!'

동오룡은 터져 나오려는 비명을 혀를 깨물어 삼켰다.

혈매자의 입에 거론된 조직과 인물들은 모두 동천비의 수하들이었기 때문이다.

"중요한 것은 적의 수괴다. 수괴를 잡아야 한다."

부르르!

동오룡의 손가락이 떨렸다.

'적의 수… 수괴!'

수뇌와 수괴는 다르다. 상관량이 수괴라는 표현을 썼다는 것은 동천비를 절대 살려두지 않겠다는 의지였다.

그때 또 한 사람이 군휘정에 날아 내렸다. 그는 운룡각의 부각주 백수신도였다. 오십 근짜리 그의 대감도는 이미 피로 완전히 물들었고 싸움의 처절함을 반증이라도 하듯 걸치고 있던 흑포는 걸레 조각이 되어 있었다.

"뭐요, 부 각주?"

백수신도가 빠르게 말했다.

"적의 수괴를 발견하고 추적했지만 불행하게도……."

"놓쳤단 말이오?"

"금지무공 묵곤혈참기를 사용해서."

"뭣이? 묵곤혈참기!"

와당탕!

들고 있던 술잔이 엎어져 술이 쏟아졌다. 술잔을 떨어뜨리는 것으로 보아 상관량이 받은 충격의 강도를 짐작할 수 있었다.

'도대체 묵곤혈참기가 어떤 무공이기에!'

상관량이 어금니를 지그시 깨물었다. 돌덩이처럼 차가운 표정으로 잠시 생각하는 것 같더니 나직이 말했다.

"묵곤혈참기를 사용했다면 그대들 능력으로 적의 수괴를 잡는다는 것은 불가능하오. 피해만 늘어날 뿐이니 추적을 중단하시오. 그 대신 들어온 자는 한 놈도 살려 보내지 마시오."

"명을 받사옵니다."

"존명."

두 사람이 사라졌다.

아래로부터 비명은 여전히 들려왔고, 상관량이 말했다.

"동 각주께서도 들었다시피 적의 수괴가 금지마공을 익혔다 하오. 혹시 묵곤혈참기가 무슨 무공인지 아시오?"

평생 장사꾼으로 살아온 자신이 알 턱이 없다는 것을 모르지 않을 것이다. 그런데도 묻는 이유는 한 가지뿐이었다. 묵곤혈참기의 부정적인 면을 강조하려는 것이고, 그것은 동천비를 도저히 살려둘 수 없다는 것을 말하려는 것이 분명했다.

"묵곤혈참기는 마공 서열 일위인 금지무공이오. 금지무공이란 익혀서는 안 되는 무공을 말하는데, 천하에는 모두 열 가지의 금지무공이 있소. 누구를 막론하고 금지무공을 익히면 무림의 공적이 되오."

동오룡이 고개를 번쩍 들었다.

'고, 공적!'

그 의미는 알고 있었다. 공적으로 찍히면 얼마나 가공할 보복을 당하고 말살당해야 하는지는 얘길 들어 알고 있었다. 동천비는 이제 무림의 공적이 되어 있었다.

"금지무공은 수위가 높아갈수록 인성이 말살되는 특성이 있소. 본 맹의 고수들이 쫓지 못한 것을 보면 수괴는 묵곤혈참기를 십성 가까이 익히지 않았나 추정되는구려. 참고로 묵곤혈참기는 마교의 무공이면서도 그들도 터득해서는 절대 안 되는 무공으로 분류해 놨다는 것이오."

동오룡의 표정이 평정을 되찾았다.

너무 놀라다 보니 더 이상의 충격이 일어나지 않은 것이다. 모든 것은 이미 자신의 능력 밖이었다. 자신이 할 수 있는 일이라고는 아무것도 없었다. 이 정도 되면 품속의 팻감도 아무 소용이 없어진다.

"술이 떨어졌잖소."

상관량이 동오룡의 잔을 채웠고 기다렸다는 듯 비우자 놀란 표정으로 또 채웠고 다시 비웠다. 연속해서 무려 네 잔을 비우자 상관량이 정색하고 바라보았다.

"어떻소, 아드님께서 직접 무림맹을 공격한 현장을 본 기분이 말이오?"

동오룡은 잠시 고개를 숙이고 침묵하다 시선을 들어 상관량을 똑바로 쳐다보았다.

"유구무언이오."

"유구무언이라… 핫핫핫!"

상관량의 광소가 어둠을 뚫고 메아리를 만들었다.

뚝!

웃음을 그친 상관량이 싸늘한 얼굴로 말했다.

"그만 돌아가시오. 수일 내로 가주를 찾아뵙겠소이다."

동오룡은 아무 말 않고 자리에서 일어났다. 정자 아래로 내려가 술잔을 기울이는 상관량을 향해 깍듯하게 허리를 구부렸다.

"이만 물러가옵니다. 총관님의 방문을 기다리고 있겠사옵니다."

상관량은 쳐다보지도 않았다.

동오룡은 왔던 길을 내려왔다. 비명 소리는 여전히 들려왔고, 몇 번 미끄러져 넘어졌다. 그럴 때마다 동오룡은 옷을 털고 일어나 다시 산 길을 내려왔다. 금지마공을 익혔든 어쨌든 동천비가 잡히지 않았다는 것이 그나마 위안이었다.

무림맹 정문에까지 내려왔을 때 그의 행색은 유난히 초라했다. 넋이 빠진 채 산길을 내려오다 넘어져 의복이 여기저기 찢어졌고 흙까지 묻어 몹시 흉했다.

터벅터벅!

어두운 달빛 속으로 동오룡의 모습이 사라져 갔다.

모용산은 혀를 깨물었다. 이제 선택을 해야 할 때가 왔다. 모용세가는 명문으로 중원 사대세가에는 들지 못하지만 대대로 그 영향력을 갖추고 있었다.

모용산의 부친이자 가주인 모용파는 좀 더 가세를 확장하기 위해 천상각과 사돈 관계를 맺었다. 천상각의 가공할 자금을 이용해 가세를 넓혀보려는 의도였다.

계산은 적중했고 그동안 천상각으로부터 가져다 쓴 자금만 해도 족히 황금 일천만 냥은 되었다. 그 돈은 무사들 무예 향상에 큰 도움이 되었고 어느덧 소리 소문 없이 강호사문의 아성을 위협할 만큼 성장했다. 그런데 세상사는 결코 뜻대로 흘러가 주지 않았다. 오늘 밤 동천비로부터 출동 협조를 요청받았고 그에 따라 무림맹 공격에 나서려는데 손님이 찾아왔다.

그는 상관량의 밀사 가개묵이란 자였다. 그가 전해준 상관량의 서찰을 본 모용파는 숨이 멎을 듯했다. 상관량은 동천비의 모든 움직임을 손바닥 보듯 훤히 들여다보고 있었으며 만약 모용세가가 그에게 협조를 한다면 온전하지 못할 것이라는 노골적인 경고를 보내왔다. 누구보다도 상관량에 대해서는 잘 아는 모용파이다. 그와 악연을 맺어 아직까지 온전한 사람이나 집단은 보지 못했다. 거대한 무림맹을 적으로 만든다는 것은 누백 년 모용세가의 역사에 종지부를 찍겠다는 선언이나 다를 바 없었다.

"거듭 말하지만 모든 건 네가 결정하거라. 아비는 네 뜻을 존중하겠느니라."

모용파와 모용산, 그리고 비천야차가 탁자를 놓고 마주 앉아 있었다.

모용파와 비천야차의 시선이 모용산에게 고정되었다. 비록 오늘 밤 무림맹 공격에는 나서지 못했지만 모용산이 파혼을 할 수 없다면 천상각을 도와 분골쇄신해야 한다.

"지금쯤 무림맹 공격에 나섰겠죠?"

모용산이 말했다.

비천야차가 싸늘하게 입을 열었다.

"그래 봤자 상관량 그 늙은 여우가 이미 알고 있는데 무슨 소용이 있겠나이까? 오히려 동 공자가 목숨이나 부지했는지 궁금할 따름입니다."

그때 발자국 소리와 더불어 문이 열리더니 모용세가의 군사 도량이 나타났다.

"어떻게 됐나요?"

모용산이 다급히 물었다.

도량이 조용히 말했다.

"예상대로 공격은 실패로 끝났고 동 공자는 다행히 포위망을 벗어났다고 합니다."

방 안의 공기는 더욱 가라앉았다.

모용파와 비천야차의 시선은 다시 모용산에게 달라붙었다. 그런데 자신들의 예상과 달리 모용산의 결정은 빨랐다.

"파혼해요. 이미 끝난 집안에 매달리는 어리석은 바보가 될 수는 없잖아요."

모용파가 기다렸다는 듯 맞장구를 쳤다.

"뛰어난 생각이다."

"좋은 말씀입니다."

비천야차도 고개를 끄덕였다.

"어제 상관량 총관으로부터 협조할 경우 무림맹 장로 자리를 제의받았던가요?"

모용파가 고개를 끄덕였다.

"그렇다. 좋은 자리지."

무림맹 장로 자리는 각파 수장들이 맡는다. 구파일방과 사대세가 외에는 불가능하다. 그런데 어제 상관량은 모용파를 장로 자리에 옹립하겠다고 했다. 그것은 여러 가지에서 의미가 큰 일이지만 가장 중요한 것은 모용세가를 사대세가의 동격으로 놓았다는 것이었다. 장로가 되면 무림맹에서의 발언권도 커진다.

"기다리던 바가 아닌가요, 모용 장로님?"

모용산이 웃으며 부친을 향해 장로라는 호칭을 붙였다.

부친이 흠칫하더니 이내 껄껄거리며 웃었다.

"헛헛! 모용 장로라… 듣기가 무척 좋구나."

입구 쪽의 도량이 허릴 숙였다.

"축하드립니다, 장로님."

"기쁘군요. 정말 반가운 일입니다, 장로님."

비천야차까지 축하하며 나서자 모용파의 입이 함지박만 해졌다.

"고맙소, 고마워. 이 모두가 산이 네 덕이다. 이 아비는 너에게 고마워하겠다. 자, 이럴 것이 아니라 우리 간단히 술이라도 한잔하는 게 어떻겠소?"

비천야차가 웃으며 고개를 끄덕였다.

"당연히 그래야지요, 장로님."

"장로라… 핫핫핫!"

모용파의 웃음소리가 길게 퍼져 나갔다.

"호호호!"

모용산의 요염한 미소가 뒤를 따랐다.

웃음을 그친 그녀의 얼굴이 차갑게 변하며 혼잣말을 중얼거렸다.

"훗훗! 당신 또한 어차피 본 가를 이용할 목적으로 정혼을 약속했으니 피장파장 아닌가요?"

그녀의 입가에 살벌한 미소가 떠올랐다.

이제 동천비와 천상각은 그녀의 기억에 사라졌다. 남은 것은 아버지 뒤를 이어 무림맹의 장로가 되는 것이었다.

第二章
책임 추궁

大 대法범왕 王

술시가 넘었는데도 한 사람도 나타나지 않았다. 전음을 보내 마중을 나오라고 했는데도 한 사람도 코빼기를 보이지 않자 동천몽의 속은 다시 끓기 시작했다.

　하지만 불호를 외우며 감정을 자제하려 애썼다. 대법왕다운 품위를 지켜야 한다.

　'아미타불! 아미타불!'

　동천몽이 분노의 감정을 자제하려 애쓰며 서성거릴 때 인기척이 들렸다.

　스으윽!

　마치 허공에서 뚝 떨어지듯 네 개의 인영이 떨어져 내리더니 떨리는 외침을 토했다.

"오오! 대법왕이시여!"

"아미타불! 설마했는데 진정 대법왕님이시군요."

"세존의 자비가 내리셨도다."

쿵― 쿠쿠쿵!

천장금왕을 필두로 사대법왕이 땅에 무릎을 꿇었다.

"이… 이것이 꿈은 아니겠지요?"

"어려움은 겪겠지만 위험 따위가 대법왕님을 삼키리라고는 믿지 않았사온데 과연 돌아오셨군요."

아무리 화를 참으려고 노력했지만 사대법왕의 얼굴을 보자 심장 박동수가 빨라지고 얼굴이 달아올랐다.

"으음… 아미타불!"

이를 지그시 깨물며 불호를 중얼거렸는데 듣기가 섬뜩했는지 사대법왕이 고개를 쳐들다 동천몽의 싸늘한 눈빛과 마주치자 얼른 고개를 숙였다.

"뭣들 하느냐? 어서 날 안내하거라."

"소승들을 따라오십시오."

천장금왕이 맨 앞장을 섰고 그 뒤를 동천몽이 따랐다. 나머지 세 명의 법왕은 뒤에서 동천몽을 호위했다.

"아시겠지만 지금 궁 주위로는 엄한 진법이 작동되고 있사옵니다. 소승의 발자국만을 따라오셔야 합니다. 만약 그렇지 않고 조금이라도 다른 곳을 건드리거나 밟으시면 큰일 나옵니다."

"알았으니 어서 가거라."

천장금왕이 진 안으로 들어갔고 동천몽이 신속히 뒤를 이었다. 진법 안으로 들어가는 순간 주위 환경이 또다시 바뀌었다. 갑자기 넓은 사막이 나타난 것이었다.

분명히 진 밖에는 술시가 넘은 밤인데 진 안은 태양이 이글거리는 사막이었다. 진법의 현묘함에 대해 어느 정도 짐작은 하고 있었지만 이 정도일 줄은 몰랐으므로 동천몽의 눈이 커졌다.

"지금 내 눈에 보이는 건 모두 환영 아니겠느냐?"

앞서 가던 천장금왕이 대답했다.

"그러하옵니다. 모두 환영일 뿐입니다. 하지만 환영이라는 것을 알면서도 어쩔 수 없지요."

"엇, 저건 유사 아니냐?"

좌측 오 장쯤 떨어진 곳에서 모래들이 흐르고 있었다. 물이 흐르듯 흘러가는 유사를 향해 천장금왕이 법의 한 자락을 찢어 던졌다.

스르르!

법의는 순식간에 유사 속으로 빨려들 듯 사라져 버렸다.

언젠가 천상각의 한 상단이 새외를 다녀왔는데 고작 두 명밖에 돌아오지 못한 적이 있었다. 대사막을 횡단하던 중 유사를 만나 모두 빠져 죽었다고 했다.

오십여 장쯤 전진하자 이번에는 주위 모습이 장강으로 바뀌었다. 고개를 돌려보아도 보이는 건 푸른 물결뿐이었다.

"이 역시 환상이겠지?"

"그렇사옵니다. 진에 빠지면 모두가 물인 줄 알고 허우적거리다 빠져 죽지요."

천장금왕은 물 위를 그냥 걸었다. 그런데 그의 발이 딛기 전까지는 물이었는데 딛게 되면 묘하게 그 부분만 땅으로 변했다. 동천몽은 천장금왕의 발자국만 쫓아갔다.

"설치된 진법의 이름이 무엇이냐?"

"아롱진(我朧陣)이라 하옵니다. 아마 천하에서 건축물을 방어하는 데 이보다 뛰어난 진법은 없을 것입니다. 사백 년 전 당시 천하제일 기관진식의 대가였던 귀곡자와 쌍벽을 이루신 본 궁의 호천법왕님께서 창안하셨습니다."

일각 가까이 지나자 마침내 포달랍궁이 모습을 드러냈다.

동천몽은 그제야 진을 벗어났다는 것을 알아차렸는데 수많은 제자들이 백궁전 앞마당에 도열해 있다가 일제히 허리를 숙이며 예를 취했다.

"아… 미… 타… 불!"

동천몽은 백궁 문 앞 제단으로 올라섰다.

수많은 제자들이 흥분과 감동의 시선으로 쳐다보았다. 그들의 표정을 보아 자신의 신변에 대해 많은 염려들이 있었음을 짐작할 수가 있었다. 일부 제자는 눈물까지 짜면서 자신의 귀환을 기뻐했다.

"제자들은 듣거라!"

동천몽은 일부러 내공을 가득 실어 말했다.

순간 뒤에 앉아 있던 사대법왕이 눈을 휘둥그레 떴다. 동천몽의 목소리에 담긴 힘이 예전과 달라졌음을 고수답게 금방 알아차린 것이었다.

'기연이 있었구나!'

'오오! 대법왕님의 무예가 또 증진하셨다.'

사대법왕의 얼굴에 웃음이 떠올랐다.

"난 대법왕이니라. 내가 그따위 인간들이 펼친 암계 따위에 당할 무기력한 사람으로 보이는가?"

"아미타불!"

"위대하신 대법왕님이시여."

제자들의 목소리가 떨려 나왔다.

동천몽이 더욱 큰 소리로 외쳤다.

"본왕은 영생불사할 것이니라! 누구도 감히 본왕에게 흑심을 품지 못한다."

잠시 한 호흡을 내뱉고 말을 계속했다.

"세존께서는 원수를 사랑하라고 하셨다."

멈칫!

사대법왕의 고개가 일제히 들려졌다.

동천몽의 말에 뭔가 이상함을 발견한 것이었다. 서로의 얼굴을 한 번씩 쳐다본 후 침묵했다. 자신들 지식으로는 석가는 분명 그런 말을 하지 않았지만 여러 가르침을 포괄적으로 보면 자비를 베풀라고 했으니 꼭 틀린 말은 아니었다.

"하지만 본왕은 이번만큼은 참을 수가 없느니라. 용서를 해줘도 사람이 되지 못할 인간들은 빨리 없앨수록 좋다는 것이 본왕의 생각이니라. 걸레는 아무리 빨아도 걸레 아니겠느냐?
난 그자들에게 백 배 천 배로 갚아줄 것이니라."

"명령만 주소서. 제자들은 원수들을 무찌를 준비가 되어 있
나이다."

"거두절미하고."

띠용!

사대법왕의 눈이 다시 커졌다.

동천몽이 무공뿐만 아니라 학문에서도 큰 기연을 얻었다고
생각했다. 과거의 여러 답답함에 견주어 무척 어려운 말인데
간단히 사용하는 것을 보면 틀림없었다.

"본왕의 신변을 염려하며 잠을 제대로 자지도 못하고 밥도
제대로 먹지 못했을 제자들의 뜨거운 사랑을 생각하니 기쁘면
서도 미안하도다. 앞으로는 절대 이런 일이 없을 것이니 맘 편
히들 먹고 돌아가 용맹정진하라."

"대법왕이시여, 영원하소서!"

제자들이 흩어져 각자의 소속 기관으로 돌아가자 백궁전은
침묵에 싸였다.

휙!

동천몽이 뒤에 앉아 있는 사대법왕을 매섭게 노려보았다.

흠칫!

얼굴에 흐뭇한 표정을 짓고 있던 네 사람은 깜짝 놀랐다.

동천몽이 냉정하게 말했다.

"네 법왕은 날 따라오도록."

횡 하니 찬바람이 일도록 자신들을 지나쳐 백궁 안으로 사라지는 동천몽을 바라보는 네 사람의 얼굴에 두려움이 피어났다. 이미 오랫동안 동천몽을 겪어본 그들로선 심상치 않음을 처음 만났을 때부터 어느 정도 짐작한 것이다.

"무슨 일일까요, 사형?"

천검은왕이 천장금왕을 향해 굳은 표정으로 물었다.

"아무래도 소승들을 쳐다보는 눈이 예사롭지 않사옵니다. 잘못한 것도 별로 없는데, 설마 적의 침입을 우려해 진법을 발동시킨 걸 가지고 그러시지는 않을 테고 말입니다."

"자세히 알 수는 없지만 뭔가 심기가 꼬인 것만큼은 분명한 것 같으니 각자 조심하세. 늦었다고 또 무슨 트집을 잡을지 모르니 어서들 가세나."

네 사람은 서둘러 백궁 안으로 들어갔다.

동천몽은 태사의에 앉아 있었는데 표정이 굳어 있었다.

"소승들에게 하실 말씀 계시옵니까?"

천장금왕이 조심스럽게 물었다.

동천몽이 매섭게 노려보더니 벌떡 자리에서 일어났다.

"금왕과 철왕은 나가보거라."

"예엣?"

"나가보라는 말도 모르느냐? 너희 두 사람은 이 일과 아무런 연관이 없으니 이 자리에 있을 필요 없느니라."

천장금왕의 얼굴에 안도의 빛이 나타나면서 새로운 의혹의 그림자가 나타났다. 표정을 보면 뭔가 대단히 심각한 사태임이 짐작되었지만 나가 있으라고 했으므로 서둘러 등을 돌렸다. 천지철왕 역시 안도의 표정을 지으며 물러 나왔다.

탁!

문이 닫히자마자 동천몽이 매섭게 일갈했다.

"은왕."

천검은왕이 깜짝 놀라며 허릴 숙였다.

"예… 대법왕이시여."

"동왕."

"며… 명을 받사옵니다."

두 사람은 잔뜩 긴장했다.

"죽고 싶었더냐? 네놈들이 정녕 이런 식으로 본왕을 속이다니, 목숨이 열 개라도 되더냐?"

천검은왕과 천권동왕은 의혹의 빛을 띠었다.

"너희들이 아직까지 지은 죄를 모르고 있단 말이냐?"

천검은왕이 침을 삼키며 조아렸다.

"소승들이 우둔하여 대법왕님의 말씀을 헤아리지 못하겠나이다. 쉽게 말씀을 해주시어."

털썩!

동천몽이 다시 태사의에 주저앉아 크게 호흡했다. 스스로도 무척 화를 자제하려는 빛이 역력했다.

"은왕."

"하명하소서."

"어찌 된 일이냐?"

"뭐… 뭐가 말이옵니까?"

"네놈이 정녕 몰라서 묻느냐? 끝까지 본왕 앞에서 시치미를 떼느냐? 대법왕을 속이거나 모욕하면 어떤 처벌이 기다리더냐?"

"그… 그야 당연히 극형에……."

"네놈이 정녕 죽고 싶어서 모른 체하는 것이냐?"

천검은왕이 더욱 허릴 숙였다.

"우… 우둔한 소승을 깨워주소서. 정녕 모르겠나이다."

"불사심법이 십이성에 올라서면 남자의 구실을 못하게 된다는 말이 사실이더냐?"

"으허헉!"

천검은왕뿐만 아니라 천권동왕까지 소스라쳤다.

"왜 대답을 않느냐? 사실이더냐?"

쿵! 쿠쿵!

두 사람이 동시에 무릎을 꿇었다.

화아악!

순간 동천몽의 눈이 찢어질 듯 커졌다. 두 사람의 행동에서 심상치 않음을 느낀 것이다. 사실 이곳까지 달려오면서 부시의 말이 틀리기를 간절히 바랐고 소망했다. 잘못된 뜬소문이기를 얼마나 원했던가. 그런데 무릎을 꿇는 천검은왕과 천권동왕을 보건대 어쩌면 사실일지도 모른다는 두려움이 온몸을 감쌌다.

'서… 설마!'

마른침을 삼켰다.

"왜 무릎은 꿇고 그러느냐? 진짜란 말이냐?"

"소승들을 죽여주소서."

"그… 그 말은 사실이라는 뜻이냐?"

퍽퍽!

두 사람의 이마가 급기야 바닥에 박혔다.

동천몽의 얼굴이 흙빛으로 변했다.

이곳까지 달려오면서 얼마나 빌고 또 빌었던가. 절대 그럴 리 없다고 마음속으로 수십, 수백 번 위로하고 부시의 말이 철저히 곡해된 것이길 부처님께 빌었다.

"사… 사실이옵니다."

"뭐… 뭣이… 이……"

동천몽이 제대로 말을 잇지 못하고 고개를 뒤로 젖혔다. 갑자기 현기증이 밀어닥치고 충격으로 인해 앞이 안 보였다.

"그… 그렇사옵니다. 불사심법을 극성으로 터득하면 남자 구실을 못하옵니다. 그것은 분명한 진실이며 틀림이 없사옵니다."

부르르!

동천몽의 양 주먹이 강하게 떨렸다.

불거진 손등의 핏줄은 금방이라도 터질 것 같았고 얼굴은 시뻘겋게 달아올랐다.

"다… 다시 말해보아라. 지금 뭐라… 고 했느냐?"

"아뢰옵기 황송하오나 불사심법을 극성으로 터득하시면 남자 구실을 못하……!"

"닥쳐!"

동천몽의 외침에 백궁이 쓰러질 듯 흔들거렸다.

두 사람은 경악의 표정을 지었다. 동천몽의 외침에 두 사람의 기혈이 흔들린 것이다. 그것은 실로 가공할 내력이었고 사자후였으며, 목소리만으로도 살인이 가능하다는 음살(音殺)의 경지였다.

'겨… 결국 불사심법을 십이성 터득했단 말씀인가!'

자신들의 지식으로는 아직까지 포달랍궁 역사 이래 불사심법을 십이성까지 오른 사람은 없었다.

"그런데 왜 본왕에게 그런 말을 하지 않았느냐? 불사심법을 완전하게 깨우치면 남자이지만 남자일 수 없게 된다는 말을 왜?"

불사심법이 극성에 이르면 말 그대로 죽지 않는다. 하지만 그런 기연과 더불어 또 하나의 비극이 있으니 바로 남자의 기능이 사라진다는 것이었다. 동천몽에게 미리 그런 말을 해주지 않았던 것은 누구도 십이성에 오르지 못했고 그의 머리와 여러 자질을 볼 때 그럴 가능성이 전혀 없다고 여겼기 때문이었다.

하지만 사실대로 말할 수 없었으므로 천검은왕은 더욱 고개를 떨궜다. 그러던 한순간 떨궈진 천검은왕의 두 눈이 번쩍 빛을 발했다. 하늘에서 내려온 구원의 동아줄과 다를 바 없는 절묘한 생각이 떠올랐기 때문이었다.

"아뢰옵기 황송하오나."

동천몽이 인상을 우그러뜨리며 외쳤다.

"그냥 해!"

"소… 소승들은 사형께서 말씀을 해주신 줄……?"

"사형이라면, 혹시 내게 반기를 들었다가 죽은 전 수석 법왕 천장을 말하느냐?"

천검은왕이 고개를 들었다.

"그… 그러하옵니다. 대법왕님의 무공 수련에 관한 모든 것은 그분께서 책임을 지고 계셨기 때문에……."

스스로도 감동할 만큼 멋진 계책이었다.

사대법왕 중 머리가 가장 떨어진 자신에게 그런 놀라운 묘안이 떠오를 줄은 몰랐다. 죽은 천장금왕에게 모든 것을 떠넘기면 천하의 대법왕일지라도 어떡할 것인가. 천검은왕의 입가에 희미한 안도의 빛이 나타났다.

뿌두득!

동천몽의 이빨 가는 소리가 실내에 울려 퍼지자 천검은왕과 천권동왕은 고개를 더욱 떨구었다.

그런데 안도의 숨을 내쉰 천검은왕의 귓가에 날벼락이 떨어졌다.

"이게 뭔 줄 아느냐?"

휙!

두 사람이 고개를 들었다. 동천몽의 손에 한 권의 서책이 들려 있었다.

"이건 사대법왕과 대법왕 환생자에게 지켜야 할 법도와 책임을 기록한 대법경록이니라. 여기에 보면 환생자에 대한 모든 교육은 사대법왕이 공동으로 책임져야 한다고 기록되어 있느니라. 천장금왕이 수석 법왕으로서 가장 책임이 크긴 하지만 불사심법을 익히면 남자의 기능이 상실된다는 주의를 그의 입을 통해서만 전달되어야 한다는 말은 어디에도 없단 말이니라."

"으헉!"

"컥!"

두 사람의 목구멍에 뭔가 막힌 듯한 소리가 들렸다.

두 사람의 눈이 경악으로 부릅떠졌다. 자신들에게 다시 책임이 돌아온 것 때문이 아니었다. 두 사람이 놀란 것은 동천몽이 너무 논리정연하고 빈틈없는 반박을 했기 때문이었다. 그것은 학문의 조예가 평범해서는 절대 추궁할 수 없는 얘기였다.

도대체 그사이 무슨 일이 있었기에 동천몽이 저렇게 똑똑해졌단 말인가 하는 표정으로 두 사람은 입까지 벌렸다.

백궁의 동쪽 창문으로 조금씩 여명이 비쳐들고 있었다. 동천몽은 여전히 태사의에 앉아 고개를 뒤로 젖힌 채 눈을 감고 있었다. 잠을 자보려고 눈을 감았지만 갈수록 정신은 맑아졌다.

마음 같아서는 천검은왕과 천권동왕을 가만두지 않고 싶었지만 그들에게 고의성은 없었다. 분통은 터졌지만 어떻게 화풀이할 수가 없었기 때문에 더욱 미칠 노릇이었다.

'절대는 아니라고?'

아무튼 천검은왕은 불사심법이 극성에 이르면 남자의 기능이 상실되는지 그 이유는 모르겠지만 절대 불치는 아니라고 했다.

그것은 지금으로서 유일한 희망이고 위로였다. 그가 설혹 자신을 달래기 위해 뱉은 말이라고 해도 거기에 기대를 거는 것 말고는 달리 마음을 진정시킬 방법이 없었다.

"일목!"

동천몽이 입을 열었다가 깜짝 놀라며 눈을 떴다. 일목에게 차 한잔 가져오라고 말하려 그가 죽은 사실을 떠올린 것이었다.

"일목."

동천몽이 가볍게 중얼거리며 자리에서 일어났다. 자신의 신체 변화에 그동안 신경 쓰느라 잠시 일목을 잊고 있었던 것이다.

일목이 아니었다면 자신은 지금 저승길을 헤매고 있을 것이다. 일목의 희생이 있었기에 도주가 가능했고 만강수 부부를 만나 천포지각에 들어갈 수 있었다.

일목을 떠올리자 모든 감정이 현실로 돌아왔다.

"밖에 누구 있느냐?"

"일직승 현옥이옵니다."

"천장을 불러오너라."

"명을 받드옵니다."

동천몽이 동쪽 창문으로 다가가 문을 열어젖혔다. 시원한 바람이 들어왔고, 길게 심호흡을 했다.

세상이 어둠을 벗어나고 있었다. 먼 대설산 꼭대기에는 여전히 만년설이 쌓여 있었고 대웅전 쪽으로부터 선승들의 아침 예불을 드리는 독경 소리가 들려왔다.

"부르셨사옵니까?"

"들어오너라."

문이 열리고 천장금왕이 들어섰다. 비록 어젯밤 밖에 나가 있었지만 돌아가지 않고 문밖에서 자신과 두 법왕 간에 나누는 대화를 듣고 있었다는 것을 동천몽은 알고 있었다. 나쁜 의도에서 엿들은 것이 아니라 수장으로서 무슨 일이 생기면 자신이 책임을 지려는 준비였음을 동천몽은 알 수 있었다.

아무튼 인사가 다 되어 천검은왕과 천권동왕을 내보냈기 때문에 천장금왕 역시 제대로 자지 못했을 것이다. 그것을 반증이라도 하듯 어제 입은 그 복장 그대로였다.

"흑수당의 자추동 부녀가 본 궁에 피신 와 있다고 했느냐?"

"그러하옵니다."

어제 대충 보고를 받았지만 천장금왕은 다시 자세한 설명을 시작했다.

자청단이 부친을 이선으로 퇴진시키고 자신이 흑수당의 모든 권한을 장악하려 했지만 실패했다. 뿐만 아니라 여추량이 찾아와 협조 요청을 했고 거절하자 데리고 온 무력을 동원하려 했으나 그 역시 실패했다.

모든 일이 동천몽이 예상한 대로 돌아가자 모두가 경악을 금치 못했다. 어쩌면 돌아오지 못할 것이라는 말을 자정경에게 남겼다는 대목에 가서는 사람들은 비통해했다. 하지만 돌아오지 못할 것이라는 말은 이미 위험을 어느 정도 감지하고 있기 때문에 살아 돌아올 수도 있다는 뜻으로 모두는 해석했다.

그날 이후 천장금왕은 자신에게 포달랍궁의 모든 것이 달려 있다는 걸 깨달았다.

그리고 위기일 때는 힘을 분산하는 것보다는 뭉치는 것이 이롭다는 아주 단순한 생각을 떠올렸다. 그래서 흑수당의 모든 중요 서류와 재산을 포달랍궁으로 옮기도록 했고 자추동은 기꺼이 의심하지 않고 실행했다.

포달랍궁으로 모든 것을 집합시킨 천장금왕은 진을 발동시켰다. 그리고 사흘 만에 흑수당이 백쾌섬의 공격을 받았다는 전갈을 받았다. 하지만 알짜배기는 이미 포달랍궁에 있었기 때문에 백쾌섬은 빈껍데기만 장악한 꼴이었다. 뿐만 아니라 백쾌섬은 그 길로 목와북천의 모든 정예를 이끌고 포달랍궁 공격에 나섰지만 한발 늦고 말았다. 그들이 도착했을 때 포달랍궁은 이미 아롱진에 의해 외부와 격리되어 있었다.

"왜 그렇게 소승을 쳐다보시옵니까?"

"너무 똑똑해서 그러느니라."

천장금왕의 얼굴이 빨개졌다.

"아미타불! 부끄럽사옵니다. 그저 누구나 생각해 낼 수 있는 묘안이옵니다."

자신이 앉혔지만 인사 하나는 나무랄 데 없었음이 증명된 것이다.

"다른 일은 또 없느냐?"

"없사옵니다. 굳이 있다면 진이옵니다. 아롱진이 오래 발동되면서 수많은 순례객들이 발길을 돌리고 있사옵니다."

그들은 가난하다. 마음 같아서는 일생에 몇 번이라도 포달랍궁을 찾아오고 싶어하지만 먹고사느라 그럴 틈이 없다. 그런데 애써 온 발걸음을 돌린다는 것은 그들의 입장에서는 하늘이 무너진 것 같을 것이었다.

"오늘 오시를 기해 진을 해체하라."

"알겠사옵니다. 그렇게 하겠나이다."

그들이 우선이어야 했다. 그들의 아름다운 꿈을 방해해서는 절대 안 될 일이었다. 포달랍궁을 찾아와 공을 드리고 대법왕의 얼굴 한번 보는 것을 일생의 소원으로 여기는 그들이었다. 그들에게 절대 실망을 주어서는 안 되었다.

"대법왕님, 소승 현옥이옵니다. 흑수당의 자 당주와 자 낭자께서 드셨사옵니다."

어제 환영법회가 있었지만 그 자리에 외부인이 참석할 수는 없었다. 그래서 오늘 처음 만나는 것이었다.

"들여보내거라."

잠시 후 문이 열리더니 자추동과 자정경이 입구에 들어섰다.

"소… 소인 자추동이 대법왕님의 무사 귀궁을 감축드리옵니다."

"사… 사부님!"

자정경이 큰 소리로 외치며 그대로 달려들었다.

와락!

누가 말릴 틈도 없었고 동천몽이 피할 시간도 없었다. 그냥 허공을 날아와 품에 안겨 버렸으므로 동천몽은 어쩔 수 없이 끌어안을 수밖에 없었다.

"아… 아미타불!"

천장금왕이 경악하며 고개를 돌려 버렸다.

자추동 또한 깜짝 놀라며 말했다.

"저… 정경아, 무슨 짓이냐. 당장 돌아오너라."

"싫어요. 내 사부님 내가 반가워 안는데 아버지가 무슨 자격으로 이래라저래라 하는 거죠? 사부님, 너무 보고 싶었어요."

허리를 끌어안더니 이번에는 목을 끌어안았다.

확!

동천몽의 눈이 커졌고 자정경의 빛나는 눈이 바로 턱밑에 있었다. 또한 그녀가 숨을 내쉴 때마다 매혹적인 향기가 동천몽의 코끝을 자극했다.

"사부님은 절대 안 죽을 것이라고 믿었지만 얼마나 불안했는데요. 이렇게 살아 돌아오셔서 이 제자는 너무 좋아요. 사랑

해요, 사부님."

"사… 사랑? 아미타불!"

천장금왕이 또다시 눈을 감고 불호를 중얼거렸다.

"저… 정경아, 이제 그만 손 좀 놓았으면 한다."

"싫어요. 이대로 조금만 더 있게 해주세요."

자정경이 더욱 목을 끌어안자 천장금왕은 어쩔 줄 몰라 했다. 그러나 동천몽은 미친 듯이 흐뭇해했다. 단지 속으로만 좋아하고 있었기 때문에 누구도 알지 못할 뿐이었다.

'아미타불! 기쁘도다. 정녕 보람되도다!'

새삼 제자 하나는 잘 두었다는 생각이 들었고 마음 같아서는 당장 어떻게 해버리고 싶었다. 한데 돌연 동천몽의 표정이 어두워졌다.

예전 같았으면 지금쯤 아랫도리는 미친 듯이 광분해 있어야 했다. 그런데 잠을 자는 듯 조용했다.

"사부님, 안색이 왜 그러세요. 어디 아프세요?"

자정경이 걱정스런 얼굴로 동천몽의 양 뺨을 손가락으로 감싸며 살폈다. 물결보다 부드러운 손길이건만 하체로부터는 일체 어떤 기별이 없었다.

"벼… 별것 아니구나. 잠시 피곤해서 그렇단다. 그래, 우리 제자는 잘 있었느냐?"

억지로 웃었다.

하지만 가슴속에서는 열불이 터져 올랐다. 천하쌍미 중 한 명이 목을 끌어안고 매혹적인 향기를 풀풀 풍기는데도 의당 있어야 할 신체의 반응이 깜깜무소식인 것이 너무 괴로웠다.

"사부님의 생사가 확인되지 않는데 어떻게 잘 있을 수 있겠어요. 어쩌나 눈물이 나오려는지, 참느라고 혼났어요. 사부님이 이렇게 돌아오셔서 이 제자는 너무 황홀합니다."

그러면서 다시 한 번 목을 힘껏 끌어안았다.

"저… 정경아, 이제 그만 물러나거라."

자정경이 자추동을 노려보았다.

"제자가 사부님 곁에 있어야 정상 아닌가요? 아버님은 왜 자꾸 저와 사부님을 떼어놓으려고 하세요?"

그러면서 이번에는 동천몽의 팔짱을 끼었다.

"오오! 아미타불!"

천장금왕은 열심히 아미타불만 중얼거렸다. 아무래도 가까운 시일 안에 무슨 일이 생기고 말 것 같은 불길한 예감이 자꾸 머리를 채웠다. 그러나 이내 동천몽이 남자 기능을 상실했다는 것을 떠올리며 안도의 한숨을 쉬었다.

*   *   *

막 떠오른 아침 햇살이 정겹다. 하루 이틀 봐온 것도 아닌데 오늘따라 이른 봄에 막 피어나는 푸른 잎사귀처럼 햇볕은 너무나도 따스했다.

척!

동오룡은 길가 바위에 걸터앉았다. 무림맹을 떠나온 후 밤새 걷다 지나가는 마차를 빌려 타고 지금 막 천상각이 내려다 보이는 고갯길에 도착했다. 곧 찾아올 엄청난 비극을 아는지 모르는지 천상각은 조용한 아침 햇살에 막 깨어나고 있었다.

'헛헛!'

동오룡이 쓴웃음을 지었다.

인생 일장춘몽이라더니 자신이 지금 그런 것 같았다. 끝없이 뻗어나갔고 뜻을 세워 이루지 못한 것이 없었으며 자신이 마음만 먹으면 불가능이란 없었다.

그런데 지금 도저히 상상할 수 없는 불행이 밀려오고 있었다. 어디서부터 무엇이 잘못되었는지 끝없이 한숨만 나왔다. 마치 꿈을 꾸고 있는 것만 같았다.

자칫하다간 장구한 역사의 천상각이 넉넉잡고 몇 달 안에 이 땅에서 자취를 감출 것이었다. 아니, 산산조각이 되어 공중분해되고 말 것이다. 무림맹에서 결코 가만 놔둘 리는 절대 없었다. 자신들에게 도전하면 어떤 결과를 낳는지 본보기 차원에서라도 철저하게 짓밟아 버릴 것이다.

"여보!"

그때 맑은 목소리가 아래로부터 들려왔다.

고갯길 아래로부터 한 명의 백의여인이 걸어 올라오고 있었다. 올라오는 백의여인은 놀랍게도 부인 능 씨였다.

"당신이 아침 일찍 여긴 어인 일이오?"

동오룡이 바위에서 일어나며 눈을 둥그렇게 떴다.

능 씨가 가벼운 미소를 지었다.

"뭘 그렇게 놀라세요. 천첩이 이렇게 마중 나오면 안 되는 것인가요?"

"아… 아니, 그건 아니지만."

능 씨가 화사한 미소를 지으며 말했다.

"무척 피곤해 보여요. 어서 들어가요."

척!

능 씨가 동오룡의 손을 잡았다.

동오룡이 깜짝 놀랐다. 아직까지 단 한 번도 이런 적이 없었기 때문이다.

자신을 휘둥그레 뜬 눈으로 보는 동오룡을 향해 능 씨가 화사한 웃음을 지었다.

"왜요? 천첩이 손을 잡으니까 이상해요? 내 남편 내가 손 잡는데 누가 화라도 낸대요."

동오룡은 손을 잡힌 채 끌려가며 연신 놀라움을 감추지 못했다.

그런데 한참을 걷던 동오룡이 깜짝 놀랐다.

"여… 여보."

멋모르고 쳐다보았는데 능 씨의 뺨을 타고 눈물이 흘러내리고 있었기 때문이다.

사실 능 씨는 밤새 고개 아래 서서 동오룡을 기다렸다.

천상각을 살려보기 위해 온갖 수모를 참아가며 이리 뛰고 저리 뛰는 동오룡을 놔두고 도저히 잠을 잘 수가 없었다. 그래서 밤새 고갯길 아래 나와 동오룡이 돌아오길 기다렸고 지금 막 나온 것처럼 담담하게 표정을 바꾼 것이었다.

"여보, 당신 지금?"

척!

능 씨가 걸음을 세웠다.

눈물이 범벅이 된 시선으로 동오룡을 쳐다보았다.

"그러다 당신 건강 망치겠어요. 당신에게는 집안이 중요하 겠지만 천첩에게는 동오룡이라는 내 남편이 더 중요해요."

동오룡의 눈이 화등잔만 해졌다.

능 씨가 손등으로 눈물을 훔치며 말했다.

"이게 우리의 운명이라면 어쩔 수 없잖아요. 당신이 그랬잖 아요, 태양은 반드시 지고 또한 반드시 다시 떠오른다고 말이 에요. 이렇게 쓰러지면 언젠가 다시 일어나겠죠. 그렇지 않을 까요?"

동오룡의 얼굴이 씰룩거렸다.

끓어오르는 감정을 삼키기 위해 이를 물었다.

"가요. 당신 좋아하는 근골초 무쳐 놨어요."

"여보."

돌아서는 능 씨를 동오룡이 힘껏 끌어안았다.

"내… 내가 당신만도 못하구려. 당신 말처럼 다시 일어나면 되는 것을 말이오."

"흐흐흑!"

급기야 능 씨가 참았던 눈물을 흘렸다. 동오룡의 가슴에 얼 굴을 묻고 어깨를 들썩거렸다.

"어떡해요. 선조들님들에게 뭐라고 사죄를 드려야 하죠? 그
분들이 피땀 흘려 쌓았는데 우리가 바보같이 지키지 못했으니
얼마나 섭섭해하실까요? 흐흑!"

"됐소. 그만 하시오."

"어엉! 이럴 수는 없는 거예요. 그 사람들 너무하는 것 아니
에요? 어떻게 이럴 수가 있느냔 말이에요. 뜯어갈 만큼 뜯어가
놓고서 이제 와서는 아예 통째 가져가겠다니 해도 너무해요."

"눈물 닦구려. 울 것 없소. 이것이 우리가 맞이해야 할 비극
이고 운명이라면 조용히 받아들입시다."

능 씨는 아예 통곡을 했다.

참았던 분노와 슬픔이 터지고 만 것이었다. 모든 것이 자기
탓만 같았고 자신이 동오룡을 만나지 않았다면 이런 비극도
일어나지 않았을지도 몰랐다. 자식들은 모든 것이 자기 탓이
라고 했다. 여자 하나가 잘못 들어오는 바람에 온 집안을 풍비
박산나게 생겼다고 욕을 퍼붓고 손가락질했다. 그러면서 지금
이라도 당장 나가라고 했지만 오기가 생겼다. 자신은 진정으
로 동오룡을 사랑했고 그래서 자식이 있는 줄 알면서도 청혼
을 받아들였다. 다리 밑에서 거렁뱅이로 살아도 동오룡과 함
께라면 행복할 것 같았다.

능 씨의 울음은 쉽게 그치지 않았다. 살아온 삶이 슬퍼 울고
무림맹의 횡포가 분해 우는 것이었다.

동오룡의 앞가슴이 능 씨의 눈물로 흥건히 젖었다.

"흐흐! 그런다고 우리가 당신에게 속을 줄 아시오?"

갑자기 들려오는 말소리에 동오룡의 고개가 돌아갔다.

동천혁과 동천화가 냉소를 머금고 다가오고 있었다. 두 사람은 각기 세 명씩의 시위 무사를 거느렸다.

동오룡의 표정이 굳어졌다.

"지금 뭐라고 했느냐? 어미에게 당신이라고 했느냐?"

동천화가 코웃음을 쳤다.

"우린 한 번도 저 여자를 어머니라고 생각해 본 적이 없어요."

"못된……."

동오룡의 오른손이 허공을 갈랐다.

탁!

하지만 어느새 동천화 뒤에 서 있던 시위 무사 중 한 명이 앞으로 나서서 동오룡의 팔목을 거머쥐고 있었다.

부르르!

동오룡의 입술이 떨렸다.

자신의 팔목을 잡고 있는 무사를 보며 기가 막힌 듯 말을 제대로 잇지 못했다.

"네… 네 이놈!"

"각주님의 자식이기 이전에 소인의 주군이옵니다. 용서하소서."

"뭐… 뭐라?"

"됐다. 비켜라."

동천화가 나섰고 시위 무사가 뒤로 물러섰다.

동오룡이 충격을 받은 듯 휘청거리자 능 씨가 서둘러 부축했다.

"여… 여보."

동오룡이 눈을 깜박거리며 능 씨를 밀어냈다.

동오룡이 동천화를 바라보더니 갑자기 웃음을 흘렸다.

"허허! 허허허!"

힘이라고는 전혀 느껴지지 않는 웃음이었다. 동오룡이 한참을 웃더니 웩 하며 피를 토했다.

"여보!"

"비켜, 이년아!"

쫙!

동천화가 부축하기 위해 달려들던 능 씨의 **뺨**을 후려쳤다.

짜당!

능 씨가 그대로 주저앉았고 동오룡이 버럭 소릴 질렀다.

"미친년!"

탁!

이번에는 동천화가 동오룡의 손을 잡았다.

"시간없어요. 무림맹에서 모든 것을 청산하기 전에 아버지께서는 할 일이 있어요. 지금 여기서 허송세월할 때가 아니라는 얘기죠."

동천혁이 음산한 목소리로 말을 이었다.

"아버님에게는 아직도 많은 재산이 남아 있는 것으로 알고 있습니다. 특히 무림맹에서도 모르는 재산이 많더군요. 귀주에 조그만 은광도 있고, 항주에는 사백여 척의 배도 갖고 있더군요."

"그 두 곳뿐만이 아니라 우리가 알지 못하는 곳곳에 비밀 보고(寶庫)를 만들어놓고 있다는 것을 알았어요. 그 모든 것을 빼앗기기 전에 우리에게 서둘러 나눠주시죠. 놔둬봤자 무림맹 그 미친 작자들 아니면 저 계집 몫이 될 테니."

동오룡의 표정이 돌덩이마냥 굳어졌다.

정녕 눈앞에 있는 두 사람이 자신의 자식인가 싶었다. 가문이 위태로우면 온 핏줄이 힘과 지혜를 모아야 하거늘, 이 무슨 날벼락보다 더한 패악이란 말인가.

"너희들의 요구는 들어줄 수가 없다. 아비가 여러 곳에 안전 금고를 만들어놓은 것은 최악을 대비하고자 함이었다. 그것들은 내가 모은 것이 아니라 조상들이 준비해 온 것이었다. 나 또한 다음 대 각주에게 물려주어야 한다. 그것마저 사라진다면 천상각은 영원히 이 땅에서 자취를 잃게 된다."

촤앙!

동천혁이 시위 무사의 옆구리에 매달려 있던 검을 뽑아 들었다.

"아버님께 검을 겨누는 불효자식까지는 되고 싶지 않습니다. 아쉬운 대로 귀주의 은광과 항주의 배와 어장(魚莊)을 주십시오."

동오룡이 기가 막히다는 표정으로 검을 들고 서 있는 동천혁을 바라보았다. 그러더니 표정없는 얼굴로 말했다.

"너… 너희들이 진정 나 동오룡의 자식이 맞더냐?"

"틀림없는 아버지의 자식들입니다. 아버지께서 이렇게 살아야 한다고 가르쳤잖사옵니까?"

"처… 천혁아, 제발."

슉!

능 씨가 다가서서 말리려 들자 어느새 천혁의 검이 목젖에 대어져 있었다.

"계집, 한 번만 더 우리 일에 끼어들면 그땐 목이 달아날 것이다."

"네… 네 이놈! 당장 그 검을 치우지 못하겠느냐! 이 불한당만도 못한 놈들이 감히 어미에게!"

동천혁이 가소롭다는 듯 웃음을 터뜨렸다.

"흐흐흐! 누가 어미란 말입니까? 난 아직까지 저 계집을 한 번도 어미라고 생각해 본 적 없습니다. 빨리 내놓으십시오. 소자 오래 기다려 줄 여유가 없사옵니다."

동오룡이 차가운 시선으로 말했다.

"불가하다."

"아버님!"

"아비를 죽여도 어렵다."

"그래요? 흐홋!"

동천혁이 야릇한 웃음을 짓더니 검을 휘둘렀다.

쉭!

"아악!"

능 씨의 입에서 비명이 터져 나오자 동오룡의 눈이 찢어져라 커졌다. 능 씨의 머리카락이 잘려 나간 것이었다.

"계집, 다시 말한다. 넌 당장 이 길로 본 가를 떠나라. 그것만이 그나마 목숨을 보존할 수 있는 길이다."

능 씨의 얼굴은 굳어졌다.

그런데 그토록 겁에 질려 있던 능 씨의 얼굴이 차갑게 변하더니 입을 열었다.

"내가 내 집을 놔두고 어딜 간단 말이냐? 너야말로 천하에 불효막심한 놈이구나. 감히 어미 아비의 목에 검을 들이대다니, 천벌을 받은 짓이로구나."

동천혁의 눈에 살기가 떠올랐다.

"크하하하! 감히 네년이 지금 날 훈계하는 것이냐?"

촤악!

동천혁의 검이 다시 떨어졌다.

팍!

"아아악!"

능 씨의 입에서 다시 처절한 비명이 흘러나왔고, 왼팔이 어깨에서부터 잘려 나갔다. 능 씨가 고통에 몸부림치며 어쩔 줄 몰라 했다.

"한 번 더 지껄여 보아라. 이번엔 아예 목을 잘라주겠다, 계집."

능 씨가 고개를 발끈 쳐들더니 말했다.

"천하에 몹쓸 놈."

"이년이!"

동천혁이 다시 검을 휘둘렀고 막 솟아오른 햇빛에 한 가닥 섬광이 반사되었다.

뚝!

하나 동천혁의 검은 중간에서 멈췄다.

능 씨 앞을 동오룡이 가로막고 있었기 때문이다.

"날 죽여라. 나도 죽이란 말이다, 이 패악무도한 놈아!"

"흐흐! 할 수 없군요. 그렇다면 원하는 대로 해드리지요."

동천혁이 검을 휘두르려 들자 동천화가 가로막고 나섰다.

"오라버니, 서두를 것 없어요. 아직 시간이 남아 있으니 시한을 드리세요. 그게 더 낫지 않겠어요?"

동천혁이 검을 멈추더니 괜찮다 싶었는지 늘어뜨렸다.

"사흘의 말미를 드리겠습니다. 그 안에 결정을 내려주십시오. 아버지와 형님께서 집안을 망하게 했으니 우리에게 보상을 해야 할 것 아닙니까?"

매서운 눈으로 동오룡과 능 씨를 쏘아보더니 돌아섰다.

"가자. 사흘 후에 다시 찾아오겠습니다."

동천화 역시 능 씨를 보며 말했다.

"그때는 네년을 안 봤으면 좋겠구나. 만약 그때도 내 집에서 머물고 있다면 내가 가만 안 있겠다."

두 남녀가 시위 무사들을 거느리고 떠나갔다.

쿵!

능 씨가 그대로 쓰러졌고 동오룡이 부리나케 부축했다.

"여보, 정신 차리시오."

능 씨는 의식을 차리지 못했다.

동오룡이 능 씨를 등에 업고 장원을 향해 달려가기 시작했다. 땀을 삘삘 흘리며 정문 앞에 이르자 지키던 무사들이 동오룡을 발견하고 달려왔다.

"가… 가주님, 엇! 가모님께서?!"

"당장 의원을 불러라!"

동오룡이 능 씨를 업고 안으로 들어갔고 두 명의 시위가 장원 밖을 향해 몸을 날렸다.

동오룡은 우선 급한 대로 능 씨를 침상에 눕힌 후 피가 더이상 흐르지 못하도록 잘린 어깨를 묶었다. 그리고 물걸레로 피를 닦아냈고, 뜨거운 물을 축여 입술에 묻혔다. 두 명의 시녀가 달려들어 능 씨의 사지를 주무르고 깨어나길 기원했지만 그녀의 얼굴은 갈수록 파래졌다.

"여보, 눈을 떠보시오. 죽으면 안 되오."

동오룡이 흔들며 소리쳐도 아무런 반응이 없었다.

"가주님."

"들어오너라, 어서."

문이 열리고 무사 한 명이 늙은 의원을 업고 들어왔고 다른 무사는 보자기 한 개를 들고 따라 들어섰다.

무사가 의원을 내려놓자 헛기침을 하고 옷매무새를 가다듬더니 동오룡을 향해 큰절을 했다.

"가… 가주님, 오랜만에 뵈옵나이다."

"왕 의원이 왔구려. 그래, 어서 살피시오. 어서."

"아니, 가모님이 어쩌다……!"

의원이 의식을 잃은 채 피투성이가 된 능 씨를 보며 경악했다.

맥을 짚고 눈을 까뒤집어 보던 의원이 굳은 얼굴로 말했다.

"피를 많이 흘렸사옵니다. 그로 인한 충격으로 의식을 잃으셨지요. 깨어나게 하시려면 한 가지 처방이 있어야 합니다."

"뭔가? 서둘러 말해보게."

"동중조초입니다."

"동중조초라면 춥고 음지에서 기생하는 이끼 아닌가?"

"독초입니다. 하지만 피가 모자라 의식을 잃은 환자들에게는 쓰임새가 크지요. 당장 동중조초를 복용시켜야 합니다."

"어디 가면 구할 수 있는가?"

"소인이 알기로 사천에 가면 당문이라는 유명한 독문이 있사옵니다. 그곳에 가면 구할 수가 있는데 꽤 돈을 많이 달라고 할 것이옵니다."

"독문?"

"알고 계시옵니까?"

"그곳을 내 왜 모르겠는가? 뭐 하느냐? 당장 당문에 다녀올 준비를 하거라."

두 명의 무사가 허리를 구부렸다.

"명을 받사옵니다."

동오룡이 품에서 전표 한 장을 건네주며 말했다.

"빠를수록 좋다. 밤을 세워서라도 빨리 다녀오거라. 어서 가거라."

"예, 가주님."

두 명의 무사가 나간 후 의원이 능 씨의 옷을 벗겼다.

젊은 여인 못지않은 희고 부드러운 피부에 의원이 놀란 표정을 지었다. 더구나 앞가슴은 금방이라도 터질 듯 둘러맨 천을 비집고 나와 있었다.

의원은 심호흡을 하고 금침을 꽂았다. 능 씨의 가슴은 금침으로 가득했고, 의원이 콧등에 흐르는 땀을 닦으며 허릴 폈다.

"당분간은 더 악화되지 않을 것입니다."

"수고했네. 차 한잔하게나."

동오룡이 의식을 잃은 능 씨를 염려의 시선으로 바라본 후 의원과 같이 방을 나왔다.

동오룡의 의원과 함께 서재로 자리를 옮겼고 두 명의 시녀가 용정을 갖고 들어왔다.

"드시게."

"가… 감사하옵니다."

의원이 황공한 표정으로 두 손으로 잔을 들었다.

'아, 이것이 말로만 듣던 용정이란 차로구나.'

의원은 감격과 흥분에 찬 표정으로 차를 마셨다.

한 모금 마시던 의원의 표정이 와락 우그러졌다. 달고 맛있을 줄 알았는데 텁텁했고 뒷맛은 무척 썼다. 혹시 자신의 혀가 잘못되었나 다시 한 모금 마셔봐도 여전히 쓰다.

이해할 수가 없다. 어떻게 이렇게 쓰고 공짜로 줘도 마시기 싫은 이런 차를 천하제일이라고 돈 있는 사람들은 환장하고 좋아하는지 이해가 되지 않는다.

"왕 의원."

의원이 얼른 찻잔을 놓고 긴장의 자세를 취했다.

"말씀하십시오, 가주님."

"궁금하겠지? 왜 집사람이 저렇게 처참한 꼴이 되었는지."

의원은 아무 말도 하지 않았다.

의원이란 환자나 보호자가 입을 열지 않으면 가급적 묻지 않는다. 물론 치료에 도움이 된다고 생각하면 묻지만.

"자네도 소문 들었을 걸세, 본 가가 흔들리고 있다는 말을."

의원이 아무 말도 하지 않았다.

자신도 귀가 있기 때문에 천상각에 대한 얘기는 이미 듣고 있었다.

태산보다 더 높고 만리장성보다 더 철옹성 같던 천상각이 흔들린다는 말을 믿을 수가 없었다. 하나 의원이 가장 걱정하는 것은 만약 천상각이 무너지면 강호에 미칠 여파였다.

엄청난 불황이 몰려올 것이라고 다들 입을 모았다. 그 후폭풍은 상상을 초월할 것이라면서 일부에서는 어떻게 해서라도 천상각의 궤멸만큼은 막아야 한다고 했다.

하나 또 일부에서는 무너뜨려야 한다는 주문도 있었다. 물론 큰 잘못이 없는 만큼 무너뜨려서는 안 된다는 얘기들이 다

수를 이루고 있었고 무림맹에서 권력을 이용해 힘없는 상가를 압박한다면서 정작 무너져야 할 집단은 천상각이 아니라 무림 맹이라는 사람도 있었다.

"난 본 가가 무너지고 무너지지 않고는 솔직히 이제 관심 밖일세. 내가 슬픈 것은 잘못 지어진 자식 농사일세. 그들이 끼친 실망이야말로 사백 년 본 가의 역사가 무너지는 것보다 더 가슴 아프네."

자신도 자식이 있다. 세상에 그 무엇보다 중요한 것이 자식 농사이다. 그런 면에서 자신의 자식 농사는 그런대로 괜찮았다. 모두 출가했고 각자 자신의 위치에서 제대로 살아가고 있었다.

"헛헛! 오늘따라 그 녀석이 더욱 보고 싶군."

"송구한 말씀이옵니다만 그 녀석이라고 하시오면 혹시 천몽 도련님을 말씀하는 것입니까?"

동오룡이 밝은 표정을 지었다.

"이제 보니 뭔가 있었던 게야. 잘나가던 녀석이 하루아침에 망가진 이유가 말일세."

흠칫!

동오룡을 쳐다보던 의원이 깜짝 놀라는 표정을 지었다.

동오룡의 눈가에 눈물이 매달려 있었기 때문이다. 자신이 아는 동오룡은 태산이었다. 푸른 하늘이었고 영원한 상왕(商王)이었다. 그런 거인의 눈에 물기라니, 믿을 수 없는 일이었다.

바로 그때였다. 문이 벌컥 열리더니 오십가량의 왜소한 체구의 중년인이 급히 들어섰다.

"부총관, 무슨 일인가?"

부총관이 굳은 신색으로 말했다.

"황하의 뱃길이 끊어졌사옵니다."

"화… 황하의 뱃길이 끊어지다니, 그게 무슨 말인가?"

"황하수로맹에서 앞으로 천상각의 배는 일체 황하를 통과할 수 없다고 통보를 해왔습니다. 만약 명을 어길 시에는 모든 배와 화물을 압수하겠다는 것이옵니다."

툭!

동오룡의 손에 들린 찻잔이 떨어져 박살이 났다.

"그것뿐만이 아니옵니다. 장강수로채에서도 앞으로 허락없이 물길을 이용할 경우 엄중 처벌하겠다는 통지를 보내왔습니다."

동오룡의 얼굴은 흙빛으로 변했고, 부총관은 빠르게 말을 이었다.

"천산북로는 물론 장안을 중심으로 무림맹이 관할하는 육로 또한 천상각의 모든 화물과 마차에 대해서는 통행을 금지한다는 소식이옵니다."

동오룡은 아무 말도 하지 않았다. 워낙 폭풍처럼 밀려들어온 소식이어서 잠시 정신을 차리지 못했다.

"또한 본 가와 거래를 하던 수많은 중상들이……."

"그만!"

동오룡이 버럭 소릴 질렀다.

살기 가득한 시선으로 부총관을 노려보았다. 그러자 부총관이 슬그머니 허리를 구부리고 방을 나갔다.

콰악!

동오룡의 주먹이 무섭게 쥐어졌고 두 눈이 시뻘겋게 달아올랐다. 본격적으로 숨통을 죄여오기 시작하는 것이다.

저벅저벅!

또다시 발자국 소리가 들리더니 이번에는 총매사가 들어섰다.

"각주님, 심상치 않사옵니다."

"자네는 또 뭔가?"

"어음이 밀려들고 있사옵니다. 워낙 한꺼번에 밀려들고 있어 자금이 턱없이 부족하옵니다."

동오룡은 아무런 말도 하지 않았다.

"일부는 오늘 내로 해결해 주지 않으면 가만있지 않겠다면서 서슬 퍼렇게 기세를 올리고 있습니다."

"지금 움직일 수 있는 자금이 얼마나 되는가?"

"자금이란 자금은 모두 긁어봤는데 절반도 막기에 벅차옵니다."

동오룡의 두 눈이 잠겼다.

만약 제때에 막지 못하면 관부가 개입한다. 관부가 한 번 개입하면 그때는 빼도 박도 못한다. 필시 배후에 무림맹이 있는 것이 확실했지만 당장 사태를 해결하려면 돈이 필요했다.

동오룡의 눈이 지그시 감겼다.

이럴 때일수록 냉정해져야 한다. 천상각 역사에 가장 위기가 도래했음은 분명했지만 반드시 일어서야 한다. 이대로 물러설 수는 절대 없었다.

第三章
해후

大法王
대법왕
法
王

동오룡이 방 가운데 장판 한쪽을 들췄다. 장판 아래는 나무로 잇대어져 있었는데 그중 한 조각을 들어 올리자 지하로 내려가는 계단이 모습을 드러냈다. 선조들이 최악의 상황을 대비해 마련해 놓은 비고(秘庫) 중 하나였다.

　　역대 천상각의 각주들은 자신 대에 비고에 얼마만큼 많은 돈을 저장해 놓느냐로 능력을 자랑했다. 그래서 선대보다 더 많은 자금을 숨겨두기 위해 노력했고 그러다 보니 이젠 누구도 사방에 널린 비고에 저장된 금은 보화들이 어느 정도인지 짐작할 수조차 없었다.

　　그런데 모으기는커녕 꺼내 쓰니 어쩌면 천상각 사상 자신이 가장 무능한 각주로 남을 것이라고 생각했다.

　　　　*　　　　*　　　　*

　허리 펼 시간이 없었다. 워낙 수양하는 승려들이 많기도 했
지만 도무지 장례가 하루도 끊이질 않았다. 몰래 잠입해 들어
온 지 어느덧 한 달 가까이 되는데 동천몽의 그림자도 보지 못
했고 첫날부터 계속 염습이었다.

　처음에는 시신이라는 것을 대하고 보니 무섭기도 했지만 이
제 어느 정도 이력이 붙어 망설임없이 시신을 닦고 머리를 빗
겼다. 매장도 아니고 들짐승의 먹이로 주기 때문에 염습이라
고 해도 별것없었다. 간단히 시신의 옷차림새를 단정히 해주
는 것이 염습의 전부였다.

　그러면 소속 집단의 승려들이 시신을 내어다 홍산의 골짜기
에 가져다 버린다. 그것으로 장례는 끝이었다.

　오전에 이미 한 건의 염습을 한 상도는 장명각 마루에 걸터
앉아 두 눈을 빛내고 있었다. 무슨 수를 써서라도 오늘만큼은
기필코 대법왕이 있는 백궁전에 가봐야겠다고 다짐했다.

　가진 돈에서 상당액을 장명각주를 구워삶는 데 썼기 때문에
자신이 어딜 가든 별 신경을 쓰지 않고 있었다.

　카악!

　가래침을 뱉은 상도가 하늘을 살폈다.

　아직 오시가 되려면 좀 더 기다려야 했다. 오시가 되면 낮
예불이 있다. 그때만큼은 백궁전이 약 이각 정도 개방되는데,

그때는 누구든지 출입이 가능하고 운이 좋으면 대법왕도 뵐 수 있었다. 대법왕은 자주 모습을 보이지 않지만 이층 창문을 열고 모습을 드러내 순례객들을 축복해 주었다.

상도는 자리에서 일어났다. 지금 부지런이 가면 백궁전에 도착할 때쯤 문이 열릴 것이었다. 대충 옷매무새를 살핀 상도가 장명각을 벗어났다.

장명각에서 백궁전을 가려면 장로원과 백상전을 지나야 한다. 장로원은 십이법신으로 불리는 포달랍궁 최고 의결기관으로 경계 또한 무게만큼이나 살벌했다.

예상대로 두 명의 호위승려가 앞을 막아섰다.

상도는 품에 지니고 있던 장명각 승려의 신분패를 내밀었다. 두 승려가 고개를 끄덕이며 통과를 허락했다. 장명각은 비록 궂은일을 하지만 포달랍궁에서는 상당히 존중을 받는다. 누구도 하기 싫어하는 일을 한다는 것과 죽은 시신을 정성스럽게 다듬어주고 챙기는 것이야말로 최고의 자비이자 공양이라고 믿기 때문이었다.

장로원을 지나 동문 앞을 건너 오르막길로 들어서자 한 채의 흰 전각 모습을 드러냈다.

백상전으로 코끼리 영혼을 모신 곳이었다. 이곳은 성지이기 때문에 지날 때에도 경건해야 한다.

자신은 종교가 없다. 부처는 물론이고, 누구도 믿지 않는다. 요즘의 종교라는 게 삶에 도움을 주는 것이 아니라 돈 뜯어내기에 혈안이 되어 있다는 게 상도 생각이었다.

상도는 절하는 사람들을 쳐다보며 미친놈들이라고 욕설을
내뱉었다.

백상전을 순례하는 사람들이 안으로 들어가 향을 피우고 코
끼리 영정 앞에 엎드려 절을 하는 모습이 눈에 띄었다.

백상전을 지나 조용한 오솔길로 접어들었다. 잔솔가지 사이
로 멀리 백궁의 위용이 언뜻 보였다. 자신의 앞으로 십여 명의
순례객이 오체투지로 백궁을 향해 다가가고 있었다.

그들의 깊은 불심에 상도는 가슴이 찡해짐을 느꼈다. 허름
하고 여유롭지 못한 삶인데도 살아생전 순례차 포달랍궁을 찾
아오는 것을 그들은 최고의 영광이자 기쁨으로 생각한다. 수
백 리 길을 배를 땅에 대고 엎드려 절을 하며 오는 것이다. 손
바닥 까짐을 방지하기 위해 목갑(木匣)을 끼고 엎드려 절을 한
다. 자신은 걸어가기 때문에 그들을 금방 추월했는데 괜히 미
안한 생각이 들었다.

웅성웅성!

백궁 앞에는 이미 수많은 순례객들이 들어와 절을 하고 있
었다. 뭐라고 중얼거리는데 무슨 말인지는 알아들을 수가 없
었다. 단 한 사람도 화려한 차림새는 없고 모두가 남루한 행색
에 검게 탄 얼굴이었다.

일부는 이층 창문을 올려다보았다.

이따금 대법왕이 저 창문을 열고 순례객들을 향해 손을 흔
들어준다. 그런 행운이 나타나길 빌며 그들은 쉽게 자리를 떠
나지 못하고 있었다. 상도 역시 이층 창문이 열리고 대법왕의

얼굴이 나타나기만을 소원했다.

하지만 출입을 통제할 시간이 다 되어가는데도 이층 창문은
열릴 기미를 보이지 않았다. 기다리던 순례객들 얼굴에도 다
소 아쉬워하는 빛이 나타나기 시작했다.

바로 그때였다. 상도가 아쉬운 마음으로 등을 돌릴 때 문이
열리는 소리가 들려왔다. 상도는 자신도 모르게 번개처럼 돌
아섰고 순례객들의 입에서 함성이 터져 나왔다.

"대… 대법왕이시여!"

"위대한 스승이며 우리의 어버이시여!"

이층 창문에 한 사람의 얼굴이 모습을 드러냈다.

황금빛 가사를 걸치고 순례객들을 향해 손을 흔드는 사내의
모습에 상도의 눈은 커졌다. 웅장했고 엄숙했으며 도도하기까지
했지만 입가에 미소는 한없이 자비롭고 어린아이처럼 해맑았다.
그러나 상도가 놀란 것은 그런 그의 모습 때문이 아니었다.

'마… 막내 도련님!'

그 사람은 그토록 찾아 헤매었고 능 씨를 눈물로 살게 만들
었던 장본인이었다.

자신에게 유일하게 미소를 지어주었던 천상각의 인물이었
고 언젠가 추위에 떨며 호위를 나가는 자신에게 모피 장갑과
목도리를 그냥 웃으며 던져 주었던 그 사내였다.

술에 취해 비틀거리다가도 자신이 나타나면 나이가 많다는
이유로 제법 자세를 똑바로 갖추려고 했던, 망나니였지만 나
름대로 예의를 갖고 있던 사내였다.

동천몽이 순례객들을 향해 손을 흔들며 축복해 주자 모두가
감동과 기쁨에 어쩔 줄 몰라 했다.

상도는 더 이상 기다리고 싶지 않았다. 이 기회가 아니면 영
원히 자신이 갖고 온 뜨거운 사연을 전달할 기회가 없을 것 같
았다. 그래서 있는 힘껏 외쳤다.

"도… 도련님, 대법왕님!"

순례객들이 지른 함성 때문에 못 들은 듯 동천몽은 이쪽을
보지 않았다. 상도는 내공을 실어 외쳐 말했다.

"대… 대법왕님! 위대하신 대법왕, 소인 상도이옵니다. 대법
왕님, 이쪽을 봐주소서!"

뚝!

열심히 손을 흔들던 동천몽이 동작을 멈추고 상도를 향해
고개를 돌렸다.

상도는 손을 흔들며 더욱 힘껏 외쳤다.

"소인 상도이옵니다! 대법왕님, 불쌍한 소인을 모른 체하지
마옵소서!"

탁!

그런데 갑자기 문이 닫혔다.

갑자기 문이 닫히자 주위는 정적이 찾아들었고 순례객들은
아쉬운 얼굴로 발길을 돌렸다.

상도는 닫힌 문을 보며 넋을 놓았다. 일련의 행동으로 보아
자신을 알아보지 못한 것 같았다. 자신을 쳐다보았던 것은 내
공이 실린 커다란 외침 때문인 듯했다.

상도는 자신의 눈을 믿었다. 틀림없는 동천몽이었다. 죽어 시체가 되고 뼈가 가루가 되어도 구별해 낼 수 있는 얼굴이었다.

상도는 한동안 혼란에 시달렸다. 능 씨뿐만이 아니라 자신도 그토록 보고 싶어했던 동천몽이었다. 그런데 그는 문을 닫고 냉정히 모습을 감춰 버린 것이었다.

백궁전을 지키는 승려들이 순례객들을 밖으로 유도했고 상도에게도 나가줄 것을 정중히 요청했다.

상도는 축 처진 어깨로 돌아섰다. 잘못 보았을 리가 없었다. 그런데 아무런 반응을 보이지 않았다는 것은 자신을 알아보지 못했거나 잘못 봤거나 둘 중 하나였다.

자신을 보고 절대 고개를 돌린 동천몽이 아니었다. 그때였다.

"상도 아저씨."

뚝!

상도의 몸이 벼락을 맞은 듯 그 자리에 섰다.

너무도 귀에 익은 음성이 등 뒤로부터 들려왔다.

상도는 잔뜩 경직되어 돌아섰다. 한 사내가 그곳에 서 있었다. 아니, 그건 사내가 아니라 대법왕이었다. 그런데 조금 전 이층 창가에서 내려다보며 짓던 자비스런 웃음이 아니라 짓궂은 웃음을 머금고 있었다. 소주의 개고기로 가문과 부모 형제의 얼굴에 먹칠을 하며 다니던 사고뭉치 동천몽이었다.

"도… 대… 대법왕님!"

상도는 그 자리에서 무릎을 꿇었다.

그리고 뭔가 말을 하려는데 앞이 캄캄했고 아무런 생각도 떠오르지 않았다. 그저 두 뺨으로 뜨거운 눈물만이 미친 듯이 흘러내렸다. 기억을 할 수 있는 나이부터 지금까지 단 한 번도 눈물을 흘려본 적이 없었다.

자신이 가장 존경하던 능 씨가 동천몽의 생일날 주인 없는 상을 차려놓고 눈물을 흘리는 광경 앞에서도 석상처럼 구경했던 자신이었다. 자신과 같이 능 씨를 호위했던 복상이 동천비에게 맞아 죽었을 때에도 울지 않았다. 그를 땅에 묻으면서 타고난 서로의 서러운 운명을 탓하자고만 했을 뿐 유일한 친구의 죽음에도 당당했던 자신의 눈에 문제가 생긴 듯했다.

주르륵.

아무리 그치려고 해도 빌어먹을 놈의 눈물이 소낙비처럼 쏟아져 내린다. 아무리 훔치고 또 손등으로 닦아도 끝이 없다.

"도대체 언제까지 울 거요? 내가 아는 상도 아저씨는 절대 울지 않기로 유명했던 것 같은데."

"으와아앙!"

급기야 상도가 목을 놓고 소리쳐 울어버렸다.

그러자 동천몽 주위를 지키고 있던 천룡구십구불의 승려들이 눈을 휘둥그레 떴다.

흥이 잡혀도 좋았고 울보라고 놀려도 좋았다. 낯선 승려들이 자신을 구경하듯 바라보는데도 창피하기는커녕 좋아 미칠 것 같았다.

"흑! 으으어어엉!"

상도의 눈물로 지면에 흙탕물이 생겼다.

"아저씨."

동천몽이 쭈그리고 앉아 상도의 한쪽 팔을 붙잡았다.

"그만 하세요. 주위에서 쳐다보잖아요. 진짜 창피 다 살 거예요?"

"허헝!"

"일어납시다."

상도는 일어섰다. 하지만 눈에서는 계속 눈물이 흘러내렸다.

동천몽이 씨익 웃음을 지었다. 울고 있는 자신을 놀리고 있음이 분명했다.

"일직승! 이분을 안으로 모시거라."

동천몽이 한쪽에 서 있는 승려를 향해 명령하자 그가 다가와 상도에게 공손히 말했다.

"안으로 드시지요, 시주."

동천몽이 앞장서자 상도가 일직승의 안내를 받으며 뒤를 따랐다.

상도는 동천몽을 따라 백궁전 안으로 들어갔다.

상도의 눈이 커졌다. 백궁전 안은 무척 넓었지만 의외로 소박하고 단출했기 때문이었다. 대법왕이 정사를 보는 곳이기 때문에 주눅이 들 만큼 빛이 나는 곳일 줄 알았다.

일직이 나가고 동천몽이 돌아섰다. 두 사람은 잠시 말없이 서로를 쳐다보았고 상도가 다시 무릎을 꿇었다.

"대법왕님!"

"평소처럼 부르시오. 단둘인데 뭐 어쩌겠소?"

"아니옵니다. 그럴 수는 없사옵니다."

"그나저나 언제부터 아저씨가 걸핏하면 무릎을 잘 꿇었소? 내 기억에 의하면 내 앞에서는 한 번도 꿇은 적이 없었던 것 같소만?"

상도가 어색해하자 동천몽이 웃으며 말했다.

"앉읍시다."

동천몽이 한쪽의 탁자를 가리켰고 두 사람은 마주 보며 자리를 잡았다.

"어떻게 들어왔소?"

상도는 들어온 방법을 얘기했다.

동천몽이 인상을 찌푸렸다.

"본 궁에 그런 허술한 일이 있었단 말이오?"

상도는 아차했다. 하지만 이미 입 밖으로 뱉어버린 뒤였다. 보나마나 동천몽의 예전 성질을 볼 때 아무리 대법왕이 되었다고 하지만 장명각주와 백면자를 절대 가만두지 않을 것이다.

"그래, 무슨 용건으로 그런 고생을 하며 들어왔소?"

"가… 가모님께서……."

"어머니에게 무슨 일 있소? 말해보시오."

상도는 길게 한숨을 내쉬고 말했다. 지난 삼 년 동천몽을 찾기 위한 능 씨의 처절한 몸부림을 소상히 말했다.

묵묵히 듣고 있던 동천몽이 자리에서 일어났다. 그러더니 창가로 다가가 서산으로 조금씩 떨어져 가는 해를 바라보았다.

하루도 어머니를 잊어본 적이 없었다. 단지 자신이 곁을 떠났기 오히려 형들의 감시와 핍박에서는 좀 더 자유로워질 것이라고 여겼다. 하지만 상도의 말을 듣고 보니 그건 어디까지나 자기 편의적인 생각이었을 뿐 어머니의 가슴에 못을 박는 일이었다. 자식을 잃은 어머니는 어떤 경우에도 절대 편하지 않다는 사실을 지금에서야 깨달은 것이다.

"그래, 어머니의 건강은 어떠시오?"

"건강은 크게 나쁘시진 않습니다. 다만 도련님 때문에 거의 웃음을 잃으셨지요."

동천몽은 한숨을 쉬었다.

상도의 말을 듣고 보니 자신의 행동이 아주 잘못되었음을 느낀 것이다. 이렇게까지 어머니가 자신을 위해 마음고생을 많이 하고 있으리라고는 전혀 생각하지 못했다.

"아버지는 잘 계시오?"

"예!"

사실 상도는 천상각이 처한 현실을 잘 모르고 있었다. 오로지 능 씨의 지시로 동천몽 찾는 데만 주력하고 있었기 때문이다.

바로 그때였다. 밖으로부터 천장금왕 목소리가 들려왔다.

"소승 금왕이옵니다."

"들거라."

문이 열리고 천장금왕이 들어섰다. 이미 상도에 대한 보고를 밖에서 들었는지 별로 놀라지 않았다. 다만 눈으로 가벼운 예를 취했고 상도 또한 얼른 고개를 숙였다.

"무슨 일 있느냐?"

"저어! 밖에 손님이 와 계시옵니다. 동천완 시주라고……."

"두… 둘째 공자님이!"

상도가 놀라 소리쳤다.

동천몽이 눈을 치켜떴다.

"어디 있소?"

"빈객당에."

"어서 데려오시오."

"알겠사옵니다."

천장금왕이 나가고 동천몽의 표정이 굳어졌다.

이미 사불각의 정보를 통해 무림맹과 천상각의 사이가 예전처럼 화목하지 않다는 얘긴 들었다. 그런데 상도에 이어 동천완이 찾아온 것을 보면 뭔가 일이 생겼음이 분명했다.

"혹시 형님께서 날 만나기 위해 이곳으로 온다는 사실을 알고 있었소?"

"전혀."

유일하게 자신을 챙겨주던 형이다.

동천완에 의해 목숨까지도 건졌었다. 동천비가 자신을 죽이려 한다는 귀띔을 받고 피했던 것이었다. 유난히 정이 많아 모질게 자신의 이익을 남겨야 하는 장사꾼에는 도저히 어울리지 않았고 그래서 적지 않게 부친에게 꾸중을 들었다.

언젠가 밤 늦은 시간에 자신을 찾아와 울면서 상인의 길을 가는 것이 정말 싫다고 하소연한 적이 있었다. 자신은 책을 보며 선비의 길을 가고 싶은데 운명은 왜 이렇게 가혹하느냐며 닭똥 같은 눈물을 흘리던 기억이 생생했다.

"대법왕이시여, 동천완 시주께서 도착했사옵니다."

"어서 모시거라."

문이 열리고 천장금왕을 따라 동천완이 들어섰다. 가장 먼저 상도가 다가가 큰절을 했다.

"둘째 도련님, 소인 상도 인사드립니다."

동천완이 깜짝 놀라며 물었다.

"아니, 상도 아저씨가 여긴 어인 일이오?"

"그… 그럴 일이 있었습니다. 그보다 어서 막내… 대법왕님을 뵈소서."

상도가 한쪽으로 비켜서자 동천완이 동천몽을 쳐다보았다. 동천몽은 입가에 미소를 짓고 있었는데 한동안 동천완은 입을 다물고 있었다.

"어서 오십시오, 형님."

"네… 네가, 아니, 대법왕님께서 정녕 세속의 소인 동생이란 말이옵니까?"

"대법왕이라뇨, 그냥 천몽이라고 부르세요."

순간 천장금왕의 눈이 번쩍 빛을 발했다. 그것은 절대 있을 수 없는 일이었다.

"아… 아니옵니다. 감히 소인이 어찌 그런 무엄한 행동을 할 수 있겠나이까."

"형님."

동천몽이 다가가 와락 동천완을 끌어안았다.

두 형제는 한동안 떨어질 줄 모르자 상도가 또다시 고개를 돌리고 눈물을 짰다.

'젠장!'

자신이 생각해도 평소 자신과 너무 다르다. 그래서 무척 화도 나고 어색하면서 부끄러웠다. 아무리 참으려 해도 눈물이 계속 찔끔거렸다.

동천몽이 동천완의 양어깨를 쥐고 얼굴을 보았다.

"얼굴이 좋지 않군요. 아픈 곳은 없습니까?"

"소인은 건강하옵니다."

동천몽이 다시 한 번 와락 동천완을 끌어안은 뒤 의자에 앉을 것을 권했다.

"금왕도 앉으시오."

천장금왕이 머뭇거리다가 거듭된 동천몽의 요청에 의자에 앉았다.

두 형제는 잠시 서로에 대한 안부를 묻더니 옛날 얘기를 꺼냈다. 서로가 가장 아름다운 추억이었던 듯 코 흘리게 시절에서부터 세상을 어느 정도 아는 나이가 될 때까지 서로 친하게 지냈던 얘기는 여느 집안의 형제들과 다르지 않았다. 때로는 소리 내어 웃기도 했고 고개를 끄덕이기도 했으며 아버지 몰래 물건 팔고 남은 돈을 숨겨놨다가 그 돈으로 술 마시던 대목에서는 서로가 깔깔거리며 소리 내어 웃기도 했다.

단지 형님들 얘기가 나올 때만 동천몽의 표정이 굳어졌다.

세 번째 찻잔이 바뀌고 나서 동천완이 정색을 하며 찾아온 얘기를 꺼냈다.

동천완은 천상각이 처한 작금의 상황에 대해 말했다. 무림맹이 시시각각 숨통을 조여온다는 말에도 동천몽은 표정 변화가 없었다. 오히려 상도가 놀라고 있었다. 자신은 오로지 능씨 호위에 모든 것을 걸었기 때문에 전혀 모르고 있던 사실이었다.

동천완은 한 가지 사실도 빼놓지 않고 모두 털어놨다. 가게가 위기에 빠지자 형제들끼리도 서로 하나라도 더 챙기기 위해 혈안이 되고 사분오열되었다는 말에 동천몽이 피식 웃음을 흘렸다.

"그게 우리 형제들이지."

동천완의 표정이 굳어졌다. 동천몽의 말속에 비아냥이 들어 있었기 때문이다.

자신은 동천몽이 당하던 것을 옆에서 생생하게 지켜봤다. 다른 사람 같았으면 이미 몇 번을 죽어야 했을 상황이었다. 하지만 동천몽은 놀라우리만치 적응을 해나갔고 형들이 뭘 원하는지를 알면서부터 철저히 스스로를 망가뜨렸다.

"그래서 내게 뭘 원하는 것이오?"

동천몽이 정색하고 물었다.

동천완이 한숨을 쉬더니 말했다.

"일단 집안을 살려놓고 봐야 할 것이 아니겠사옵니까?"

"천비 형을 살려두자는 것이군."

"꼭 큰형이 아니더라도……."

"차기 천상각의 주인은 천비 형이오. 그러니 천비 형을 살리자는 것 아니오."

동천완이 입술을 지그시 깨물었다.

"이유야 어쨌든 그런 꼴이군요. 할 수 없지 않습니까? 그렇다고 가문이 무너지는 것을 구경할 수는 없고."

"금왕."

"하명하소서, 대법왕님."

"수라옥으로 가자."

갑자기 수라옥을 가자는 말에 천장금왕의 눈이 커졌다. 하지만 곧바로 일어나 앞장을 섰고 동천몽이 동천완을 돌아보았다.

"따라오십시오."

밖으로 나서자 동천몽이 말했다.

"수라옥은 본 궁의 뇌옥입니다. 한 번 들어가면 생전에는 나올 수 없지요."

동천완은 느닷없이 자신을 수라옥으로 데려가는 동천몽의 저의가 궁금했지만 묻지 않았다. 어차피 가면 모든 것이 밝혀질 것이었다.

수라옥 앞에는 이미 연락이 닿은 듯 옥장과 옥사 이십여 명이 도열해 있다가 동천몽이 나타나자 큰 소리로 예를 취했다. 옥장은 곧바로 뇌옥의 문을 열었다.

거대한 동굴 가운데가 좌우로 벌어지고, 옥장을 앞세운 일행은 수라옥 안으로 들어섰다.

천연동굴에 손질을 가미해 만든 수라옥은 천장에서 쏟아지는 야명주 말고는 어떤 빛도 없었다. 어두침침한 가운데 종유석을 타고 떨어지는 물방울 소리와 인기척에 박쥐들의 날갯짓이 더욱 음산한 분위기를 조성했다.

왕왕 어둠 속에서 파란 눈이 나타났는데, 그들의 죄수들이었다.

오십여 장쯤 들어간 옥장이 벽에 있는 기관 장치를 누르자 바닥이 벌어지고 밑으로 내려가는 계단이 나왔다.

덜컹!

일행이 조심스럽게 계단을 따라 아래로 내려가자 뇌옥 밑에는 또 하나의 뇌옥이 있었다.

다시 울퉁불퉁한 바닥이 나타났고 십여 장가량 걸어가자 팔뚝만 한 쇠창살로 된 문이 모습을 드러냈는데 그 안에 한 명의 인물이 가부좌를 틀고 앉아 있었다.

"아미타불! 사주는 눈을 뜨시오."

천장금왕이 조용히 입을 열어 말했다.

하지만 흑의인은 여전히 눈을 내리깔고 있었다. 천장금왕이 버럭 화를 내려고 하자 동천몽이 손을 들어 제지했다.

흑의인은 뢰음사 사주 유마음선이었다.

"나 대법왕이오. 당신에게 한 가지 묻고자 왔으니 대답해 주
시오."

대법왕이라는 말에 눈을 번쩍 떴다.

그 또한 동천몽은 얘기만 들었을 뿐, 아직 실물로는 한 번도
본 적이 없었다.

동천몽을 뚫어져라 쳐다보던 유마음선의 눈빛이 여러 차례
변했다.

"내가 속았군."

유마음선이 한숨을 쉬었다.

"나이도 어리고 아주 보잘것없다고 들었는데 가히 천하를
호령하고도 남을 기상이로군. 핫핫핫! 이토록 뛰어난 준걸인
줄 알았다면 진작 찾아뵙고 문안을 올리며 칠십 년 전의 전쟁
을 사죄하고 용서를 구했을 것을."

유마음선의 얼굴에 후회의 빛이 나타났다.

"크하하하!

뇌옥이 떠날 듯한 광소를 흘렸는데 유난히 처절하게 들렸
다. 동천몽은 묵묵한 시선으로 쳐다보았다. 웃음을 그친 유마
음선이 동천몽을 향해 말했다.

"유마음 선이라고 하오이다."

동천몽이 가볍게 웃었다.

"고생이 많소이다. 이런 곳에서 얼굴을 뵙게 되어 조금은 안

타깝구려."

"묻고 싶은 것이 있다고 했소이까? 물어보시오."

"당신에게 본 궁을 공격하도록 지시를 한 사람이 있다고 했소. 물론 내가 흑수당을 돕기 위해 궁을 떠나리란 것까지 알려준 사람이겠지. 뢰주의 입을 통해 직접 듣고 싶소이다."

유마음선은 망설이지 않았다.

"대법왕도 알고 있지 않소이까?"

"당신 입을 통해 듣고 싶다고 얘기했잖소."

"동천비요. 천상각의 맏아들 말이오."

"으음……!"

순간 동천완이 나직한 신음을 흘렸다.

"다시 한 번 말해주겠소?"

"동천비요. 그가 대법왕을 죽이면 황금 십만 관을 주기로 했소이다. 그 돈이면 부족한 본 사의 재정 해결은 물론이려니와 칠십 년 전 실패로 궁핍함을 면치 못하던 본 사가 일어나는 데 결정적인 도움이 되오. 그래서 망설일 것도 없이 제안을 받아들였지요."

"확실하오?"

동천완이 물었다.

유마음선의 인상이 찌푸려졌다.

"본선이 거짓말 따위나 하는 위인으로 보이시오?"

"고맙소, 뢰주."

동천몽이 돌아서서 동천완을 바라보았다. 동천몽이 자신을 쳐다보는 이유를 안다. 그리고 그가 왜 이곳으로 자신을 데리고 왔는지 궁금증이 해소되었다.

자신이 한 번만 모든 것을 접고 동천비를 도와달라고 요청하자 데려온 것이었다. 아직까지 자신을 죽이려는 생각을 버리지 않았고 그로 인해 애꿎은 포달랍궁과 뢰음사의 수많은 제자들이 죽었다는 사실을 알려주기 위해서였다.

척!

문 앞에 다다른 동천몽이 돌아서더니 천장금왕을 향해 말했다.

"뢰주를 풀어주시오."

"네엣?"

천장금왕이 경악했다.

동천몽이 조용히 말했다.

"이제 과거의 일일 뿐이오, 이긴 자는 달라야 하는 것이고. 그만 풀어주시오."

그러자 유마음선이 큰 소리로 말했다.

"대… 대법왕이시여, 진실로 감사하나이다! 큰 자비에 소인은 그저 감격할 따름이옵니다!"

동천몽이 돌아섰다.

"뢰주, 한마디만 하겠소."

"경청하나이다."

"포달랍궁은 한 번도 뢰음사를 속문이라고 생각해 본 적이 없소. 모든 건 당신들 마음이 그렇게 만들어낸 것뿐이오."

자격지심을 갖지 말라는 뜻이었다. 강하다고 해서 절대 횡포를 부리거나 귀찮게 하지 않겠다는 의미였다.

"난 공존공영을 원하오. 서장은 중원과 달리 평화로워야 하오. 그것이 앞으로 내가 생각하는 대법왕의 통치 이념이오."

드르릉!

동천몽이 계단을 걸어 올라 사라졌고 유마음선의 눈이 부릅떠졌다.

나이가 어리다고 무시했었다. 한마디로 대법왕이라고 다 대법왕이냐는 비아냥을 갖고 있었다. 그러나 지금 이 순간만큼은 가히 활불이라 생각하지 않을 수가 없었다.

동천완은 포달랍궁을 떠나지 않았다. 한마디로 고집을 피우고 있는 것이었다. 그럴 수밖에 없는 것이, 이제 다른 방법이란 없었고 동천몽이 아니고서는 천상각의 미래는 없었다.

자신이 가지 않고 버티고 있으면 동천몽의 마음이 움직이리라고 나름대로 계산하며 빈객당에 틀어박혀 나오지 않았다. 뻔뻔하다고 손가락질해도 하는 수 없었다. 일단 집안은 살려놓고 봐야 했다.

그런데 더욱 절망적인 소식이 날아들었다. 동생 동천혁에 의해 어머니 능 씨의 팔이 잘렸다는 소식이었다. 따라온 시위무사들까지도 안색이 굳어졌다.

이제야말로 모든 건 물 건너갔다고 봐야 했다.

가뜩이나 자신을 죽이려 한 동천비에 대한 감정이 좋지 않은데 능 씨의 팔까지 잘린 사실을 동천몽이 안다면 그 반응은 뻔했다.

"절대 이 사실을 대법왕께서 알면 안 된다. 무슨 말인지 알겠느냐?"

시위 무사들이 고개를 끄덕였다.

동천완은 무거운 얼굴로 탄식했다. 이대로 간다면 천상각이 산산조각 나는 것은 기정사실이었다. 수백 년 동안 강호제일 상가로 천하의 시장을 주물러 온 불멸의 신화는 이제 역사 속으로 사라지고 말 것이었다.

동천몽이 아니면 솟아날 방법이 없었다.

"공자님, 차라리……."

시위 무사가 조심스럽게 입을 열었다.

"말해보거라."

"소인의 생각입니다만 차라리 가모님의 소식을 전해 드리는 것이 어떨는지요?"

"인마, 그게 말이 되는 소리야?"

"미친놈."

동료들이 눈을 흘겼다.

그러나 시위 무사는 진지한 얼굴로 말했다.

"꼭 그렇지만은 않아. 오히려 그것이 자극이 되어 막내 공자님께서 마음을 바꿀지도 모르잖아."

동천완이 눈살을 찌푸렸다.

"지금으로서는 가문이 살아나는 것이 중요하다는 것이냐?"

"그러하옵니다. 설혹 대공자님을 용서 않는다고 해도 가문이 존속될 수만 있다면 해볼 만한 일입니다. 사람이든 가문이든 하나만 잃어야지, 둘 모두를 잃을 수는 없지 않사옵니까?"

그제야 동료 무사들도 표정을 바꾸었다.

전혀 일리가 없는 말은 아니었기 때문이다. 동천완 또한 눈을 빛냈다. 한 번쯤 진지하게 숙고해 볼 가치가 있는 제안이었다.

백궁전 뒤뜰에서 자정경이 검을 휘두르고 있었다. 상당히 오랜 시간 동안 수련을 한 듯 그녀의 흑의는 땀으로 젖었고 입에서는 거친 숨소리가 흘러나왔다. 그녀는 동작 하나하나에 최선을 다했고 온 힘을 다했다.

촤촤촤!

검이 연속 세 번을 찌르고 뒤이어 대각선으로 매섭게 떨어졌다.

그러자 강한 검풍이 일어나며 자욱한 흙먼지가 피어올랐다. 연속해서 칠 초식을 더 펼친 후 검을 수평으로 만들며 멈췄다.

"학… 하학!"

거친 숨소리에 어깨가 들썩였다. 잠시 호흡을 안정시킨 그녀는 검을 내리며 말했다.

"어때요, 사부님. 전번과 비교해서?"

동천몽이 팔짱을 낀 채 지켜보고 있었는데 흐뭇한 표정으로 고개를 끄덕였다.

"나아졌구나. 일… 일취… 일취… 그러니까…….."

"일취월장요."

"으휴! 요즘 들어 왜 이렇게 정신이 깜빡깜빡하는지 모르겠구나. 그렇다."

동천몽의 얼굴에 짜증이 배었다. 어떻게 된 것이 걸핏하면 사자성어가 튀어나왔다. 잘 알지 못하기 때문에 절대 사용하지 않으려고 노력하는데 걸핏하면 튀어나오므로 미칠 지경이었다. 제자 앞에서 잔뜩 위엄을 갖추려고 의식적으로 생각하다 보니 엉뚱한 사자성어가 튀어나온 것이다. 자정경 앞에서만큼은 무식을 폭로하고 싶지 않았다.

지금 자정경에게 가르치고 있는 검법은 포달랍궁의 삼대검법 중 하나인 엽전류獵全流)다. 사실 엽전류는 철저히 공격적인 검법으로 가장 완벽한 사냥이라는 이름에서 알 수 있듯이 절정에 이르면 가히 패도적이라 할 만큼 살인적이었다. 그래서 포달랍궁 제자들도 가급적 익히려 들지 않는데 자정경은 속인이고 본인이 원했으므로 가르친 것이었다.

물론 자신이 직접 가르치지는 않고 포달랍궁에서 엽전류를 가장 잘 쓰는 십이법신 중 한 명인 매동 선사로부터 자세와 구결 운영에 대한 수업을 받게 하였다.

한마디로 동천몽의 역할은 별로 없었다. 그런데도 그가 한사코 자정경의 수련 현장에 나와 있는 것은 한 가지 이유 때문이었다.

'화중동거.'

유일한 치료 방법은 여인들 속에서 사는 것이라고 했다. 어떻게 해서라도 여인과 가까이 하면 살아날지도 모른다고 했다. 자정경은 천하쌍미 중 한 명이다. 미모도 미모지만 땀에 젖어 드러난 그녀의 몸매는 가히 숨이 막혔다.

"왜, 벌써 그만두려고?"

자정경이 검집에 검을 꽂으려 하자 동천몽이 눈을 크게 떴다.

"네, 오늘은 그만 하려구요."

"안 된다."

동천몽이 단호히 제지하자 검을 반쯤 꽂아 넣던 자정경의 눈이 커졌다.

"고… 고진… 고진……."

"고진감래를 말씀하시려구요."

이쯤 되면 병이었다.

'씨벌, 돌겠구만.'

미칠 노릇이었다. 자정경 앞에만 서면 튀어나온다. 한두 번 망신당했으면 됐지, 갈수록 심해지니 문제였다.

창피를 잊기 위해 동천몽이 근엄한 얼굴로 말했다.

"제자 나이가 몇이더냐?"

"올해로 스물하나인데요."

"스물하나면 아주 늦었다고는 할 수 없지만 무공을 익히는

데 빠르다고도 할 수도 없다. 하루라도 빨리, 그리고 부지런히 수련할수록 이롭다는 얘기다. 좀 더 하거라."

하도 동천몽이 근엄한 표정을 지었으므로 자정경은 하는 수 없다는 듯 검을 다시 뽑아 들었다.

"얍!"

자정경이 기합을 지르며 검을 다시 휘두르기 시작했다.

동천몽의 눈이 가늘어졌다. 땀으로 인해 흑의가 달라붙으면서 드러난 자정경의 몸매는 열 번 침을 삼켜도 부족하지 않았다. 어디 그뿐인가. 초식을 운용하다 야릇한 자세를 취했고 그것은 마치 방중술의 한 자세와 다르지 않아 동천몽을 더욱 자극했다.

하지만 기쁨도 잠시, 동천몽의 얼굴은 다시 어두워졌다. 눈앞에서 천하쌍미 중 한 여인이 온갖 교태를 부리고 있는데도 아랫도리는 침묵했다.

동천몽은 희망을 잃지 않았다. 다시 고개를 들어 자정경을 보았는데 시선은 그녀의 초식이나 검의 휘둘림에 있지 않고 오로지 그녀의 엉덩이에 꽂혀 있었다. 그것은 소주에 있는 어떤 기녀의 엉덩이보다도 매력적이었고 사내의 가슴을 진탕시키기에 충분했다. 하지만 아랫도리는 계속 휴식 중일 뿐이었다.

"대법왕님!"

그때 천장금왕이 다가왔다.

"형님께서 뵙고자 합니다."

"모셔오너라."

천장금왕이 돌아가더니 잠시 후 동천완을 데려다 주고 사라졌다.

동천몽은 자정경의 몸에 계속 시선을 두었고, 동천완은 힐끔 자정경을 한 번 쳐다보았다.

"왜 말씀이 없소? 할 말이 있어 찾아왔을 텐데 어서 하시오."

동천완이 작정한 듯 마른침을 삼키더니 입을 열었다.

"어머니가 다쳤다는구나."

홱!

동천몽의 고개가 돌려졌다.

"지금 어머니가 다쳤다고 했소?"

동천완은 연락받은 내용을 그대로 말해줬다.

동천몽의 얼굴이 돌덩이처럼 굳어졌다.

"천혁 형님이?"

동천몽의 입술이 뒤틀리자 수련 중이던 자정경이 검을 세우고 놀란 표정으로 쳐다보았다.

동천몽은 지면을 내려다보았다. 뭔가를 깊이 생각하고 있는 것 같았다. 꼼짝도 하지 않았는데 자꾸 표정이 변하는 것이 감정의 파고가 높음을 알 수가 있었다.

오늘따라 달빛이 밝았다. 하늘에는 구름 한 전 없었고 둥근 달빛이 포달랍궁을 은빛으로 뒤덮었다. 대설산 저 멀리로 한 개의 유성이 꼬리를 만들며 떨어졌고 수컷 늑대의 포효가 고요를 산산이 부숴뜨리고 있었다.

백궁전 앞마당에 동천몽이 우뚝 서 있었다.

잠이 오지 않아 밖으로 나왔는데 마침 달빛까지 좋아 하늘을 올려다보았다. 달은 중원에서 보는 것이나 수천 리 떨어진 이곳 서장에서 보는 것이나 똑같았다. 저 달이 어쩌면 녹풍원 위에도 떠 있을지 모른다는 생각을 하며 어머니 얼굴을 떠올렸다.

언젠가부터 자신이 진짜 대법왕의 환생자인지 모른다고 생각했었다. 그런 생각을 하는 데는 시간이 흐를수록 자신이 대법왕으로 깊이 젖어들고 있다는 것 때문이었다.

사심이 없어지고 세속의 동천몽을 버리고 백성들과 제자들의 안위와 평안을 위해 노심초사하는 자신을 발견하고 깜짝 놀랄 때가 한두 번이 아니었다.

지금도 그런 것이었다.

어머니 문제는 심각했다. 더구나 형들과의 은원은 돌이킬 수 없을 만큼 골이 깊었다.

예전 같으면 당장 흥분한 채 한숨에 달려가 모두 때려부수고 말았을 것이다. 자근자근 짓밟고 받은 대로 돌려주어야 직성이 풀릴 텐데 알 수 없는 감정이 자신을 옭아매고 있었다. 무어라고 말할 수는 없었지만 세속과는 일정한 거리를 두고 싶다는 생각이 든 것이었다.

"사부님!"

자정경이 다가왔다.

"아직 안 잤느냐?"

"사부님께서 주무시지 않는데 어떻게 잠이 와요?"

입을 삐쭉거리는 자정경을 동천몽이 웃으며 쳐다보았다.

"중원으로 가세요."

자정경이 나란히 서며 말했다.

"가서 어머니도 찾아보시고 모든 문제를 해결하세요. 그렇지 않으면 사부님께서는 평생 대법왕도 아니고 그렇다고 소주의 동천몽도 아닌 어중간한 사람으로 살 거예요."

동천몽의 눈이 커졌다.

자정경이 돌아보았다.

"제자는 잘 모르지만 세속의 인연은 끊을 수도 없고 끊어서도 안 된다고 들었어요. 인간의 삶이란 세속이든 절간이든 인연과 악연의 연속 아니겠어요? 인연은 인연대로 악연은 악연대로 순리에 따라 움직이면 된다고 생각해요."

달빛 아래서 자신을 쳐다보는 자정경의 모습이 너무 매력적이었다. 자정경은 입술을 삐쭉이며 계속 말했다.

"어머니는 사부님을 낳아준 이 세상에서 한 분뿐인 가장 가까운 분이세요. 사부님 때문에 겪지 않아도 될 고초를 겪으셨구요. 팔이 잘린 것 또한 사부님 탓이 커요. 이복 형제들은 항상 어머니가 몰래 재산을 사부님 앞으로 빼돌리고 있다고 의심을 했겠죠. 만약 사부님이 안 계셨다면 어머니의 삶은 지금처럼 황폐해지지 않았을 거예요."

동천몽의 얼굴이 잠겼다. 자정경의 말이 비수가 되어 찔러 왔다.

"세속의 모든 것을 깨끗하게 정리하지 않고서는 결코 온전한 대법왕으로, 포달랍궁 사상 가장 뛰어나고 덕이 많은 분으로 남기는 어려울 거예요."

"그런 꿈은 없다. 난 그냥 평범한 대법왕일 뿐이다."

"거짓말하지 마세요. 사부님은 마음속으론 이왕지사 이렇게 되었으니 포달랍궁 역사에서 가장 큰 획을 그은 대법왕으로 남고 싶어하고 계시잖아요."

동천몽이 깜짝 놀란 표정을 지었다. 그것은 자정경의 말이 정확함을 반증하는 행동이었다.

"사부님께 있어 대법왕의 길은 제이의 삶이죠. 그럼 제일의 삶을 완전히 정리하세요. 피로 정리하든 용서로 정리하든. 세속의 삶이 깨끗하게 정리되어야 대법왕님의 몸과 마음이 온전히 불가에 바쳐질 거예요."

"아미타불! 그러하옵니다, 대법왕님."

고개를 돌리자 천장금왕이 다가오고 있었다.

동천몽이 물었다.

"금왕도 나처럼 고민이 있소?"

그러자 금왕이 가벼운 미소를 지었다.

"있지요. 아주 큰 고민이 있사옵니다. 그래서 잠을 이루지 못하고 있었사옵니다."

동천몽의 눈이 크게 떠졌다.

"금왕 같은 고승도 잠이 오지 않을 만큼 큰 고민이 있단 말이오? 여태 헛공부했나 보구려."

"소승은 자 시주의 말에 적극적으로 동조하옵니다. 인생은 결코 과거와 단절될 수 없사옵니다. 좀 더 큰 뜻을 이루고 싶으시거든 세속의 모든 인연을 이번 기회에 깨끗하게 정리하소서. 자 시주 말처럼 그것이 설혹 피가 된다면 피로 씻고, 용서가 된다면 용서로 씻으소서."

"사실 사부님은 지금 한 가지 때문에 두려워하고 계세요."

동천몽이 그게 뭐냐는 듯 자정경을 쳐다보았다.

자정경이 야무지게 말했다.

"칼을 들면 너무 많은 피를 흘릴 것 같으니까 그게 두려워 망설이는 것 아니던가요? 이 제자의 말이 틀렸나요? 틀렸으면 틀렸다고 말씀해 보세요."

동천몽은 아무 말도 않고 하늘을 올려다보았다.

"특히 사부님이 가장 미워했고 용서할 수 없는 형제들을 어찌해야 할지 그게 가장 고민거리잖아요."

"베소서."

획!

동천몽이 천장금왕을 돌아보았다.

천장금왕이 단호한 표정으로 입을 열었다.

"소승이 나름대로 알아봤는데 살려둬 봤자 세상에 득이 되지 않을 형제들이더군요. 읍참마속의 심정으로 단호히 징계를 하소서. 그것만이 좀 더 나은 세상을 창출하는 길이옵니다."

"죽이란 말이군?"

"네, 사부님."

자정경이 대답했다.

"하긴 나와 정들지 못한 형제들이지. 그러나 그들을 죽이면 한 사람이 슬퍼할 것이다."

"누구죠?"

"능 씨라는 한 여인이다. 그 여자는 한 번도 그들을 남의 자식이라고 여기지 않았느니라. 어머니는 나보다 훨씬 더 그들을 챙겼고 보듬었으며 따뜻하게 대해주기 위해 노력했지. 물론 그런 어머니의 진정을 그들은 오해하고 받아들이지 않았지만."

"더 잘됐군요. 손을 써도 좀 덜 미안하겠네요, 그렇게 잘해준 어머니의 팔을 잘랐으니."

자정경이 차갑게 말했다.

이미 부친과 여러 사람들을 통해 동천몽의 이복형제들이 얼마만큼 모질고 악질적인지를 들었다. 남일지라도 그렇게는 할 수 없었다.

동천몽은 말없이 만월(滿月)을 쳐다보았다.

第四章
중원으로

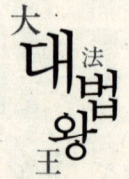

사흘을 기다려도 동천비는 돌아오지 않았다. 그렇다고 동천비가 죽었다는 생각은 절대 하지 않았다. 그는 놀라운 능력을 갖고 있었는데, 금지마공 묵곤혈참기였다. 동천비의 묵곤혈참기는 십성을 넘어서고 있었다. 십이성에 오르면 비록 인성은 거의 마비가 된다고 하지만 무적이라고 했다.

여추량은 집결지인 금우산장에서 하루만 더 기다려 보기로 했다. 이천여 명이 무림맹 공격에 나섰다가 오백도 채 돌아오지 못했다. 그나마 상당수는 중상을 입고 있어서 사망자는 더 늘어날 것 같았다. 이거야말로 완패였다.

아침이 밝아왔고 또다시 하루가 시작되었다. 살아남은 무사들은 무예 수련을 게을리하지 않았고 부상자들은 인근 마을에서 데려온 의원들로부터 치료를 받고 있었다.

스물세 개의 방에 환자들이 수용되어 있었는데, 여기저기서 고통의 신음을 흘러나왔다. 환자들을 한번 살피고 밖으로 나온 여추량은 사공진을 만났다. 사공진은 자신의 심부름으로 천상각에 다녀오는 길인데 호위무사이기도 했다.

처소로 돌아온 여추량은 자리에 앉자마자 사공진에게 물었다.

"그래, 본 가는 어찌 되었더냐. 여전하더냐?"

"아직은 별 탈 없이 돌아가고 있더군요. 그런데……."

사공진이 주저하자 다그쳤다.

"말하라."

"가모님께서 팔이 잘리셨고 의식 불명에 빠지셨다 하옵니다."

"뭐… 뭐라!"

"셋째 공자님께서 그리하셨다 하옵니다."

여추량의 표정이 굳어졌다.

잠시 뭔가를 생각하는 듯하던 여추량이 고개를 번쩍 들었다.

"너, 그 계집을 데려올 수 있겠느냐?"

사공진의 눈이 커졌다.

여추량이 심각한 얼굴로 말했다.

"당장 그 계집을 데려와라. 빠른 아이들 몇을 데리고 가거라."

"나… 납치를 하라는……?"

"시간없다. 곧바로 가라."

"존명."

사공진이 서둘러 대답하고 밖으로 사라졌다.

문득 탁자 위에 올려진 여추량의 오른 주먹이 강하게 쥐어졌다.

'내가 왜 그 생각을 못했지!'

여추량의 얼굴에 차가운 미소가 떠올랐다. 어려운 시기에 한 가닥 서광을 찾은 것 같았다.

"무슨 좋은 일 있소?"

여추량이 소스라치게 놀라며 창문 쪽으로 고개를 돌렸다.

어느새 들어왔는지 동천비가 창가에 우뚝 서 있었다.

"대… 대공자님."

동천비의 옷은 완전히 갈기갈기 찢어져 있었고 곳곳에 상처까지 입고 있었다. 하지만 표정은 그다지 어둡지 않았고 여전히 냉오한 기세를 갖고 있었다.

"어찌 된 일이옵니까? 돌아오시지 않아 별걱정을 다 했사옵니다."

"훗훗!"

동천비가 야릇한 미소를 흘리더니 물었다.

"패해가 어느 정도요?"

여추량은 있는 그대로 말했다.

하지만 동천비는 아무런 표정도 짓지 않았다. 여추량의 설명을 듣고 난 동천비가 고개를 들었다.

"목와북천과 접촉을 시도하시오."

"목와북천이라시면……?"

"어쩌면 그쪽에서도 우리가 접촉해 오기를 기다리고 있을 것이오."

여추량의 눈이 빛을 뿌렸다. 동천비의 계산이 무엇인지 읽어낸 것이었다.

여추량이 나가자 동천비가 주위를 살피더니 한쪽 구석에 세워져 있는 동경 앞으로 다가갔다. 동경 속에 거렁뱅이와 다를 바 없는 한 명의 낯선 사내가 서 있었다.

"큭큭!"

동천몽이 쇳소리를 내며 웃었다.

'무림맹, 상관량!'

동천비의 얼굴에 웃음이 더욱 짙어졌다. 그러던 한순간 동천몽의 두 눈이 검게 변해가기 시작했다. 검은 눈동자에서부터 시작된 검은 기운은 눈 전체로 확대되다 완전한 먹물로 변했다.

"크크크!"

괴기로운 웃음을 흘렸다.

"모조리, 모조리 죽여주겠다."

그러면서 오른손을 뻗어냈다. 그러자 손바닥으로부터 시커먼 장력이 쏟아져 나와 동경과 벽을 그대로 박살 내버렸다.

쾅아앙!

화강암으로 된 벽이 종잇장처럼 날아가자 밖에서 무예 수련 중이던 무사들이 경악했다.

동천몽의 몸은 이제 전체가 모두 먹물처럼 변해 있었다.

갑작스런 충격과 분노로 십일성에 올랐다. 마공의 특성 중 하나인 것이다.

"마… 맙소사!"

무사들이 놀란 표정을 지었고, 동천비가 괴성을 지르며 날아갔다.

"크아아아!"

"무… 묵경이닷!"

무사들은 기겁을 하며 달아났고 동천비는 그들을 학살하기 시작했다.

그의 손이 한 번씩 움직일 때마다 서너 명의 무사가 비명을 지르며 나동그라졌다.

묵경(墨境)이란 묵곤혈참기가 본격적인 완성 단계, 즉 십일성에 들어섰음을 의미한다. 이때부터는 왕왕 발작을 하는데 발작이 시작되면 오로지 피만 쫓는다.

삽시간에 이십여 명의 무사가 시체로 변했다. 진득한 피 냄새가 장원을 감싸자 운 좋게 살아난 무사들은 공포에 젖어 있었다.

스르르르!

어느 순간 동천비의 전신을 물들였던 검은 기운이 몸 안으로 자취를 감추며 본래의 모습으로 돌아왔다.

"으억!"

동천비가 눈앞에 벌어진 참상에 외침을 터뜨렸다. 그리고 대번에 무슨 일이 벌어졌는지를 알아차렸다. 동천비의 입가에 미소가 떠올랐다. 마침내 그토록 소원하던 묵경에 이른 것이다. 정공과 달리 묵곤혈참기는 일성의 차이가 하늘과 땅이다. 특히 십성과 묵경에 들어서는 십일성의 위력의 차는 상상을 초월한다.

"흐흐흐!"

무림맹 습격 당시 지금과 같은 묵경의 경지에만 올라섰어도 상황은 달라졌을 것이다. 아무리 많은 사람들이 함정을 파놓고 기다렸다고 해도 절대 자신의 공격을 받아내지 못했을 테니까.

'기다려라, 상관량!'

동천비의 두 눈에서 사악한 기운이 뭉게뭉게 솟아 나왔고, 그것은 실로 소름 끼치는 광경이었다.

*   *   *

합수벽(合水壁)이라고 불렀다. 대설산에서 눈이 녹아 흘러 내리는 총강과 천일강이 만나는 곳이었다. 좌측으로는 두 개의 강이 하나를 이룬 총천강이 흐르고 좌측으로는 칼을 세워 놓은 듯한 수직 절벽이 있다. 강과 수직 절벽 사이로 사람이 다닐 수 있는 조그만 길이 있었는데, 이곳 사람들은 소금의 도로라고 불렀다.

소금 자루를 말과 흑우의 등에 가득 실은 상인들이 아슬아슬한 절벽 길을 지나고 있었다.

산양 가죽과 여우털 목도리를 하고 지나가는 상인들 얼굴은 태양에 그을려 검게 우그러져 있었다.

우르르!

쿠쿵!

말과 흑우의 발길에 채인 돌 조각들이 굉음을 내며 총천강의 급류 속으로 사라졌다.

삐이익!

맨 선두에 서서 말을 몰고 가던 흑의사내가 입술을 모아 휘파람을 불었다. 그러자 뒤를 따르던 일행이 모두 멈춰 휴식을 취했다. 선두 사내는 소금을 운반하는 이들 무리의 두목인 산장(山長)이었다. 여기저기 맨 땅에 그냥 주저앉은 상인들은 품에서 건포를 꺼내 씹기 시작했다.

이들에게 소금은 삶이었다. 그래서 일 년마다 소금 호수까지 무려 천 리나 되는 길을 왕복한다. 소금을 채취해 온 이들은 소금과 식량을 맞바꾼다. 보통 일대일로 바꾸기도 하지만 날이 덥거나 기상이 나쁘면 소금 한 되에 옥수수 두 되로 바꾼다.

"사부님, 저들이에요."

맨 선두의 산장 곁에 선 가냘픈 체구의 사내가 속삭이듯 말했다. 행색은 사내인데 목소리는 여자였다.

산장이 고개를 끄덕였다.

"자세히 봐라. 우리가 제대로 된 상인인지 상인이 아닌지 지금 살피고 있구나."

그들이 쉬고 있는 절벽 맞은편, 그러니까 총천강 맞은편에서 일단의 사람들이 바위와 나무 사이에 은신한 채 이쪽을 뚫어져라 쳐다보고 있었다.

산장인 흑의사내가 뒤로 벌렁 누워 바위에 등을 기댔다.

누가 봐도 지쳐 잠시 쉬는 상인의 모습이 아닐 수 없었다. 그 옆으로 조금 떨어져 가냘픈사내 역시 누웠다.

산장의 이맛살이 찌푸려졌다.

"조금 가까이 누우면 안 되겠느냐?"

가냘픈사내가 놀란 표정으로 돌아보았다.

산장이 말했다.

"그래야 자연스러워 보일 것 아니냐? 같은 동료끼리 떨어져 누워 있으면 눈치 빠른 저들이 알아차릴지도 모르지 않느냐?"

가냘픈사내의 눈이 깜빡거렸다.

듣고 보니 일리있는 말이었으므로 가냘픈사내가 산장의 옆으로 붙다시피 하여 누웠다.

코끝으로 분 냄새가 파고들었다.

여자와 가까이 있고 여인의 냄새를 자주 맡을수록 회복될 가능성이 높다고 했다.

이들은 포달랍궁의 무사들이었다. 소금 상인으로 행색을 바꾼 것은 동천몽의 생각이었다.

지금 이곳뿐만이 아니라 포달랍궁 무사들은 모두 스물아홉 곳의 노선을 이용해 중원으로 들어가고 있었다. 한 무리 당 칠십에서 팔십 명인데, 숫자를 그 선에서 조절한 것은 적어도 의심을 받고 그보다 많아도 사람들 눈에 띄기 때문이다. 흔히 상단이나 일반 유람객들의 무리가 거의 칠팔십 명에서 이뤄지기 때문이다.

포달랍궁을 공격하려던 목와북천은 진법이 발동되면서 실패를 맛봐야 했다. 하지만 그들은 포기하지 않고 기회를 노리고 있다는 게 동천몽의 생각이었다. 그래서 일거에 많은 사람들이 궁을 빠져나가면 그들의 감시망에 금방 잡힌다.

그래서 동천몽은 철저히 칠팔십 명씩 분산시켰다. 분산은 자칫 대궤멸을 불러올 위험도 있지만 잘만 하면 완벽하게 적의 포위와 감시망에서 벗어날 수도 있었다.

그런데 아직까지 다른 곳에서 위험에 빠졌다는 전서구가 날아오지 않는 것을 보면 이동이 순탄한 것으로 보여졌다.

포달랍궁을 빠져나온 무사들의 숫자는 이천 명이었다. 절정의 고수들만 선발했다. 물론 포달랍궁은 다시 진법이 발동되어 외부와 격리되어 침입당할 위험은 없었다.

삐익!

동천몽이 다시 휘파람을 불자 휴식을 취하던 제자들이 일어났고, 일행은 다시 이동을 해갔다. 길이 메말랐기에 먼지가 자욱하게 피어올랐다.

맞은편에 몸을 은신한 채 동천몽 일행의 이동을 살피던 소견사의 눈살이 찌푸려졌다. 소견사는 목와북천 아홉 장로 중 한 사람으로, 그는 잘 웃지 않는다. 하지만 그가 웃는 순간 주위는 죽음의 천지로 돌변한다.

"저들도 아니란 말이지?"

혼잣말처럼 말하자 옆에 있던 부하가 대꾸했다.

"아무리 위장이 뛰어나다고 해도 상인과 무사는 구별이 됩니다. 저들은 완벽한 상인입니다."

"우라질! 도대체 언제쯤 지나간다는 거야."

이곳에 머물고 있으면 반드시 변장을 하고 지나갈 것이라고 눈이 세 개인 삼천목이 말했다. 물론 많은 상단이 지나갔다. 하지만 포달랍궁의 무사들로 보이는 사람들은 없었다. 벌써 꼬박 닷새째 이곳을 지키고 있는 것이었는데, 점차 짜증이 나고 귀찮아지기 시작했다.

"모두 쉬어라."

상단이 지나갈 때마다 바짝 긴장을 했다. 혹시 포달랍궁의 무사들인지 모르고, 사실로 밝혀지면 곧바로 출동을 해야 하기 때문이다. 은신해 있던 부하들이 한숨을 쉬며 다시 편안 자세로 주저앉았다.

*　　　*　　　*

그로부터 사흘 후 일행은 총천강을 건넜다. 총천강을 건너면 운남이다. 날씨가 바뀌면서 모두의 행색은 간단한 의복들로 바뀌었고, 동천몽은 일행과 헤어졌다.

위험한 고비는 지난 것이었다. 어젯밤까지 스물아홉 곳으로부터 모두 안전하게 목와북천의 감시를 빠져나왔다는 전서를 받았다. 목와북천의 눈을 따돌리는 데 완벽히 성공한 것이다.

동천몽은 십이법신 중 한 명인 석태 선사를 불렀다.

"믿겠다."

"심려 마옵소서. 안전하게 집결지인 성과사에 도착할 것이옵니다."

성과사는 중원에 있는 단 두 개뿐인 포달랍궁의 말사이다. 한 개는 하북에 있는 보타사이다. 성과사는 절강 향주 근처에 있었다.

일행이 사라질 때까지 동천몽은 서 있었다. 그런데 자정경이 가지 않고 옆에 서 있었다.

"왜 넌 가지 않느냐?"

자정경이 눈을 크게 떴다. 그게 무슨 말이냐는 듯한 시선이었다.

"왜 가지 않다뇨? 사부님, 그걸 지금 말씀이라고 하세요?"

"무… 무슨?"

"제자가 사부님을 곁에서 수발 들고 모시는 건 지극히 당연한 예의예요. 제가 떠나면 누가 사부님의 심부름을 하며 돌봐드린단 말인가요?"

"그래서 사부와 동행하겠다는 것이었냐?"

"앞으로 저와 사부님은 무조건 행동 통일이에요. 어서 가세요."

그러더니 다짜고짜 팔짱을 끼었다.

동천몽이 뱉은 말은 형식적이었다. 당연히 속으로는 석태 선사와 떠나지 않기를 바랐다.

"뭘 봐요? 어서 가요."

"으응! 그래, 가자꾸나. 그런데 이건 좀 놓고 갈 수 없겠느냐?"

"왜요? 아무도 보는 사람도 없는데, 설혹 있으면 어때요. 사부와 제자가 팔짱 좀 끼면 누가 잡아간대요?"

자정경이 끄는 바람에 동천몽은 어쩔 수 없이 끌려갔다.

'흐흐!'

하지만 속으론 무지 흐뭇해하고 있었다.

어떻게 해서라도 자정경을 이용해 소멸된 사내의 기능을 되살리게끔 해야 한다.

"사부님!"

자정경이 돌아보았다.

"응!"

"사부님께서는 세상에서 누가 제일 좋으세요?"

흠칫!

동천몽의 얼굴에 순간적으로 긴장이 나타났다가 사라졌다. 자정경의 의도를 읽을 수가 없었기 때문이다.

"그… 그러는 정경이 너는 누가 제일 좋으냐?"

대답이 난감할 때는 한 가지 방법뿐이다. 같은 방법으로 되묻는 것.

자정경은 거침없이 대답했다.

"그야 당연히 사부님이죠."

"허험! 나 또한 세상에서 네가 제일 좋단다."

당연한 대답이었다. 이 상황에서 다른 사람 이름을 대는 병신은 천하에 없을 것이다. 더구나 제자가 미치도록 아름다운 마당에는 더욱 목소리에 힘을 주어 대답해야 한다.

자정경의 얼굴에 만족스런 표정이 떠올랐다.

"사부님, 우리 저기 가서 뭣 좀 먹고 가요."

관도 한쪽에 삼층 객점이 있었고, 동천몽의 대답도 듣지 않고 자정경은 객점 안으로 들어섰다.

점소이가 큰 소리로 인사를 했다. 두 사람은 탁자를 놓고 마주 앉았다.

"사부님, 뭐 드시겠어요?"

자정경이 동천몽을 향해 사부님이라고 말하자 점소이의 눈이 커졌다.

그리고 두 사람을 연신 번갈아 쳐다보았다.

'흐흐! 이것들이 누굴 핫바지로 아나!'

점소이 입꼬리가 말려 올라갔다.

객점에서 일한 지 오 년이었다. 이제 척 보면 어떤 사인지 꿰뚫는다. 도심에서 조금 떨어진 이런 곳으로 점심을 먹으러 나온 남녀라는 게 뻔했다.

대부분이 처음에는 주위 눈을 의식해 오빠 동생 하거나 아니면 스승과 제자처럼 군다. 하지만 식사하면서 술 한잔 걸치고 곧바로 삼층 객실로 들어갔다 나오면 여보, 아니면 자기로 변한다는 것을 확실히 알고 있고 경험했다.

눈앞에 두 사람 또한 자신의 눈을 의식해 스승과 제자인 척하고 있었다. 세상 어느 천지에 비슷한 또래의 스승과 제자가 있을 수 있단 말인가. 대부분 스승이라고 하면 가슴까지 내려오는 허연 수염은 몰라도 얼굴에 주름살 한두 개는 있었다. 그런데 눈앞의 스승이라는 작자는 아동스럽다 못해 귀엽기까지 했다.

'이 잡것들이 이 엉아를 완전히 물로 보는구만.'

점소이는 한숨을 내쉬었다. 아무리 봐도 자신보다 잘생긴 구석도 없고 돈 많은 구석은 더더욱 없어 보이는데 꽃 같은 미인을 데리고 다니는 동천몽이 한없이 부러웠다.

"우리 사부님은 고기를 못 드시니까 만두 주세요. 그리고 난 노배계 주세요."

"알겠습니다. 금방 올립죠."

돌아서는 점소이가 징그런 미소를 지었다.

'건방진 계집, 이미 다 알거늘 끝까지 사부님이라니……'

자정경이 흠칫했다.

조금 전까지 맑고 쾌청하던 동천몽의 얼굴이 굳어 있었기 때문이다.

"사부님, 존안이……"

"아… 아니다. 신경 쓸 것 없다."

괜찮다고 했지만 동천몽의 얼굴은 굳어 있었다.

자정경은 도대체 무슨 일로 갑자기 동천몽의 안색이 굳었는지 알 수가 없었다.

팟!

인상을 찌푸리며 고개를 갸웃거리던 자정경의 두 눈이 번쩍 뜨였다.

"혹시……."

"……."

"사부님, 고기 한번 드셔보실래요? 어때요. 아무도 보는 이 없고 복장도 속인인데."

동천몽의 눈이 커졌다.

"넌 무슨 말을 그렇게 하느냐?"

"아이, 뭐 어때요. 이 기회 아니면 언제 고기를 드셔보겠어요. 고기 좀 드신다고 벼락을 맞는 것도 아니잖아요. 너무 야채만 먹어도 건강에 나쁘대요. 고기 드세요. 제가 입 꼭 닫아 드릴게요. 이봐요. 여기 우리 사부님도 노배계 주세요."

"저… 정경아."

큰일이나 나는 듯 두 손을 들어 말렸다. 하지만 양팔에 전혀 힘도 없을 뿐 아니라 두어 번 말리다 그만둔다. 그런 것을 눈치 빠른 자정경이 모를 리 없었다.

"어서 주세요. 이왕이면 보드라운 것으로 주세요."

"알겠습니다."

"저… 정경아, 이럼 안 된다."

"사부님, 제가 말했잖아요. 평생 무덤에 들어갈 때까지 오늘 일은 비밀에 붙이겠다고. 이 기회에 영양 보충도 하고 좀 그러세요."

"허어!"

동천몽은 곤란하다는 듯 인상을 쓰면서도 속으로는 기뻐 어쩔 줄 몰라 했다.

아무리 생각해도 제자 하나는 확실히 잘 얻은 것 같았다. 흔히 마누라의 유형을 곰과 여우로 나눈다. 거의 모든 남자들은 여우 같은 마누라를 선호하는데, 그 이유는 눈치가 빠르기 때문이었다. 눈치는 때로는 대화보다 중요할 때가 있다. 그만큼 이쪽의 심리와 생각을 꿰뚫어 본다는 것인데, 자정경이 그랬다.

김이 모락모락 피어나는 노배계 두 그릇이 나왔다.

"드세요, 사부님."

자정경이 젓가락을 들며 권했다.

하지만 동천몽은 선뜻 응하지 않았다.

들라고 해서 곧바로 기다렸다는 듯이 먹으면 안 된다. 최소한 한 번 정도는 더 거절을 해야 한다. 동천몽이 고통스런 표정을 짓자 자정경이 웃으며 말했다.

"부처님도 이해하실 거예요. 그리고 오늘 일은 사부님과 저밖에 모르며, 평생 입 밖으로 내지 않겠다고 했잖아요. 그리고 고기는 가끔씩 섭취해 줘야 해요. 어서 드세요. 식으면 맛없잖아요."

동천몽이 망설이는 표정으로 노배계를 내려다보더니 긴 탄식을 흘렸다.

"세존이시여, 저를 용서하소서."

조용히 읊조리더니 무척 큰 죄를 짓는 사람처럼 떨리는 손으로 닭다리를 잡아갔다.

부우욱!

다리를 찢으면서도 눈을 질끈 감았다. 누가 봐도 무척 고통스러워하는 표정이었다.

"사부님, 맛 어때요?"

자정경이 다리 한 개를 뜯어 씹으며 물었다.

동천몽이 닭다리 한 개를 들다 말고 인상을 쓰며 힘들게 말했다.

"사… 사부는 맛을 잘 모르겠구나."

"그럴 거예요. 이런 것도 먹어본 사람이 맛을 아는 법이죠. 하지만 실컷 드세요. 부족하면 제자가 더 시켜 드릴게요. 그리고 오늘 식사비는 제자가 낼 거예요."

하지만 동천몽을 자세히 보면 한 가지 놀라운 사실을 알 수 있었다. 뜯은 닭다리를 별로 씹지도 않고 삼킨다는 것이었다. 사람들은 너무 굶주렸거나 맛있는 음식을 먹을 때 대개가 씹지 않고 그냥 삼킨다.

꿀꺽!

두 번 씹지도 않았고 심지어는 뼈까지 바로 삼켰다. 고기에

걸신들리지 않고서는 절대 보여줄 수 없는 놀라운 식욕이었
다.

"이봐요!"

갑자기 자정경이 점소이를 불렀으므로 동천몽은 고개를 들
었다.

점소이가 달려와 허리를 구부렸다.

"부르셨습니까?"

"가서 죽엽청 한 근 가져오세요."

동천몽의 눈이 커졌다.

"알겠습니다."

점소이가 돌아가고 동천몽이 물었다.

"수… 술은 왜 시키느냐? 설마 제자가 술을 좋아한단 말이
더냐?"

"많이는 못 마셔요."

자정경이 환하게 웃었다.

점소이가 술과 잔 두 개를 놓고 사라졌다.

자정경이 능숙한 동작으로 마개를 따더니 탁, 하며 동천몽
앞에 잔을 놓았다.

동천몽이 놀란 표정을 지으며 말했다.

"왜… 왜 사부 앞에 잔을 놓느냐?"

"아무 말씀 마시고 받으세요."

콸콸콸!

동천몽이 말릴 틈도 없이 잔을 채우더니 자신의 잔에도 가

득 따랐다.

"사부님, 우리 건배해요."

자정경이 잔을 들었다.

동천몽이 눈을 크게 뜨고 무슨 말이냐는 듯 쳐다보자 자정경이 인상을 썼다.

"제자 팔 아파요. 빨리해요."

"아… 알았다. 이러면 안 되는데."

째앵!

잔을 들자 자정경이 사정없이 부딪치며 단숨에 비웠다.

비울까 말까 망설이는 동천몽을 보며 자정경이 인상을 썼다.

"뭐 해요? 제자는 비웠는데, 지금."

"하… 하지만."

"제자가 무덤까지 오늘 일은 가져간다니까요."

동천몽이 입술을 물며 비장한 표정을 지었다.

"그… 그럼 너만 믿고 괴롭지만 마시겠다."

동천몽은 술을 마시면서 온갖 인상을 다 썼다.

한데 자정경이 다시 술병을 들고 있자 놀란 눈을 했다.

"또 마시란 말이냐?"

"삼 세 잔이란 말도 모르세요?"

주루루루!

다시 잔에 넘칠 듯 죽엽청이 차올랐고 자정경 역시 자신의 잔을 채웠다.

"자, 비우세요."

그러면서 먼저 잔을 비우자 동천몽이 무척 심각한 얼굴로 불호를 외웠다.

"아… 아… 아미타… 타불!"

술잔을 입에 가져가는 동천몽의 얼굴은 웃고 있었다. 물론 자정경의 시선에는 술잔에 가려 잘 보이지 않았다.

동천몽의 가슴은 기쁨으로 부글부글 끓었다. 더 이상 나무랄 데가 없는 자정경이었다. 태어나 지금까지 자정경만큼 자신의 가려운 곳을 긁어주는 사람은 없었다. 어머니도 이 정도까지는 자신의 가려운 곳을 긁어주지는 못했다.

"막잔이에요."

동천몽은 더 이상 망설이지 않았다.

채워진 잔을 단숨에 비우고 남은 닭다리 한 개를 뜯었다.

"꺼억!"

술과 그릇을 모두 비운 자정경이 트림을 했고 술을 마신 탓에 얼굴이 붉게 달아올라 있었다. 술기운으로 달아오른 자정경의 모습은 무척 요염했기에 동천몽의 가슴은 달아올랐다. 눈앞에 앉아 있는 자정경은 제자가 아니라 젊은 여인일 뿐이었다.

하지만 이내 달아올라 있던 동천몽의 표정이 어두워졌다. 붉게 상기된 자정경이 앞에 앉아 있는데도 아랫도리로부터는 여전히 소식이 없었다.

성(性)은 결코 인간에게 가장 중요한 가치일 수는 없었다.

그러나 없어서는 안 될 절대적 기능이었다. 아무리 출가한 몸이지만 살아 있는데 자제하는 것과 애초부터 죽어버린 것과는 심리적으로 큰 차이를 가져다준다.

남자는 아랫도리에서 야망과 투쟁력이 나온다고 아버지는 강조하셨다. 그래서 영웅일수록 색을 즐긴다고 했다. 영웅도 아니고, 또한 사용할 곳 없는 출가인이지만 기능이 상실되었다는 것은 너무 원통하고 슬픈 일이었다.

"왜 또 표정이 어두우세요? 제자가 뭘 잘못했나요?"

"아니다. 술을 한잔 걸쳤더니 문득 사는 게 귀찮다는 생각이 드는구나."

"네엣?"

자정경이 눈을 크게 떴다.

"그게 무슨 말씀이세요. 삶의 의욕이 없는 중생들에게 용기와 희망을 주어야 할 사부님께서 귀찮으시다니요. 그런 말씀을 왜 갑자기 하시죠?"

"아미타불! 인생이란 정말 더럽구나."

"네? 더럽다뇨?"

동천몽이 일어났다.

"사부님, 같이 가요."

자정경은 자신이 계산하는 동안 저만치 가버린 동천몽을 쫓아가 팔짱을 끼었다.

그것을 본 점소이가 만족스런 표정으로 웃었다.

"그럼 그렇지. 우리 객실은 조금 부끄러울 테니 다른 객점을 이용하겠지. 흐흐흐, 건방진 아이들."

자정경이 팔을 깊숙이 끼어오자 동천몽의 팔꿈치에 자정경의 젖가슴이 눌려졌다. 그러는데도 자정경은 전혀 개의치 않고 조잘거렸다.

천하쌍미 중 한 여인이 팔짱을 끼고 젖가슴을 부비며 옆을 따른다는 것은 거절하기 힘든 유혹이었다. 한데도 의당 폭발 직전으로 성을 내고 있어야 할 아랫도리는 바보처럼 여전히 응답이 없었다.

뿌드득!

또다시 이를 갈았다. 천검은왕와 천권동왕을 패죽이고 싶었다. 만약 남자의 기능이 죽는다는 것을 알았다면 목에 칼이 들어와도 불사심법을 배우지 않았을 것이었다.

사내가 기능을 상실하면 하늘의 명예를 얻은들 무슨 소용이 있단 말인가. 모두가 깊이 잠든 새벽에 조용히 일어나 일으켜 세워보기 위해 얼마나 노력을 했던가. 하지만 여전히 반응을 하지 않았고 은밀히 뒷골목에서 거래되는 춘화도까지 구입해 훑으며 밤새 노력했지만 그것 또한 허사였다.

천검은왕의 말에 의하면 불사심법을 십이성에 오르면 왜 남자의 기능이 상실되는지는 정확히 알려진 바가 없다고 했다. 그것은 곧 되살아날 수도 있다는 말과 상통했기 때문에 한 가닥 희망의 끈은 놓지 않았다. 의원 또한 화중동거라고 하여 여인들을 자주 접촉하거나 곁에 두면 가능성이 있다고 했다.

자정경은 술기운 때문인지 더욱 적극적으로 몸을 부딪쳐 왔고 쉬지 않고 깔깔거리며 우스갯소릴 했다.

지금으로서는 자정경만을 믿는 수밖에 없었다. 다행히 애교가 넘치고 자신을 젊은 사내로 보기보다는 사부로 인식하여 거침이 없었다. 자신이 당황할 만큼, 타인이 보면 애정행각으로 볼 만큼 과감한 육체적 행동과 자극적인 옷차림을 가리지 않았다. 그렇기에 그런 자정경과 같이 다니다 보면 언젠가는 회복될지도 모른다는 한 가닥 끈만 잡고 있을 뿐이었다.

"도대체 무슨 일인데 그렇게 표정이 굳어 계세요? 술까지 하셨으니 당연히 좋아야 하는 것 아닌가요? 제자에게까지 감출 거예요. 정말?"

자정경이 더욱 가슴을 비비며 가르쳐 달라고 졸랐다.

"사부님께서 그러셨잖아요. 스승과 제자 사이에 감춤이 있어서는 절대 안 된다고 말이에요. 그래서 제자는 여자의 몸임에도 불구하고 단 한 번도 속이지 않고 모든 것을 털어놨잖아요. 심지어는 한 달에 한 번씩 하는 그날까지도 얘기해 줬는데 사부님께서는 이렇게 숨기실 거예요?"

동천몽이 난처한 표정을 지었다.

자정경은 필사적이었다. 얘길 듣지 않으면 궁금해서 못살 것 같다면서 한사코 매달렸다. 길가인데도 불구하고 누가 보든 말든 몸에 달라붙어 갖은 애교를 다 떨었다.

척!

동천몽이 걸음을 세우고 자정경을 향해 돌아섰다.

자정경의 두 눈이 반짝거렸다.

"말해주시려구요?"

"사부의 인격과 명예를 생각하여 가급적 참으려 했지만 네가 하도 매달리니 하는 수 없구나. 하나 그에 앞서 한 가지만 명심하거라."

"네."

"사실."

동천몽은 입을 다물었다. 차마 입 밖으로 꺼내기가 민망했고 창피하기까지 했다.

"뭔데요?"

"아미타불!"

동천몽은 길게 한숨을 내쉬고 자신이 기능을 잃게 된 것에서부터 지금까지의 사정을 소상히 말해주었다. 얘길 듣던 자정경의 표정은 여러 차례 변했다. 하지만 부끄러워하거나 당황한 기색은 없었다.

"도저히 살아날 기미가 보이지 않는단 말인가요?"

동천몽이 무거운 표정으로 고개를 끄덕였다.

자정경 또한 심각한 표정이 되었다.

"세상에, 어쩌다……."

어깨가 축 처져 걸어가는 동천몽을 바라보는 자정경의 얼굴에 안쓰러움이 드리워졌다.

걸음을 재촉해 동천몽의 손을 꼭 잡았다.

"제가 무슨 말을 해도 위로가 되지는 않으실 거예요. 하지만 한마디만 하겠어요. 용기를 잃지 마세요. 언젠가는 반드시 왕

성하게 예전처럼 살아나실 거예요."

"……."

"혹시 이 제자가 도와드릴 일은 없나요? 사부님의 병을 고치기 위한 길이라면 뜨거운 불속은 몰라도 어지간한 고생은 각오할 준비가 되어 있어요."

자정경이 앞을 막고 반짝이는 눈으로 동천몽을 쳐다보았다.

그녀의 눈빛은 진지했다. 어떻게 해서라도 동천몽의 병을 고쳐 주고야 말겠다는 의지가 역력했다.

"어려워 말고 말씀해 보세요. 저를 여자로 보지 마시고 단순한 제자로 보세요."

"말이라도 고맙구나. 기특한지고."

"그런 말씀 마시고 처방이 있으면 말씀해 보세요. 주저 않고 도와드릴게요."

"처방이라는 게 별것없다. 그냥 네가 사부 옆에서 자주 있어 주면 된다."

그러면서 의원이 화중동거만이 유일한 처방이라고 했다는 말을 해주었다.

자정경이 비장한 표정으로 말했다.

"급한 일이 아니면 가급적 사부님 곁을 떠나지 않겠어요. 아니, 그럴 게 아니라 오늘 밤부터 사부님 곁에서 자겠어요."

"도… 동침을?"

"그게 어때서요. 아픈 사부님을 치료하기 위한 의술 행위인데 뭐가 어때요?"

자정경은 눈 하나 깜박이지 않고 태연히 말했다.

"여인의 향기와 손길을 많이 접할수록 되살아날 가능성이 높다면서요. 제자이기 전에 저 여자예요. 당연히 옆에서 힘껏 도우는 게 사제 간의 의리 아니겠어요."

"헛헛! 너의 마음이 너무 곱구나. 그것만으로도 이 사부는 만족하고 기쁘게 생각한다. 내가 제자 하나는 잘 둔 것 같구나. 아무튼 너의 성의는 고맙게 생각하지만 동침은 불가하다."

"왜 안 된다는 거예요. 옆에서 백 번을 알몸으로 뒹굴어도 사부님은 제자를 건드리지 못하는데?"

동천몽이 눈을 지그시 감았다. 자정경의 말이 못이 되어 가슴에 박혔다. 자신의 병을 고쳐 주기 위해 뱉어낸 말이었지만 사내답지 못하다는 조롱으로도 들렸다.

"두고 보세요, 기어코 전 사부님을 살리고 말 테니까!"

동천몽이 다시 한 번 한숨을 내쉬더니 말했다.

"설혹 네가 수고하여 살린들 무엇 하겠느냐."

"그건 또 무슨 말씀이세요? 살려봤자 소용이 없다니?"

"사부의 말은 한마디로, 회복되어 봤자 사용할 수가 없다는 얘기니라. 아무리 칼을 갈고닦으면 뭐 하느냐? 사용하지 못하면 날 무딘 칼보다 못한 법이거늘."

"왜 사용을 못해요?"

동천몽이 인상을 썼다.

"정녕 몰라서 묻느냐?"

"가만, 그러고 보니."

자정경의 눈이 예리한 빛을 발했다.

그제야 동천몽이 또 하나 고민하는 이유를 알아낸 것이었다. 대법왕이니 당연히 여인을 곁에 둘 수 없다. 그것은 강제된 법은 아니지만 허용되지 않는 일이었다.

"그럼 어떡하자는 거예요? 살려요, 말아요?"

자정경이 짜증스런 표정을 지었다.

동천몽이 조용히 말했다.

"사… 사용하진 못해도 죽어 있는 것보다는 살아 있는 게 더 낫겠지?"

동천몽은 다시 걸음을 옮겼다. 자정경은 걸어가는 동천몽의 뒷모습을 측은한 눈으로 쳐다보았다.

한참을 쳐다보던 자정경이 돌연 눈을 빛내더니 쪼르르 달려가 동천몽의 팔짱을 끼었다.

척!

동천몽은 모른 체 그대로 걸었고 팔짱을 낀 자정경이 웃으며 말했다.

"사부님."

"……."

"제자가 부르면 대답을 하셔야죠."

"말하거라."

"맘대로 해요."

휙!

동천몽이 놀란 표정으로 돌아보았다.

너무 어이없는 얼굴이었고, 자정경이 베시시 웃었다.

"만지고 싶으면 만지시고 원하는 것이 있으면 말하세요. 아까도 말했지만 사부님의 치료를 위한 길이라면 이 제자는 아무것도 두렵지 않아요."

"아미타불!"

"그것도 제자가 죽을 때까지 입 닫아드릴게요. 그러니 얼마든지 요청하세요."

동천몽이 정색하여 말했다.

"너, 지금 그게 말이 된다고 생각하느냐?"

"왜 말이 안 돼요?"

"관두자꾸나."

다시 걸어가는 동천몽을 따라붙으며 자정경이 큰 소리로 말했다.

"괜찮다니까요!"

"못 들은 것으로 하겠다."

동천몽이 돌아서서 눈을 부라렸다.

"한 번만 더 여자 입에서 나와서는 안 될 말을 뱉으면 널 가만 안 두겠느니라."

"맘대로 하세요. 난 포기하지 않을 거예요."

"네 이놈, 네가 알다시피 사부는 대법왕이니라. 아무리 병을 고치기 위한 것이라고 하지만 행해야 할 일이 있고 행해서는 안 될 일이 있느니라."

"사부님은 진짜 멍청이예요."

띠용!

동천몽의 두 눈이 튀어나왔다.

자정경이 쏘아붙이듯 말했다.

"대법왕은 사람 아닌가요? 불손한 목적을 갖고 행해지는 것도 아닌데 뭐가 어때서요. 강호에 명숙입네 하면서 뒤로는 엄청 호박씨 까는 인간들 많아요."

동천몽의 눈이 더욱 커졌다.

자정경이 더욱 목청을 높였다.

"수백, 수천 명의 신도들 앞에서는 부처님의 나라가 어떻고 부처님의 삶이 어떻다는 둥 피를 토하면서 뒤로는 자기네들 잇속 챙기느라 얼마나 바쁜데요. 얼마 전 황실의 발표에 의하면 강호 명숙들의 자식들이 변방의 무사로 가는 비율이 일반 백성들 자식들보다 훨씬 떨어진대요."

"저… 정말이더냐?"

"중원의 금란사를 비롯해 순복사 등 내로라하는 대형 사찰의 수장들의 비리가 얼마나 크고 광범위한지 대법왕님은 모르실 거예요. 사찰 재산을 마치 사유 재산인 양 땅 사고 고급 마차 사는 데 물 쓰듯 썼어요. 그래 놓고도 양심에 거릴 낄 일 없다면서 얼마나 뻔뻔하게 고개 들고 다니는데요. 그런데 병을 고치기 위해 조금은 야해 보일 수 있는 행동을 취한다고 해서 뭐가 잘못되느냔 말이에요."

"네 말을 도저히 믿을 수가 없구나. 어찌 다른 사람도 아닌 내로라하는 명찰의 수장들이 그런 나쁜 짓을 한단 말이냐?"

"그뿐인 줄 아세요. 사부님처럼 치료를 위해서가 아니라 즐기기 위해 여신도들을 건드리기도 한다고 해요."

"아미타불! 아무튼 치료가 실패로 끝나도 좋으니 어느 선을 넘는 건 원치 않는다. 그렇게 알거라."

"어휴, 답답해."

"이제 그 얘긴 그만 하고 어서 갈 길이나 가자꾸나."

동천몽이 또다시 자정경으로부터 무슨 말이 나올까 싶어 몸을 날렸다. 신법을 펼쳐 날아가는 동천몽을 보며 자정경이 투덜거렸다.

"사부님 바보!"

못마땅한 표정으로 입술을 삐죽이더니 자정경 또한 몸을 날렸다. 두 사람의 모습은 잠시 후 관도에서 자취를 감춰 버렸다.

*   *   *

동중조초를 구하러 떠난 무사들은 아직 돌아오지 않았다. 의원은 치료는 빠를수록 좋으며 열흘이 고비라고 했었다. 그런데 오늘이 팔 일째였다. 아침부터 동오룡은 정문 앞에서 서성거렸다.

천상각의 정문은 예전과 달랐다. 수많은 마차들과 상인들의 발걸음으로 분주했었는데 근자에 이르러서는 그 수요가 눈에 띄게 줄어들었다. 그 이유는 무림맹에 의해 천상각이 곧 공중

분해될 것이라는 소문 때문이었다.

모두가 떠나고 있는데 몇몇 군소상가에서는 끝까지 옛정리를 내세워 거래를 원했고 한사코 다른 상가로 거래처를 옮기라고 해도 막무가내였다. 동오룡은 그런 사람들을 볼 때마다 자신이 인생을 헛살아오지 않았음을 느끼며 행복해했다.

아랫사람들이 들어갈 것을 권유했지만 소용이 없었다. 어느덧 해가 중천에 떠올랐고 동오룡의 마음은 더욱 초조해졌다. 오늘을 포함해 사흘이란 시간이 능 씨의 생사를 결정한다고 생각하니 한시도 가만있을 수가 없었다.

열흘이 되어도 돌아오지 않으면 능 씨는 죽는다. 그 이후엔 동중조초를 구해와도 시기적으로 늦어 효과를 볼 수가 없다고 했다.

"각주님, 그만 들어가시지요."

보다 못한 듯 정문을 지키고 있던 위사가 다가와 조심스럽게 입을 열었다.

"각주님께서 이렇게 애를 태운다고 해서 그들이 빨리 돌아오는 것도 아니잖습니까? 건강을 해칠까 염려되오니 그만 들어가시지요. 무슨 일이 생기면 곧바로 연락드리겠습니다."

위사가 걱정 가득한 시선으로 쳐다본다.

동오룡이 위사를 마주 쳐다보았다. 위사의 말이 하나도 틀리지 않았고, 그의 두 눈에서는 진심으로 자신을 염려하는 빛이 가득했다.

"네 이름이 무엇이더냐?"

"송악이라 합니다."

"나이가?"

"서른둘입니다."

동오룡이 고개를 끄덕였다.

"고맙구나, 그렇게 날 염려해 주니. 너 같은 아이가 한 명만 더 내 곁에 있었더라도 본 각이 이렇게 위기에 빠지지는 않았을 것인데."

자신을 염려해 주는 사람이 있다는 것이 이렇게 기쁘고 감격스러운 일인지 몰랐다. 한마디 말이 이렇게 용기를 주고 자신을 일깨워 주는 격려가 될지 몰랐다.

송악의 말처럼 자신이 애를 태운다고 그들이 빨리 돌아올 것도 아니었다. 이럴 때일수록 정신을 똑바로 차리고 마음을 굳게 먹어야 했다.

"알겠다. 무슨 일 있거든 속이 연락해 다오."

"여부가 있겠습니까? 어서 들어가십시오."

동오룡이 어깨를 축 늘어뜨린 채 몸을 돌렸다.

동오룡은 송악의 말에 용기를 얻어 두 주먹을 굳세게 쥐었다. 살다 보면 수많은 위험이 찾아든다. 그러나 아직까지 단 한 번도 쓰러지거나 비틀거리지 않았다.

이번에도 마찬가지이다. 분명한 위험이긴 하지만 반드시 헤쳐 나가고 말겠다고 이를 악물었다.

덜컹!

방문을 열고 들어섰다. 그런데 지독한 비린내가 코를 파고 들었다.

고개를 쳐들던 동오룡이 소스라칠 듯 놀랐다. 침상 위에 누워 있어야 할 능 씨가 없었다. 그리고 곁을 지키던 의원은 피를 흘리며 쓰러져 있었다.

"이… 이런!"

동오룡은 당황했다. 쓰러진 의원을 부축해 일으켰다. 아직 미약하게나마 숨을 쉬고 있었다.

"이… 이보게! 왕 의원, 날 알아보겠는가?"

의원은 숨만 쉴 뿐 아무런 대답도 하지 않았다.

"왕 의원, 누가 집사람을 데려갔는가? 누가 왔는가?"

꼬르륵!

하나 잠시 후 왕 의원의 목구멍에서 가래 잠기는 소리가 들리더니 고개가 옆으로 꺾였다.

동오룡은 의원을 뉘어놓고 집 안을 뒤지기 시작했다. 건너방과 주방은 물론 녹풍원 뒤뜰까지 살폈다. 하지만 의식을 잃고 있던 능 씨가 여기까지 나온다는 것은 불가능하다는 생각을 떠올리며 그 자리에 우뚝 섰다.

납치를 당한 것이 분명했다.

"거기서 뭐 하십니까?"

동오룡이 넋을 놓고 서 있을 때 맑은 음성이 들려왔다. 동천혁과 동천화가 다가왔다.

"아버님."

동천혁이 이상하다는 듯 쳐다보았다.

"무슨 일 있으십니까? 안색이……."

동천혁의 두 눈이 빛났다. 순간적으로 혹시 자신들보다 앞
서서 동천비나 동천몽이 모든 것을 가져갔을지도 모른다는 생
각이 든 때문이었다.

"설마."

동천화가 눈을 빛냈다.

"말씀 좀 해보세요. 왜 그렇게 넋을 놓고 계시죠, 아버님?"

동오룡이 중얼거리듯 말했다.

"너희 어미를 누군가 납치해 갔다."

"어머니라뇨? 우리에게 어머니가 어디 있어요? 아, 그 계집
말예요? 난 또 깜짝 놀랐잖아요."

동천화가 피식 웃음을 터뜨렸다.

"잘됐군요. 가뜩이나 꼴 보기 싫은 계집인데, 앓던 이가 빠
졌네요. 그렇지 않아요, 오라버니?"

동천혁이 빙긋 웃었다.

"듣던 중 반가운 소리구나. 아버님께서 그 계집의 눈치를 보
느라 우리에게 주고 싶은 유산도 마음대로 건네지 못했는데
마침내 하늘이 우릴 돕는구나. 오히려 잘된 일입니다. 아버님
도 더 이상 그 계집 눈치 볼 일이 없어졌으니 어서 유산의 일부
라도 주십시오."

동오룡이 두 사람을 물끄러미 쳐다보았다.

동천혁이 웃으며 말했다.

"할 말 있으세요? 그럼 하세요."

동오룡이 아무 말도 하지 않고 천천히 몸을 돌렸다.

어깨를 축 늘어뜨리고 걸어가는 동오룡을 보며 두 사람은 미소를 지으며 뒤를 따랐다.

"각주님!"

일단의 사람들이 달려왔다.

동오룡의 눈이 커졌다. 사천으로 동중조초를 구하러 떠났던 무사들이었다. 먼지를 뒤집어쓰고 초췌한 행색이 얼마만큼 능씨를 살리기 위해 쉬지 않고 달려왔는지 짐작이 되었다.

일제히 동오룡 앞으로 달려와 허리를 구부렸다.

"각주님, 동중조초를 구해왔습니다."

그러면서 한 무사가 품에서 흰 종이에 둘둘 말린 것을 풀었다. 그러자 그 안에서 잎사귀가 다섯 개 달린 한 뿌리 약초가 모습을 드러냈다.

"받으십시오."

화지만 동오룡은 받을 생각을 하지 않았다. 부하들이 심상치 않음을 느낀 듯 동오룡을 쳐다보았다.

"고생들 했다. 하지만 한발 늦었구나."

부하들이 놀라며 외쳤다.

"설마 가모님께서 돌아가셨단 말입니까?"

"닥쳐라. 감히 누가 가모님이란 말이냐!"

동천혁이 부하들을 향해 매섭게 소리쳤다.

"당장 물러들 가라. 여긴 네놈들이 있을 곳이 아니다."

"소… 속하들은 그만 물러가겠습니다."

부하들이 주춤거리더니 몸을 돌려 사라졌다.

"아버님, 뭐 하세요? 어서 가셔야죠."

동오룡이 돌아서서 두 사람을 바라보았다. 두 남매를 쳐다보던 동오룡이 갑자기 조용한 미소를 띠었다.

"오냐, 주겠다. 내 자식들이 달라고 하는데 내가 어찌 마다하겠느냐."

"진작 그러셨어야죠."

"역시 아버님이세요."

"따라오너라."

동오룡이 앞장을 섰고 두 사람의 미소를 가득 물고 뒤를 따랐다.

第五章
흑(黑)과 상(商)의 결연

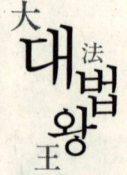
大 대 法 법 왕 王

관제묘는 금방이라도 폭삭 주저앉을 듯 낡아 있었다. 지붕
은 잡초로 뒤덮여 있었고 입구의 문짝도 떨어져 나간 듯 보이
지 않았다. 바람에 사람 키보다 훨씬 웃자란 잡초들이 흐느적
거렸고, 십여 마리의 새가 하늘로 날아올랐다.

잡초를 헤치며 관제묘 입구에 동천비가 나타났다. 문이 사
라진 관제묘를 깊숙한 시선으로 쳐다보던 동천비가 천천히 안
으로 들어갔다. 관제묘 안은 대낮인데도 어두컴컴했다. 동천
비가 주위를 스윽 한 번 훑더니 입을 열었다.

"조금 늦었소."

"신수가 더욱 훤해지는 걸 보니 묵곤혈참기가 거의 완성 직
전에 이른 듯싶구려."

관제묘 안쪽 제단 앞에 백의를 걸친 백쾌섬이 우뚝 서 있었다.

동천비가 가벼운 미소를 지었다. 그것은 시인을 의미했으므로 백쾌섬의 눈이 이채를 발했다.

자신도 묵곤혈참기의 위력에 대해서는 들어 알고 있었다. 십일성까지는 꺾을 무공이 있지만 십이성에 오르면 거의 전무하다고 했다. 예의상 추어올려 주긴 했지만 결코 십이성은 아닐 것이다. 십일성과 십이성, 비록 일성의 차이지만 위력에서는 하늘과 땅 차이였다. 자신의 말에 웃음으로 일관한 것은 필시 자신을 혼란에 빠뜨리게 할 의도일 것이었다. 그래서 오늘 협상을 자신에게 유리하게 이끌어갈 계산일 것이 뻔했다.

"몸은 좀 어떻소?"

무림맹에서 쫓겨 나올 때 적지 않은 부상을 입었는데 그것을 묻는 것이었다. 하지만 말속에는 건강을 염려한 진정성보다는 정통 무인이 아닌 동천비의 기세를 꺾을 요량이 더 진하게 들어 있었다.

한마디로 넌 아직 멀었다는 뜻인 것이다.

동천비가 가볍게 웃었다.

"겨우 살아왔소. 하마터면 장가도 가보지 못하고 불귀의 객이 될 뻔했소이다."

그러면서 지금 생각해도 소름이 끼친다는 듯 길게 숨을 내쉬었다.

"핫핫! 그래요. 놀라긴 놀란 모양이구려."

백쾌섬이 웃었지만 눈은 더욱 가늘어졌다. 동천비의 반응이 전혀 예상 밖이었다. 당대 제일부호의 아들로 태어났고, 남에게 싫은 소리 한 번 듣지 않고 성장한 동천비 같은 부류는 자신의 인격이나 권위가 조금이라도 침탈되는 말에 참지를 못한다. 그런데 흥분하기는커녕 오히려 당시의 절박했던 상황을 순순히 인정한다.

"운이 좋았소."

동천비가 담담하게 웃었다.

어떤 의도도 읽어낼 수 없는 평범한 미소였다. 백쾌섬의 얼굴이 조금씩 굳어졌다. 강호 경험에 관해서는 자신이야말로 백전노장이라고 할 수 있었다. 그런데 동천비의 지금 태도는 오랫동안 강호에서 나뒹굴지 않고서는 보여줄 수 없는 침착함과 여유였다.

그때 백쾌섬의 머릿속으로 한 가지 생각이 떠올랐다. 장사꾼의 신분으로 태어나서 그렇지 만약 무가의 후손으로 태어났다면 천하를 휘어잡을 그릇이었다.

"말씀을 해보시오."

백쾌섬이 먼저 정색하고 물었다.

동천비가 빤히 바라보자 백쾌섬의 눈살이 찌푸려졌다. 묵곤 혈참기 때문인지 동천비의 두 눈이 여전히 시커멓다. 그건 은연중의 시위였고 압박이었다.

"반씩 나눕시다."

"반씩 나누자면?"

"내가 목와북천의 패업을 이루는 데 자금을 대겠소. 그 대신."

"잠깐."

백쾌섬이 동천비의 말을 끊었다.

그리고 입가에 야릇한 미소를 지었다.

"조금 전 본 천이 패업을 이루는 데 자금을 대겠다고 했소?"

"그렇소."

"내가 알기에 천상각의 자금도 예전 말이라더구려. 다시 말해 이미 무림맹과 다른 두 동생이 모두 빼돌려 빈 껍데기밖에 없다고 들었소만?"

"홋홋! 맞는 말이오. 지금 천상각은 빈 껍데기요. 나 또한 내 앞으로 된 재산은 거의 처분했소. 그래서 가진 것이 별로 없소."

"그런데 어떻게 자금을 대겠다는 것이오?"

"당신이 과연 본 가에 대해 얼마나 안다고 생각하오? 장사꾼의 속마음은 본인도 모르오. 강호뿐만이 아니라 장사꾼도 가진 것의 전부를 세상 밖에 드러내 보이지 않소. 만약을 대비해 삼 푼의 힘을 숨기는 강호처럼 우리 또한 최악의 수를 대비해 생존의 길을 항상 준비해 놓소이다."

"어딘가 비장의 팻감을 숨겨놓았다는 것이오?"

"얘길 마저 합시다. 목와북천이 무림맹을 밀어내고 천하를 거머쥐었을 때 북육성을 내게 넘기시오. 무림은 물론 시장의 상권까지 모두 말이오."

흠칫!

백쾌섬이 놀란 표정을 지었다.

중원은 장강을 중심으로 남칠성과 북육성으로 구별된다. 즉, 중원의 절반을 요구하는 것이었다.

"그것은 어렵지 않소. 당연히 함께 손을 잡는다면 이익은 정확히 반씩 나눠야지요."

"문제는 아까 말했던 자금이라는 것이군."

"섭섭하게 듣지는 마시오. 모든 것은 정확해야 하는 것 아니겠소. 그러니 내 눈으로 직접 보기 전에는 믿지 않겠소."

동천비가 실소를 지었다.

"보여달라? 좋소. 보여주지 못할 것도 없지."

핵!

화악!

갑자기 두 사람의 고개가 동시에 돌아갔고 역시 누구도 앞섰다고 할 수 없을 만큼 동시에 몸을 날려 관제묘 밖으로 날아갔다.

슈아악!

거의 같은 속도로 날아간 두 사람은 관제묘 서쪽으로 방향을 틀었다. 무려 이십여 장을 날아가는데도 한 번도 땅에 내려서지 않을 만큼 두 사람의 신법은 상승의 경지에 올라 있었다.

두 사람은 지금 기척을 느끼고 움직인 것이었다. 두 사람의 회합은 측근들을 제외하고는 누구도 알지 못했다. 더구나 그 측근들이라는 사람들까지도 무왕산이라는 것만 알고 있을 뿐

관제묘에서 만난다는 건 둘밖에 모른다. 그런데 기척이 있었다. 그것은 범상치 않은 일이었으므로 동시에 몸을 날린 것이다.

그런데 그 와중에도 백쾌섬의 눈은 심하게 흔들거렸다.

동천비의 신법이 자신에게 조금도 뒤처지지 않고 있었다. 자신은 태어나면서부터 선택받았고 최상의 조건에서 혹도의 미래를 짊어질 기재로 키워졌다.

그런 반면 동천비가 무공을 접한 것은 일 년 남짓밖에 되지 않았다고 들었다. 물론 어려서 몇몇 무림고수들에게 금전을 지불하고 기초를 배웠다고는 하지만 자신과는 현격한 차이가 있음은 부인할 수 없었다. 그런데도 전력을 다한 자신의 신법과 어깨를 나란히 한다는 것은 충격이었다.

'도대체 묵곤혈참기라는 마공이 무엇이기에!'

꿀꺽!

자신도 모르게 마른침을 삼켰다.

마공의 위력과 패해는 자신도 알고 있지만 한순간에 자신과 동수를 이룰 만큼 강해져 버린 현실은 선뜻 이해가 되지 않았다.

"저기로군!"

두 사내가 도주하고 있었다.

촤악!

두 사내는 좌우로 나눠졌다. 추적을 뿌리칠 의도인 듯했는데 동천비와 백쾌섬 역시 나눠져 쫓았다.

"흐흐흐!"

동천비의 입술이 가소롭다는 듯 비틀렸다. 도망자의 신법도 예사롭지 않았다. 십 리쯤 추적하여 동천비는 사내의 앞으로 날아 내릴 수 있었다.

"학— 하학!"

사내는 거친 숨을 내쉬고 있었고 온몸이 땀으로 젖어 있었다. 그만큼 필사적으로 도주했음을 증명했다.

동천비가 물었다.

"정체를 밝혀라. 왜 남의 얘기를 엿들었느냐?"

쉭!

사내는 대답 대신 차고 있던 검을 뽑아 공격해 왔다.

동천비가 가소롭다는 듯 오른손을 뻗었다. 순간 동천비의 오른손이 완전히 먹물로 변했다.

쾅!

동천비의 손이 검과 부딪쳤고 쨍그랑 하는 소리와 함께 사내의 검이 부러졌다.

사내의 눈이 커졌다. 자신의 검은 단순한 청강검이 아니라 이름난 보검이었다. 그런데 너무 간단히, 그것도 맨손에 부딪쳐 부러지자 놀라움을 감추지 못했다.

"누구냐? 무림맹에서 왔느냐? 아니면."

사내는 부러진 검을 들고 다시 달려들었다. 결코 순순히 당하지는 않겠다는 독기가 묻어난 행동이었다.

동천비의 눈에 살기가 떠올랐다.

탁!

찔러오는 검날을 거머쥐었다. 그런데 사내가 억 하며 검에서 손을 떼어버렸다. 검이 시뻘겋게 달아오르고 있었기 때문이다. 묵곤혈참기의 기운에 쇠가 녹아 흐르고 있었다.

뚝… 두둑!

물이 떨어지듯 녹아 땅으로 떨어지는 쇳물을 보며 사내의 안색은 공포에 젖어들었다.

자신의 검이 순식간에 흔적도 없이 사라져 버렸다.

동천비가 경악한 사내를 보며 웃었다. 그러더니 오른손을 다시 뻗어왔다

콰아!

사내는 본능적으로 역시 우장을 뻗어 맞받았다.

뻐억!

"컥!"

사내는 비명을 지르며 나가떨어졌다.

벌떡 일어나려는데 어느새 동천비의 오른발이 가슴 위에 올려져 있었다. 육중한 바위에 눌린 듯 옴짝달싹할 수 없었다.

"누구의 지시를 받았느냐?"

"나… 날 죽여라."

"물론 죽일 거야. 하지만 그전에 누가 시켰는지 말을 해."

사내는 입을 다물었다. 죽어도 말을 할 수 없다는 행동이었다.

그런 사내를 보며 동천비가 가소롭다는 듯 웃었다.

"흐흐흐!"

동천비가 주위를 휘둘러보더니 머리통만 한 돌을 발견하고 오른손을 뻗었다. 그러자 그 무거운 돌이 가벼운 솜뭉치마냥 가볍게 이끌려왔다.

'가… 가공할 허공섭물!'

강하게 발바닥이 거궐혈을 누르고 있어 꼼짝할 수가 없었다.

"지금도 입을 열 마음이 없느냐?"

사내는 눈을 감아버렸다. 그걸 보며 동천비의 입술이 뒤틀리더니 들고 있던 돌로 사내의 오른손을 찍어버렸다.

퍽!

"끄아악!"

슥!

돌은 다시 허공섭물에 의해 동천비의 손에 들렸다.

사내는 고통에 온몸을 떨었다.

"아직도 입을 열기 싫나?"

"주… 죽여라!"

이번에는 왼손을 찍었다.

왼손이 짓이겨지며 피로 범벅이 되었고 사내가 벼락을 맞은 듯 온몸을 들썩였다. 돌은 다시 올라왔고 이번에는 두 다리를 찍었다. 그래도 입을 열지 않자 얼굴을 향해 내던졌다.

뻐어억!

얼굴이 짓이겨지며 처절한 비명이 흘러나왔지만 동천비는

계속 사내의 얼굴을 돌로 찍었다. 사내의 얼굴은 고깃덩이처럼 짓이겨지며 만신창이가 되었다.

"초… 총관님의 지시를 받아……."

"나도 그 정도는 짐작하고 있다. 중요한 것은 내 움직임을 어떻게 상관량이 알고 있느냐는 것이다. 내부에서도 모르는 사실을 말이다."

"그… 그것은."

슉!

다시 돌맹이를 쳐들어 올리자 사내가 악을 썼다.

"월광!"

"……."

"암호명 월광이라고 부르는 사내가 모든 정보를 준다고 했사옵니다."

자신의 행적을 상관량에게 보고할 정도면 아주 가까운 측근이다. 동천비의 눈이 더욱 새파랗게 빛나고 있었다. 어쩌면 무림맹 공격이 누설된 것도 월광이란 자 때문일지도 모른다.

오랜만에 돌아오는 집이다. 동천비가 나타나자 입구를 지키고 있던 무사들이 공포에 젖은 표정을 지으며 큰 소리로 예를 취했다.

"대공자님을 뵈옵니다!"

동천비는 그들의 인사도 받지 않고 집 안으로 들어섰다. 녹풍원으로 향한 동천비는 부친의 처소로 곧장 들어갔다. 한데

방 안에 있어야 할 부친은 보이지 않았다.

동천비가 잠시 이마를 찡그리더니 부친을 찾으러 나갔다.

멈칫!

부친이 연못가에 등을 돌리고 서 있었다. 동천비가 다가가 나란히 섰다. 부친은 아무 말 없이 출렁이는 연못을 바라보았다.

"하는 일은 잘되느냐?"

동천비가 부친을 쳐다보았다.

자신의 실수로 오늘날 천상각이 위기에 빠졌다고 미워하던 부친의 입에서 오랜만에 들어보는 다정한 목소리였다.

"후후! 갑자기 눈물이 나오려는군요."

노골적인 조롱이었다.

하지만 동오룡은 아무 말도 하지 않고 품에 손을 집어 넣더니 한 통의 봉서를 꺼냈다.

"받거라."

"이게 뭡니까?"

"이걸 가지러 오지 않았느냐?"

동천비가 동오룡을 한번 쳐다보더니 부욱 찢어 봉서에 든 내용물을 꺼내 펼쳤다. 한참 내용을 살피던 동천비의 이마가 찌푸려지더니 동오룡을 돌아보았다.

"설마 이게 전부라는 것은 아니겠지요?"

"물론이다. 하나 나머지는 천혁과 천화가 이미 가져갔다. 그래도 네가 장자인만큼 가장 큰 덩어리를 준 것이다. 귀중히 쓰거라. 그리고 부디 너의 꿈이 이뤄지길 기대한다. 이건 아비의 진심이다."

이왕 이렇게 되었으므로 동천비의 꿈이 이뤄지길 기대했다. 더 이상 어떤 선택의 여지가 없었다. 기댈 곳이라고는 이제 동천비 말고는 없었다.

"제갈팽."

동천비의 부름에 제갈팽이 하늘에서 뚝 떨어졌다.

"당장 두 놈을 잡아라."

"존명."

제갈팽이 사라지고 동오룡이 경악한 표정으로 동천비를 보았다.

"지금 무슨 짓이냐? 동생들 것을 빼앗으려는 것이냐?"

"아닙니다. 죽이려는 것입니다."

화아악!

동오룡의 눈이 기절할 듯 커졌다.

"이젠 누구든, 설혹 핏줄이라도 소자의 앞길에 방해가 되면 가만 안 둘 것입니다. 그리고 한 가지 기쁜 소식을 알려 드리겠습니다. 막혔던 황하와 장강의 수로는 이삼 일 내로 뚫릴 것입니다."

"어… 어떻게……."

"소자가 이미 손을 써놓았으니 염려 마십시오. 다시 말하지만 앞으로 천상각은 소자가 책임집니다. 그러니 절대 두려워하거나 근심하지 마십시오."

동천비가 날아갔다.

동오룡의 이마가 잔뜩 찌푸려졌는데 이해할 수 없다는 표정을 지은 채였다. 동천비는 무림맹 기습에 실패하고 지금 쫓기고 있다. 무림맹에서 혈안이 되어 찾고 있는데 어떻게 무림맹이 장악하고 있는 그 모든 수로와 관도를 다시 회복하겠다는 것인가.

금우산장으로 돌아온 동천비는 곧장 여추량을 불렀다. 여추량은 동천비의 표정이 밝지 않음을 보고 뭔가 좋지 않은 일이 생겼음을 간파했다.

"본 가에 가셨다고 들었는데 일이 잘못되기라도……?"

"아니오. 아버님도 이제 천상각의 차기 각주로 날 완전히 인정하고 모든 것을 맡기더구려. 물론 내게 주었던 것이 전부라고 믿지는 않지만 어쨌든 말이오."

여추량의 눈이 커졌다.

"축하드립니다, 각주님!"

여추량이 각주라고 부르자 동천비의 입꼬리가 말려 올라갔다. 갑자기 각주라는 호칭을 받자 기분이 묘했다. 혼잣말로 각주라는 말을 두세 번 중얼거리던 동천비가 고개를 쳐들었다.

"이삼 일 있으면 뱃길과 관도가 우리의 손에 뚫려 모든 물자 수송이 순조로울 것이오. 문제는 모피요."

여추량의 표정이 굳어졌다. 흑수당에 갔다가 살아 돌아온 것만도 기적 같은 일이었다. 만약 자추동이 자신을 죽이려고 마음만 먹었다면 식은 죽 먹기였다.

"흑수당의 움직임은 지금 어떻소?"

"산장이 잠정 폐쇄되었습니다. 대설산에서 생산되는 모피는 흑수당을 거치지 않고 곧바로 원국으로 들어갑니다."

"생산자가 직접 원국의 상가와 거래를 한단 말이오?"

"그렇습니다. 생산자가 모피를 원국의 상가까지 직접 운송합니다. 그러면 흑수당에서는 운송 경비와 모피 값을 결재하지요."

"직접 물건이 오고 가는 것이 아니라 서류로만 거래를 한다는 것이오? 장사란 여러 단계를 거치며 이윤을 남겨야 하는 것인데 아무리 흑수당이 가격을 지불한다고 해도 생산자가 직접 원국으로 넘겨 버리면 여러 단계가 줄어드니 말이오."

"물론입니다. 자신들은 손 하나 대지 않고 장사를 하므로 아무래도 이윤은 전보다 못하죠. 더구나 생산자가 원국까지 운송하는 경비도 흑수당에서 책임을 지니까요."

"결국 우릴 겨냥하고 작은 이윤을 각오한 것인데 한 가지 이상하구려. 백쾌섬의 말에 의하면 천몽은 죽었소. 그런데 흑수당이 끝까지 이런 식으로 해서 우리의 숨통을 조인다는 것은 뭔가 이상하지 않소? 생각해 보시오. 든든한 배경이 되었던 천몽이 놈이 죽었는데 그들이 끝까지 우리에게 저항할 배짱이 있느냐는 것이오."

"저도 그 점을 이상하게 생각하고 있었습니다만 포달랍궁이 후광이 되어준다면, 더구나 죽은 대법왕의 복수 차원에서 더욱 이를 갈고 있다면 충분한 명분이 됩니다."

동천비가 숨을 씹듯 뱉었다.

"으음! 포달랍궁!"

포달랍궁은 크다. 지난 몇 개월 철저히 조사를 한 결과 구파 일방의 우두머리인 소림의 힘을 앞선다는 결과를 내렸다. 백쾌섬 또한 포달랍궁에 직접 들어가 살핀 결과 힘의 깊이를 측정할 수 없다고 했다. 워낙 알려지지 않은 기인이사들이 많았고, 그 대표적인 예가 새로 천룡구십구불의 수뇌가 된 덕배 선사였다. 그의 존재는 철저히 가려져 있었는데 밀종대수인이라는 잊혀진 살기로 서장을 경동시켰고 뢰음사 괴멸에 선봉에 선 것이다. 그런 기인들이 몇인지 도무지 알 수가 없다고 했다.

사실 백쾌섬이 포달랍궁 공격을 포기한 것을 놓고 흑도 수뇌들과 천하는 아롱진 때문으로 알고 있었지만 속사정은 그렇지 않았다. 진법 때문에 포기한 것도 있지만 만에 하나 포달랍궁의 전력이 자신이 직접 들어가서 보았던 것보다 월등할 경우 자칫 무림맹과 싸워보기도 전에 흑도는 치명타를 입을 수가 있었다. 그래서 백쾌섬은 사기 진작 차원에서 부하들에게는 아롱진 때문에 공격이 불가능하다고 말을 했던 것이다.

"쳐죽일!"

동천비의 인상이 더욱 우그러졌다. 운송로를 확보해도 천상각 거래량의 육 할을 차지하는 모피가 빠진 이상 수입은 예전만 못하다. 갈수록 자금은 밑 깨진 독에 물 붓듯 들어가는데 고민이 아닐 수 없었다.

　자금이란 제때에 투입돼야 효과가 크다. 더구나 천하패업이 걸린 일에는 넉넉한 자금 확보가 더욱 중요했다. 그래서 동오룡을 찾아갔고 숨겨놓은 돈을 요구한 것이다. 그런데 동천혁과 동천화가 일부를 가져갔다고 하니 용서할 수 없었다. 지금은 단 한 푼의 돈도 아쉬울 때였다.

　　　　　　　*　　　　*　　　　*

　황하를 생활의 터전으로 삼고 살아가는 사람들은 아주 많았다. 그중 수백 년 전부터 황하의 터줏대감을 자청하며 살아온 열두 곳의 집단이 있었으니, 이름하여 황하수로맹이라고 한다.

　자신들의 권역을 지나가는 배들과 어로 행위를 하는 어부들로부터 일정한 통행세와 이용료를 받는데, 만약 그들이 뱃길을 차단하면 황하를 이용하거나 생계의 터전을 두고 사는 사람들은 치명적인 타격을 입는다.

　사흘 전부터 황하 곳곳에 살기가 감돌았다. 평소에는 지나가는 배와 어부들을 상대로 이용료를 받기 위한 순시선 말고는 구경조차 할 수 없었던 황하수로맹의 수많은 배들이 자신들의 권역에 진을 치고 모든 어로 행위와 지나가는 화물선의 통행을 가로막은 것이었다. 멋모르고 지나가던 배는 모조리 싣고 가는 화물을 탈취당했고 사람들은 끌려갔다.

백기룡은 갑판에 올라앉아 여아홍을 마시고 있었다. 여아홍은 백기룡이 가장 좋아하는 술로 하루라도 여아홍을 마시지 않으면 혓바닥에 곰팡이가 핀다고 할 만큼 즐겼다.

"좋다, 정말 좋다."

오늘따라 파도도 잠잠하고 하늘에서 내리쬐는 햇살은 따뜻하기 그지없었다. 백기룡은 황하의 열두 집단 중 한 곳인 초룡각의 각주였다.

"이봐, 부각주."

갑판 끝에서 강심을 살피고 있던 부각주 맹승철을 불렀다.

"일로 와, 한잔해."

"아닙니다. 소인은 생각없습니다."

맹승철이 정중히 거절을 했다.

저렇게 온화한 인상으로 한잔하라고 하지만 언제 성격이 돌변할지 모른다. 백기룡은 술 중독이었다. 그래서 한 잔만 들어가면 완전히 개가 된다. 멋모르고 몇 번 그와 술을 마시다 발작하는 바람에 상상할 수 없을 만큼 얻어맞았다. 이후 아무리 그가 한잔하라고 권해도 절대 같이 술을 하지 않는다.

벌써 여아홍 세 병을 비웠으니 오늘 같은 날 맞상대했다가는 뼈도 추리지 못할 것이다.

"한잔하라니까? 내 말이 말 같지 않느냐?!"

백기룡이 버럭 소릴 질렀다.

맹승철은 가벼운 미소를 애써 지으며 거절했다.

"아침부터 배가 아파서 그렇습니다. 마음 같아서는 마시고 싶지만 한 번만 이해해 주십시오."

백기룡의 눈이 커졌다.

"배가 아프다고? 잘됐군. 여아홍은 배아픈 데 딱이야. 어서 와 한잔 마셔."

백기룡이 정색하고 쳐다본다.

이쯤 되면 거절할 수가 없다. 만약 거절했다가는 상관의 성의를 무시해도 유분수지, 하며 인정사정없이 밟을 것이다. 아차했지만 이미 늦었다. 자신도 모르게 둘러댄다는 것이 하필 배가 아프다고 한 것이다. 독한 술은 배가 아픈 데 적지 않게 효험이 있었다. 제대로 걸려들고 말았다.

앞전에 맞아 어금니가 아직도 흔들거리는데 오늘은 어떤 이빨이 흔들거릴까 염려하며 가려는데 한쪽에서 부하의 외침이 들려왔다.

"배다!"

오십 년을 살아오면서 지금처럼 기뻐보기는 처음이었다. 부하의 외침은 하늘에서 들려오는 구원의 소리였고 물에 빠져 허우적거릴 때 내려온 동아줄이었다.

"어디냐?"

맹승철은 부하 쪽으로 달려갔다.

부하가 손가락으로 수평선 한쪽을 가리켰다.

"저깁니다."

과연 한 척의 배가 다가오고 있었다. 배는 무척 컸는데 한눈에 보아도 엄청난 양의 화물을 싣고 가는 것이 분명했다.

황하의 수로가 차단되었다는 소식이 퍼졌을 텐데도 나타나다니 간덩이가 부었다고 여겼다. 배와 화물은 무조건 압수고 사람 또한 상황에 따라 죽여도 문제가 되지 않는다. 왜냐하면 황하수로는 무림맹이 관리하며 자신들이 책임자이기 때문이다.

배는 점점 가까워졌고 수하들은 뱃전으로 몰려들었다. 모두 입가에 입소를 짓고 있는 것이 한바탕 휘두르게 될 폭력을 생각하자 온몸에 짜릿한 흥분이 전해지는 것이었다.

예상대로 배는 화물선이었는데 갑판 위에까지 화물을 가득 싣고 있었다. 좀 더 거리가 가까워지면 화물의 종류를 알 수 있겠지만 언뜻 보니 삼엽선란이었다.

"삼엽선란 같습니다."

"향기가 여기까지 날아오는 게 확실합니다."

부하들 입가에 흡족한 미소가 떠올랐다. 저런 큰 배에 가득 실릴 정도의 삼엽선란이라면 족히 황금으로 일백 관 이상의 엄청난 양이었다.

삼엽선란은 약초 중에서도 고가로 취급되며 불로장생에 효과가 있었다. 반쯤 술에 취한 백기룡도 게슴츠레한 눈으로 삼엽선란이라는 것을 확인한 듯 누런 이를 드러내 놓고 웃는다.

"흐흐흐! 오늘 제대로 한 건 하는구나."

"배를 가까이 대거라!"

맹숭철이 내공이 실린 음성으로 외쳤다.

화물선이 가까이 다가오기 시작했다.

배를 일단 가까이 붙인 후 이쪽에서 사람이 건너가 통행세를 받는다. 상인들 또한 항상 그래 왔으므로 아무런 의심 없이 배를 가까이 붙였다.

거리가 삼 장 정도로 좁혀지자 일제히 초룡각 무사들이 날아갔다. 평소와 달리 수많은 무사들이 날아오자 상인들이 당황한 표정을 지었다.

무려 일백여 명의 무사가 날아 내렸다. 그리고 다짜고짜 화물을 확인했는데 예상대로 삼엽선란이었다. 맹숭철을 비롯한 초룡각 무사들이 득의양양했다.

"분명히 황하수로를 차단한다는 명을 내렸는데도 감히 배를 띄운단 말이냐?"

책임자로 보이는 상인이 나타나 굽실거렸다.

"소인들은 전혀 듣지 못했습니다. 한 번만 봐주십시오."

"뭣들 하느냐? 배를 나포하고 모조리 끌고 오너라!"

술병을 든 백기룡이 소리쳤다.

"모두 바닥에 무릎을 꿇고 고개를 숙여라. 반항하는 자는 모조리 목을 베겠다."

바로 그 순간이었다. 삼엽선란 속에서 수많은 무사들이 튀어나오며 초룡각 무사들을 급습했다. 삼엽선란 속에 무사들이 숨어 있으리라고는 꿈에도 생각하지 못했고, 경계심까지 완전히 흐트러져 있었기 때문에 초룡각 무사들은 순식간에 당했다. 거기다 급습해 온 무사들의 무공은 상상을 불허했다.

"컥!"

"으아악!"

그것은 일방적이 도살이었다. 설혹 경계심을 갖고 있었다 해도 상대의 솜씨가 워낙 압도적이어서 결론은 마찬가지였을 것이다.

삽시간에 뱃전은 시체로 가득했고 피가 물처럼 흘러내렸다.

맹숭철은 너무 엄청난 일에 싸울 엄두도 내지 못했다. 꿈에도 생각 못한 기습이었기에 부하들이 죽어가는 모습을 넋을 잃고 쳐다볼 뿐이었다.

"저기 술 처마시고 있는 놈이 백기룡이겠지?"

맹숭철 앞에 한 명의 흑의인이 나타났다.

그는 검을 뽑지 않고 있었는데 옷차림이 깔끔했다. 특히 신고 있는 장화가 거울처럼 반들거렸다.

"난 육검산의 산주 고검 이여송이라고 한다."

"유… 육검산……!"

맹숭철이 자신도 모르게 뒤로 한 걸음 물러났다.

육검산은 흑도십문 중 한 곳으로 철저히 검을 추구하는 인물들로 구성된 집단이었다. 그들의 검은 냉혹하며 악랄하고 무정하여 검의 이단자들로 불린다. 흑도가 궐기를 했다는 얘기 들었지만 이렇게 눈앞에 나타날 줄이야…….

대대로 육검산의 산주는 상대가 없음에 외로워하다 죽는다고 했다. 오죽했으면 고검(孤劍)이라고 했겠는가.

"오늘부로 이곳 초룡각은 우리 육검산이 지배한다. 잘 가라."

번쩍!

이여송의 검이 날아왔다.

한줄기 검광이 날아오는 것만 볼 수 있었을 뿐 너무 빨라 각도와 어느 부위를 노리고 날아오는지는 알 수 없었다. 맹승철은 본능적으로 검을 뽑아 후려쳤다.

카캉!

강력한 쇳소리와 더불어 맹승철의 검이 손아귀를 벗어나려고 했다. 검의 손잡이를 서둘러 고쳐 잡았을 때, 눈앞으로 이여송의 검이 들어왔다. 아직 검을 제대로 쥐지도 못했으니 이여송의 검을 막는다는 것은 현실적으로 불가능했다.

푸욱!

목구멍에 뜨거운 기운이 파고들었다.

촤악!

이여송이 검을 뽑자 붉은 피가 물줄기처럼 뻗어나간다.

꼬르르!

숨을 내쉬자 피 끓는 소리가 들렸다. 눈앞에 우뚝 서 있는 이여송을 보며 맹승철이 중얼거렸다.

"무… 무서운 검… 정녕 무서운 검……."

한 번 휘청거리더니 그대로 뱃전에 엎어졌다.

이여송은 주위 돌아가는 상황을 살폈다. 싸움은 일방적이었고, 초룡각 무사들은 거의 전멸해 가고 있었다.

쉬익!

그대로 몸을 날려 도주하는 백기룡의 배로 날아갔다.

이여송이 배에 날아 내리려 들자 백기룡이 검을 날렸다.

파앙!

서로의 검이 부딪치며 반탄력으로 이여송의 몸이 뒤로 튕겨 나왔다가 한 바퀴 회전을 하더니 곧바로 배에 안착했다. 술에 취하지 않았다면 이여송의 승선을 묵과하지 않았을 것이다. 하나 술이 너무 취해 백기룡은 제대로 몸을 가누지 못했다.

"내 생애 처음으로 술 취한 놈의 목을 베어보는군."

콰아아!

이여송의 검이 찔러 들어왔다.

백기룡이 본능처럼 옆으로 움직이며 검을 쳐내려 했다.

붕!

하지만 이여송의 검은 어느새 방향을 틀며 백기룡의 검을 피했고 빙글, 끝이 짧게 회전하더니 어깨를 찔러 버렸다.

푹!

"윽!"

이여송의 검이 뒤로 주춤 물러나는 백기룡의 복부를 다시 파고든다.

챙!

백기룡이 힘껏 검을 아래로 휘둘러 이여송의 검을 쳐냈다. 하지만 백기룡의 검이 오히려 튕겨 나갔다. 술에 취해 검에 제대로 힘을 싣지 못했기 때문이다.

콰악!

이여송의 검은 백기룡의 배꼽 부위를 뚫어버렸다.

"크욱!"

백기룡이 주춤 뒤로 물러났다. 고개를 숙여 아랫배를 쳐다보았는데 붉은 피가 뱃전으로 뚝뚝 떨어진다. 술이 취해 빨개진 얼굴로 이여송을 쳐다보던 백기룡이 한마디 내뱉었다.

"개… 개자식!"

백기룡이 엎어져 숨을 거두자 이여송이 이미 싸움을 끝낸 부하들을 향해 소리쳤다.

"대종사에게 전서구를 보내라, 황하수로는 우리가 접수했다고!"

"존명."

잠시 후 한 마리의 비둘기가 날아올랐다. 배를 한 바퀴 빙 돌더니 이윽고 남쪽을 향해 무서운 속도로 날아가기 시작했다.

*　　　*　　　*

오늘따라 애첩 산월의 몸이 더욱 뜨겁다. 뿐만 아니라 평소와 다르게 더욱 적극적이었다. 예전에는 이렇게까지 앞서 움직이고 이끌지 않았다. 상관량은 이 모든 것이 돈 때문이라고 생각했다. 자신의 재산이 급속히 늘어나자 산월 또한 더욱 자신에게 잘 보이기 위해 적극적으로 변한 것이었다.

상월은 명기(名器)다. 상관량이 산월을 처음 만난 것은 이 년 전이었다. 사주호룡거를 끌고 천상각을 다녀오던 중 술 생각이 나서 들른 기루에서 만났다. 당시 산월의 나이는 열아홉으로 그날 처음 나온 것이었는데 상관량의 강호 신분을 생각해 주인이 붙여준 것이었다. 대저 처음 나온 여자들은 거의 단골 중에 가장 돈이 많은 사람에게 바치는 것이 관례였다.

그날 밤 상관량은 수십 번 까무러쳐야 했다. 천 명 중에 한 명 있을까 말까 한다는 명기였다. 야사에 의하면 양귀비와 서시 모두 명기였다고 했다. 이후 상관량은 산월을 아예 첩으로 들여앉혔다.

"허어억!"

밑에 깔린 상관량의 눈이 뒤집혔다. 하체를 옴짝달싹못하게 산월이 조여 버린 것이다. 벼락을 맞은 듯 온몸이 떨리고 발끝에서 머리끝까지 말로 표현할 수 없는 쾌감이 흘렀다. 살아오면서 이보다 더 짜릿하고 소름 끼치는 쾌감은 없었고 명기가 아니면 가져다줄 수 없는 황홀경이다.

산월은 콱 물고 놓지를 않았다. 본인의 의지와는 상관없이 남자를 깨물 듯 조이는 것이 명기의 특징이었다.

"그… 그만……!"

이제 흥분을 넘어 아파오기 시작했다.

산월이 배 위에서 웃음을 지었다.

"호호호! 알았어요. 빼드릴게요."

그녀의 엉덩이가 천천히 솟구쳤다. 그에 따라 미끄러지듯 상관량의 남성이 빠져나왔다.

"우우웃!"

상관량이 자지러졌다.

"호호호! 아기처럼."

산월이 상관량의 볼에 입을 맞추고 하체를 가리며 욕실로 들어갔다. 혼자 남은 상관량의 입가에는 행복한 미소가 떠올랐다. 말년에 이런 복도 없지 싶었다.

사내에게 가장 큰 복 중 하나가 계집 복이라고 했는데 자신이야말로 그 어렵다는 명기를 얻었으니 부러울 것이 없었다. 거기다 재산은 갈수록 불어나 사가의 재산을 다루는 집사만도 무려 열 명이었다. 물론 그 재산의 거의가 천상각으로부터 나온 것이었다.

하지만 이건 시작에 불과할 뿐이었다. 서서히 몸을 일으켜 아랫도리를 닦고 의관을 갖추고 있을 때 밖에서부터 음성이 들려왔다.

"총관님, 속하 개묵입니다."

"들라."

가개묵 말고는 누구도 자신과 산월의 관계를 모른다. 문이 열리고 가개묵이 들어섰는데 여전히 한쪽 가슴에 칼을 품고 있었다. 동천비에게 죽을 뻔하다 살아난 이후 더욱 충성심이 강해졌다. 그에 상관량도 그 어렵다는 공청석유를 구해 먹었다. 그래서 가개묵의 무공은 예전보다 배는 강해졌다.

가개묵의 안색이 좋지 않은 것으로 보아 즐거운 소식을 가져온 것 같지는 않다.

"말해보아라. 망설일 것 없다."

가개묵이 고개를 쳐들었다.

"차단했던 장강수로와 황하수로가 개통되었습니다. 또한."

벌떡!

상관량이 침상에서 내려섰다.

"관도 역시 완전히 통행이 재개되었고 천상각으로 들어가는 모든 물자와 거래는 정상적으로 진행되고 있습니다."

상관량의 두 눈이 이글거렸다.

물어볼 필요도 없다. 동천비의 혼자 능력으로 그 모든 것을 해결하기에는 불가능했다. 동조자가 있을 것이 분명했다. 그리고 머리에 떠오르는 곳이 있었다.

'목와북천!'

흑도무림과 손을 잡은 것이다. 흑도무림이라면 자신의 조치쯤은 손쉽게 무력화시킬 것이었다. 동천비는 흑도무림과 손을 잡고 재차 저항을 시작한 것이었다.

'놈!'

상관량의 눈이 가늘게 좁혀졌다.

살모사의 눈처럼 푸른 광기가 뻗어 나왔다. 동천비의 행동은 끝까지 해보자는 것이다. 이렇게 되면 천상각을 아예 강호에서 없애야 한다.

굳은 표정의 상관량이 갑자기 미소를 지었다.

차라리 잘된 것이었다. 별 저항이 없는데도 천상각을 무너뜨리면 온갖 잡음이 일 것이고 강호의 시선 또한 무림맹에 우호적이지 않을 것이다.

그런데 이렇게 동천비가 극렬하게, 더구나 무림맹과 대립각을 세우고 있는 흑도무림과 손을 잡았다면 이거야말로 기회였다. 흑도멸사의 기치를 들고 일어나 천상각까지 쓸어버리면 된다. 누구도 그 안에 감춰진 자신의 계산은 읽지 못할 것이다. 어차피 흑도를 소탕하는 와중에 일어난 사태의 일환으로 생각할 것이었다.

"개묵, 맹주님은 어디 계시느냐?"

"사가에 계시는 줄 아옵니다."

"즉시 서찰을 띄워라, 찾아뵙겠다고."

"존명."

가개묵이 문을 닫고 사라졌다.

상관량의 입가에 차가운 미소가 떠올랐다. 이제야말로 거칠 것 없이 천상각을 집어삼킬 수가 있게 된 것이다.

*　　　*　　　*

남궁세가는 중원제일의 검가이다. 원래 남궁세가를 처음 창건한 남궁일은 장법의 대가였다. 생사일만고백장이라는 장법으로 천하를 휩쓸었다. 하지만 말년에 무명의 검도 고수를 만나 처절한 패배의 쓴맛을 본 남궁일은 그때부터 검에 관한 연구를 시작했고 죽기 직전 오늘날까지 남궁세가를 중원제일검가로 만들어주고 있는 암향류(暗香流)를 탄생시켰다.

남궁세가 깊은 곳에서 삼십 초반가량 되는 사내가 검을 휘두르고 있었다.

사내의 검은 빨랐다. 일반인의 육안으로는 쫓아갈 수 없을 만큼 빨랐고, 그의 검이 지나가는 곳에는 어김없이 허공이 갈라지고 있었다.

쉭! 쉬쉬쉭!

놀랍도록 빠르다. 좌측을 찔렀다 싶은데 어느새 검은 오른쪽을 찌르고 있었다. 원을 만들었다 싶은데 직선으로 뻗어가는 신출귀몰한 검세에 눈이 어지러울 지경이었다.

콰아아!

사내의 검이 떨어져 내렸다.

그의 검이 떨어진 곳에는 제법 큼지막한 바위가 있었는데 검이 지나고 나서도 바위는 아무런 변화를 보이지 않았다. 그러나 잠시 후 한줄기 바람이 불자 놀라운 일이 벌어졌다.

부르르르!

돌이 가루가 되어 바람에 날리고 있었다. 돌을 가루로 만들기 위해서는 도대체 몇 번을 베어야 할까. 그것은 조금 전 사내의 검이 한 번만 벤 것이 아니라 최소한 수십 번은 베었다는 의미였다. 하지만 눈에는 분명 한 번밖에 휘두르지 않은 것으로 보였다.

"거의 완성된 듯하구나."

검을 거둔 사내가 화들짝 놀라며 돌아섰다.

등 뒤 십여 장쯤 떨어진 곳에 한 명의 백의노인이 만면에 흡족한 미소를 띠며 서 있었다.

"아버님."

"몇 달 못 본 새 많이 늘었구나. 거의 완벽해졌다고 해도 무리는 아니다."

백의노인은 현 무림맹주 신검 남궁천이고, 사내는 그의 아들 남궁관이었다.

"관이 아버님을 뵙습니다."

땀으로 젖은 남궁관을 쳐다보는 남궁천의 얼굴은 밝고 맑았다. 아들이라고는 남궁관 하나인데 다행히도 자질이 뛰어나다. 어디 그뿐인가. 야망도 있고 승부를 즐긴다. 자신의 뒤를 잇기에 조금도 부족함이 없었다.

"그만 들어가자."

두 부자는 어깨를 나란히 하며 걸어갔다. 무슨 좋은 얘기를 하는 듯 이따금 서로를 돌아보며 웃기도 했다.

오랜만에 부자끼리 마주 앉아 마시는 차였다. 차를 마시며 남궁관을 쳐다보는 남궁천의 얼굴에는 미소가 가시지 않는다. 자신의 예상보다 남궁관의 성장이 더욱 빠르기 때문이었다. 청출어람이라고 했는데, 확실히 자신의 나이 때보다 앞서고 있었다.

"무슨 일로 연락도 없이 오셨습니까?"

남궁관이 정색하고 물었다.

남궁천이 찻잔을 내리더니 말했다.

"이놈 봐라, 아비가 집에 오는 것이 마음에 들지 않는다는 것이냐?"

남궁관이 당황해하며 더듬거렸다.

"소… 소자의 말뜻은 그게 아니라…….

"헛헛! 알고 있느니라. 혹시 아비의 신상에 무슨 일이라도 생겼을까 염려하여 묻는 것이라는 걸 말이다."

남궁천이 웃음을 거두었다.

그리고 정색하여 남궁관을 보며 말했다.

"너도 이제 그만 출사를 해야 하지 않겠느냐?"

"출사라시면?"

"무림맹에 자리 한 개를 봐뒀느니라."

"아버님."

"강호는 경험이다. 아무리 집에서 무예를 쌓아봤자 경험이 부족하면 큰 도움이 되지 않는다. 내가 자리를 마련해 놨으니 조만간 짐을 정리하여 무림맹으로 오너라."

남궁관은 아직 마음의 준비가 되지 않은 듯 차를 마시는 부친을 굳은 얼굴로 쳐다보았다.

남궁천이 입에서 잔을 떼고 말했다.

"흑도가 준동하여 강호가 심상치 않다. 이때 너의 솜씨를 보이고 이름을 알려라. 장부란 거칠게 성장해야 하는 법이니라."

"아버님 뜻을 따르겠습니다."

"머잖아 흑도와의 전면전이 예상된다. 그들도 그동안 우리의 등쌀에 숨어 많은 고생을 했다. 그래서 이번만큼은 배수의 진을 치고 나올 것이다. 이때 너의 능력을 보여주어라. 그럼 아비의 뒤를 잇기에 부족함이 없을 것이니라. 남궁 천하를 위해서는 너도 그만 기지개를 켜야 할 것이 아니겠느냐?"

남궁관이 음흉하게 웃었다.

"좋습니다. 커지요."

"가주님!"

밖에서는 맹주이지만 집에 들어오면 가주로 불린다.

"들어와 말하라."

문이 열리고 가신 차우가 들어섰다. 차우는 꼽추이며 올해 나이가 팔십에 이른다. 남궁관에게 조부가 되는 남궁우가 거둬들인 가신으로 유엽비(柳葉匕)를 귀신같이 사용한다. 하지만 말로만 들었을 뿐 아직까지 차우가 유엽비를 사용하는 모습은 한 번도 본 적이 없었다.

"상관 총관께서 오셨습니다."

"상관 총관이? 어서 안으로 뫼시거라."

차우가 나가고 잠시 후 상관량이 들어섰다.

"어서 오시오, 상관 총관."

"송구합니다. 불쑥 찾아온 것이 아무래도 마음에 걸립니다. 더구나 자제 분과 말씀을 나누고 계셨던 듯한데."

"아니오. 앉으시오."

남궁관이 자리에서 일어났다.

"소생은 이만 물러날까 합니다."

남궁관이 정중히 인사를 하고 물러났다. 그 뒤를 상관량의 시선이 좇았는데, 눈빛이 여러 번 변했다.

"헛헛! 내 아들놈이오. 언젠가 상관 총관에게도 말했듯 맏이인데 출사할 생각을 않소이다."

"남전생옥이라는 말이 떠오릅니다."

"헛헛! 부끄럽소이다. 그래, 맹에 무슨 일이라도 생겼소?"

"목와북천이 물 위로 모습을 드러냈습니다. 우리가 천상각을 고사시키기 위해 차단한 장강과 황하의 수로를 그들이 점령하여 다시 통행을 시켰고 관도까지도 완전히 장악했습니다. 뿐만 아니라 다시 천상각에 중상들이 몰려들고 있다고 합니다."

남궁천의 안색이 굳어졌다.

이번 기회에 천상각을 완전히 조각내기로 밀약이 되어 있었다. 그런데 흑도를 업고 다시 기사회생한다면 이건 위기가 아니라 어쩌면 호기였다.

묘하게도 맹주와 총관 모두 같은 생각을 하고 있었다.

第六章
대상가(大商家)

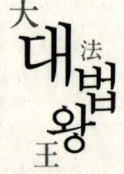

북적이는 저잣거리로 동천몽과 자정경이 들어섰다. 동천몽은 감회가 새로운 듯 주위를 휘둘러보았다. 삼 년이 넘었는데도 변한 것이라고는 하나도 없었다.

　몇몇 낯익은 사람들이 눈에 띄었고 서로 눈길이 부딪치기도 했지만 흑의를 입고 죽립을 눌러쓰고 있었기 때문에 누구도 그를 알아보지 못했다. 다만 곁에 있는 자정경의 뛰어난 미모에 사람들의 시선이 쏠리고 있었다. 자정경은 사람들의 시선을 즐기는 듯 허리와 엉덩이를 더욱 육감적으로 흔들었다. 그 모습을 본 동천몽은 피식 웃고 말았다. 그녀는 쳐다보는 남자들을 향해 눈을 깜빡거리며 자극까지 주는 걸 마다하지 않았다.

"정경아, 그러다 어느 놈이 좋다고 덤벼들면 어쩌려고 그렇게 애간장을 녹이느냐?"

"봐서 잘생겼으면 같이 살죠 뭐."

동천몽이 돌아보았는데 인상을 쓰고 있었다.

자정경이 시치미를 뚝 떼며 말했다.

"남자가 미인 싫어하지 않듯 여자도 잘생긴 남자 좋아해요. 혹시 알아요? 소주에서 마음에 드는 남자라도 만날지."

그러면서 쳐다보는 남자들을 향해 부지런히 눈을 찔끔거렸다.

"너무 품행이 방정치 못하구나. 자중하거라."

"다른 건 몰라도 서로의 행동에 대해서는 간섭하지 않기로 했잖아요. 내 일에 신경 쓰지 마세요."

"어험!"

동천몽이 헛기침을 했다.

그런 동천몽의 표정을 살피며 자정경은 야릇한 표정을 지었다.

'킥킥! 틀림없는 질투야. 내게 전혀 마음이 없는 건 아니야.'

자신의 행동은 동천몽을 자극하기 위해서였다. 동천몽이 대법왕이란 신분이기 때문에 여인과는 일정한 거리를 두어야 한다는 사실을 잘 알고 있었다.

하지만 어디까지나 그것은 포달랍궁의 율법일 뿐이었다. 남녀 사이란 하늘도 막지 못한다는 생각을 갖고 있는 자정경에게 동천몽은 평범하지 않았다. 그런 동천몽의 관심을 갖기 위해 일부러 더욱 자극적인 모습을 사람들에게 보였다. 비록 남성이 제 구실을 못하지만 불치는 아니었다. 자신의 능력으로 고쳐 줄 자신도 있었다.

열심히 쳐다보는 사내들을 유혹하던 자정경이 동천몽이 어느 순간 발걸음을 멈추자 물었다.

"여긴 기루잖아요."

입구에 야월루라는 둥그런 간판이 걸려 있었고 한 명의 점소이가 다가와 넙죽 허리를 구부렸다.

"어서 옵쇼, 손님."

동천몽이 목청을 가다듬고 말했다.

"예쁜 여자들 많겠지?"

"물론입니다. 아직 초저녁이기 때문에 얼마든지 고를 수 있습니다. 안으로 드시지요."

그러다 옆에 서 있는 자정경을 보며 눈을 휘둥그레 떴다. 야월루 기녀들도 예쁘지만 자정경에 비하면 상대가 되지 않았다.

'겨… 경국지색!'

점소이는 자신도 모르게 침을 삼켰다.

그때 자정경이 안으로 들어서자 넋을 놓고 있던 점소이가 깜짝 놀라며 앞을 막았다.

"뭐 하는 거죠?"

"죄… 죄송하기 그지없군요. 정말 미안합니다. 낭자는 출입할 수 없습니다. 이곳은 사내대장부들이 계집을 끼고 인생을 논하는 곳이거든요. 그렇기 때문에 여자들은 들어올 수가 없습니다."

자정경이 눈을 부라렸다.

"누구 맘대로요? 비켜요, 난 들어가야겠어요."

"제발, 아… 안 된다니까요."

"비키지 못해요? 나도 술 마시고 여자 앉히면 될 것 아니에요!"

점소이 눈이 찢어져라 커졌다.

"여… 여자가 여자를 앉힌다구요? 그럼 설마 계간(鷄姦)……."

"닥쳐욧! 감히 어디서 그따위 망발을 지껄이는 거죠?"

점소이가 움찔했다.

"조금 전 여자를 앉힌다고 했잖아요. 여자가 여자를 앉힌다는 것은 뻔하잖아요. 그런데 성질은 왜 내고 그래요?"

"아무튼 들어가야겠어요."

"안 됩니다. 저의 기루는 여자가 들어오는 것은 절대 안 되며 여자란 오로지 안에서 조달해야 하고 더구나 여자가 들어와 여자를 끼고 마시는 것은 엄숙히 금합니다."

탁!

그리고 신속히 문을 닫아버렸다.

"이봐요! 문 열어요, 문 열지 못해요!"

쾅쾅!

자정경이 밖에서 문을 두드리고 시끄럽게 굴자 앞서 가던 동천몽이 히죽 웃었다.

"사부님, 잘못했어요. 이제 안 그럴게요. 그러니 제발 저도 데려가 주세요."

동천몽이 말했다.

"무얼 잘못했다는 것이냐?"

"남자들에게 웃음을 짓고 엉덩이를 흔들며 유혹한 것 말예요. 이제 안 그럴 테니 한 번만……."

"밖에서 더 흔들지 그러느냐?"

"제발, 잘못했어요. 사부님이 제자를 사랑하나 하지 않나 실험해 보려고 그랬어요. 사랑하면 질투를 하거든요. 그런데 별로 질투하는 것 같지 않아서 더 그랬어요. 앞으로는 절대 그런 짓 하지 않을 테니 용서해 주세요."

동천몽은 속으로 웃었다. 사실 자신의 속마음은 전혀 그렇지 않았다.

자정경이 더욱 자극적이고 요염한 행동을 해주길 바랐다. 심한 자극과 행동이 계속되면 결국은 살아날지도 모른다.

그러나 겉으로는 대법왕이라는 신분과 스승과 제자라는 관계를 감안해 무심한 척하는 것일 뿐이었다.

동천몽이 점소이를 보며 말했다.

"들여보내거라."

점소이가 눈을 크게 떴다.

"말했잖사옵니까. 우리 기루는 절대 여자가 출입할 수 없는 곳이라니까요. 사내대장부들만 다니는 술집에 여자를 데리고 오면 우린 어떻게 장사합니까? 소인이 들여보내고 싶어도 안에 누님들이 알면 저 죽습니다."

동천몽이 인상을 썼다.

"내가 알기로 이곳에 여자를 데리고 들어온 손님이 있었던 것으로 기억한다."

"네? 언제요? 말도 안 됩니다."

"나도 소문을 들었는데 소주의 개고기라는 사람은 언젠가 자기 부하인 여자를 데리고 이곳에 들어왔다더구나."

흠칫!

점소이가 놀란 표정을 지었다.

"어… 어떻게 손님께서 소주의 개고기 형님을 아십니까?"

"개고기는 되고 난 안 된다면 이건 엄연한 차별 아니겠느냐?"

"그… 그건… 그런데 어떻게 개고기 형님은 아십니까?"

동천몽이 목에 힘을 주었다.

"응, 먼 친척이니라. 어서 문을 열어주거라. 여자가 있어도 이곳 여자를 부르면 될 것 아니냐?"

점소이가 아주 못마땅한 표정을 지었다.

"에이씨."

덜컹!

대문 잠금쇠를 해체하고 문을 열었다.

"들어오시오."

자정경이 점원을 보며 환히 웃었다.

"고마워요, 아저씨."

쪽!

점소이가 숨 넘어가는 소릴 했다.

자정경이 자신의 볼에 입을 맞춰 버린 것이다. 점소이는 거의 제정신을 잃었다. 왼손으로 자정경이 입을 맞췄던 뺨을 어루만지며 부르르 떨었다.

척!

자정경은 다시 동천몽의 팔을 끼고 안으로 들어갔다. 무척기분이 좋은지 콧노래까지 부른다.

술상이 들어오고 잠시 후 입구에서 만났던 점소이가 다시 들어섰다.

"아는 낭자 있사옵니까?"

동천몽이 고개를 끄덕였다.

"홍화 있느냐? 홍화를 좀 데려오너라."

점소이가 깜짝 놀란 표정을 지었다. 홍화는 야월루의 주인이자 아무 손님이나 받아주지 않는다. 말 그대로 강호 명숙이아니면 언감생심 꿈도 꿀 수 없었다.

"소… 손님, 본 루의 규정을 모르십니까? 홍화 아가씨와 술을 마시려면 최소한 강호에 이름 석 자가 알려진 분이거나 고관대작이 아니면 불가능합니다."

"이봐요. 듣자 듣자 하니 기분 나쁘군요. 홍화라는 여자가 누군지 모르지만 손님이 부르면 올 일이지 무슨 사람의 신분에 차별을 둔단 말인가요? 그 낭자는 그곳에 무슨 금테 둘렀데요?"

띠요용!

동천몽이 놀란 눈으로 자정경을 쳐다보았다.

자정경은 표정 하나 변하지 않고 점소이를 향해 말했다.

"당장 데려오지 못하겠어요? 좋게 말할 때 데려와요. 감히 우리 사부님을 우습게봐도 유분수지, 당장 데려와요!"

자정경이 버럭 소릴 질렀다.

자정경의 서슬 퍼런 기세에 점소이가 움찔했다. 하지만 점소이는 쉽게 물러나지 않았다.

"불쾌한 기분 이해는 하지만 본 루의 규정은 바꿀 수가 없습니다. 괜히 홍화 아가씨를 불렀다가 손님이 별 볼일 없으면 소인은 맞아 죽습니다."

자정경이 눈을 부라렸다.

"아니, 이 사람이 그래도! 포달랍궁의 대법왕님인데도 안 된단 말이에욧?"

확!

동천몽이 놀란 눈으로 자정경을 돌아보았다.

"내 사부님은 대법왕님이세요. 그러니 당장 홍화인이 홍단인지 하는 계집을 데려오세요."

점소이가 눈을 휘둥그레 뜨고 동천몽을 살폈다.

대법왕이라고 하면 옷차림부터 달라야 했는데 속인 복장 그대로였다.

"저… 정말로 위대하신 대법왕님이란 말입니까?"

"당장 그 계집을 데려와 우리 사부님 기분을 좋게 해드리지 못하겠어요? 지금 우리 사부님 기분 별로란 말이에요."

점소이는 곱게 물러가지 않았다.

"대… 대법왕님인데 어떻게 옷차림도 그렇고, 부하들 한 명도 보이지 않는 것입니까? 소인이 알기에 대법왕님 주위에는 벌 떼처럼 호위무사들이 들끓는다고 들었는데요?"

"본녀가 있지 않아요? 본녀 혼자서도 충분히 호위가 가능하기 때문에 단출하게 다니는 거예요. 당장 데려오세요!"

점소이가 다시 한 번 동천몽을 살폈다.

"뭘 봐욧!"

자정경이 버럭 소릴 지르자 점소이가 움찔했다.

"아… 알겠습니다. 일단 기별을 넣어보겠지만 기대는 하지 마십시오."

점소이가 나가자 동천몽이 눈을 크게 뜨고 말했다.

"저… 정경아, 사부의 신분을 밝히면 어찌하느냐? 대법왕이 술집에 출입한다고 소문이라도 나면 그 뒷감당을 어찌하려고 그러느냐?"

자정경이 별것 아니라는 듯 콧등으로 대답했다.

"그게 중요해요? 감히 저놈이 사부님을 모욕하잖아요. 그나저나 홍화인지 홍단인지 하는 계집은 도대체 어떤 쌍판이기에 손님을 가려 받는데요? 홍! 내가 오늘 기어코 그 계집의 낯짝을 보고 말아야지. 못생기기만 했어봐라. 이년을 내가 그냥!"

자정경이 표독스럽게 눈을 세웠다.

그런 자정경을 보며 동천몽이 어이가 없다는 듯 헛기침을 했다.

자정경이 탁자 위에 올려진 물을 소리가 나도록 마신 후 고개를 돌렸다. 그때 동천몽은 창밖을 쳐다보고 있었는데 자정경의 눈빛이 가볍게 흔들렸다.

말은 하지 않고 있지만 자신은 동천몽이 왜 이곳을 찾아들었는지 짐작하고 있었다. 언젠가 이곳 홍화라는 여인과 술 한 잔해 보는 것이 소원이었다고 말했었다. 그러나 유명하지 못한 까닭에 번번이 실패했는데 이번에는 기어코 마주 앉아 보겠다고 했다. 그러나 자정경은 정말로 동천몽이 진정으로 홍화라는 여인과 마주 앉아 술을 마시기 위해 이곳을 찾아든 것이 아님을 알고 있었다.

동천몽이 이곳을 찾아든 이유는 고통을 다스리기 위함이었다.

그토록 떠나고자 했던, 그리고 더 이상 보고 싶어하지 않았던 형제들을 곧 만나야 한다. 살기 위해 몸부림치며 그들의 눈을 피해야 했던 지나간 삶과 자신을 끝까지 죽이려 했던 형제들이 있는 집으로 들어가야 한다는 생각이 동천몽의 마음을 무겁게 누르고 있는 것이었다.

더구나 그들에게 검을 겨눠야 한다. 자정경은 보았다. 아무도 모르게 깊은 밤 영탑전에 들어가 역대 포달랍궁의 대법왕들의 신위 앞에 엎드려 자신이 처한 피의 운명을 어떻게 해쳐 나가야 하는지 묻고 지혜를 청하는 것을.

동천몽은 그에 따른 고통이 워낙 클 것을 알기에 더욱 중원으로 돌아오지 않으려 했다. 자기 한 사람만 모든 것을 용서하고 참아버리면 된다고 생각하고 있는 것이었다. 자신만 참으면 모든 것은 조용히 끝나고 천상각은 평화를 유지하며 흘러갈 것이었다.

일단 집으로 들어가면 자신의 의지와는 상관없이 주위의 상황이 가만 내버려 두지 않을 것이라는 것을 알고 있었다. 그래서 비극이 기다리는 집을 조금이라도 늦게 들어가기 위해, 아니, 맨정신으로는 들어갈 용기가 없기에 술집을 찾아든 것이라고 생각했다.

"호호호! 포달랍궁의 대법왕님이시라구요?"

그때 한 명의 여인이 웃으며 들어섰다.

동천몽은 물론 자정경까지도 눈을 부릅떴다. 자신이 알기에 홍화는 최소한 스물 후반이다. 그런데 지금 눈앞에 있는 여인은 자정경 또래로밖에 보이지 않았고 몸에 착 달라붙은 백의가 그녀의 굴곡진 몸을 적나라하게 드러내고 있었다. 조물주가 심혈을 기울여 빚었다고 해도 좋을 육감적인 몸매와 은쟁반에 옥구슬 굴러가는 매혹적인 목소리에 동천몽과 자정경은 입을 벌렸다.

"정말 대법왕님이시라면 오히려 소녀가 영광이지요."

홍화가 맞은편에 앉아 죽립을 눌러쓴 동천몽을 빤히 보았다.

홍화의 입가에 야릇한 미소가 떠올랐다. 거짓말을 하고 있음을 다 알고 있다는 시선이었다.

"한잔 올리겠어요, 대법왕님."

"그래, 콱콱 눌러 따라보거라."

홍화가 동천몽의 잔에 술을 채우고 자정경에게도 내밀었다.

"낭자께서도 한잔 받으시죠."

자정경이 쭈뼛거렸다.

"전 술 못해요."

동천몽이 돌아보았다. 덥석 받으면 가벼워 보일까 봐 일부러 점잖을 빼는 것이었다.

홍화가 웃으며 말했다.

"왜 이러실까? 요즘 술 한 잔 못하는 낭자들이 어디 있다고 그러세요. 빼지 말고 빨리 받아요."

자정경이 마지못해 받는다는 듯 주춤거리며 잔을 내밀었다.

"그럼 조금만 주세요."

동천몽은 터져 나오려는 웃음을 억지로 참았다. 뻔뻔하리만치 자신을 숨기는 자정경의 행동이 너무도 자연스럽기도 했고 우스웠다.

"낭자도 한잔 받아요."

자정경이 홍화의 잔에 술을 채웠다.

홍화가 잔을 쳐들며 말했다.

"대법왕님의 본 루 방문을 기념하며, 건배."

째앵!

세 사람이 잔을 부딪치고 술을 비웠다.

그런데 홍화의 눈은 술잔을 비우면서도 동천몽에게 꽂혀 있었다.

팟!

동천몽을 바라보던 홍화의 눈이 빛을 뿌렸다. 이 장사에 뛰어든 지 십 년이 넘었다. 그래서 술을 마시는지 안 마시는지 상대가 아무리 시늉을 완벽하게 해도 알 수 있었다. 그런데 지금 동천몽의 목젖은 꿈쩍을 하지 않았다. 술이 목구멍으로 넘어갔으면 당연히 목젖이 꿈틀거려야 하는데 아무런 반응이 없었다.

커어!

동천몽이 트림을 하며 잔을 내렸다.

흠칫!

홍화의 두 눈이 극심하게 흔들렸다. 동천몽의 잔에 있어야 할 술이 없다. 술이 없다는 것은 마셨거나 버렸다는 얘기인데 자신이 지켜보고 있었기 때문에 마시지도 버리지도 않았다.

술을 마셨다가 손끝이나 신체 한 기관에 모아 강한 내력으로 밖으로 배출하는 무림인들을 몇 번 보았다. 그러나 마시지도 않고 잔 속의 술을 모두 없애 버리는 기괴한 모습은 처음이었다.

"한 잔 더 주시오. 술맛이 좋구려."

동천몽은 능청스럽게 잔을 내밀었고 홍화는 충격이 가시지 않은 얼굴로 술을 따랐다.

"낭자도 한 잔 더 하세요."

"좋아요. 주세요."

자정경이 이번엔 거침없이 술을 받았다.

콸콸!

자정경은 잔에 술이 채워지자 단숨에 비워버렸다. 그 모습에 놀란 동천몽이 말했다.

"저… 정경아, 누가 안 뺏어 마신다. 천천히 마시거라."

"왜요? 걱정되세요? 염려 마세요, 사부님. 절대 술주정하지 않을 테니까요. 기루라 그런지 술맛이 예술이에요."

홍화는 서슴없이 술을 따라주었다.

하지만 그녀의 시선은 오로지 동천몽에게 머물러 있었다.

"한 잔 더 드릴까요?"

"삼 석 잔이라고 했으니."

홍화가 다시 잔을 채워주었고 이번에도 동천몽의 목젖은 요지부동이었는데도 잔은 텅 비었다.

홍화의 안색이 굳었다. 단번에 눈앞에 있는 동천몽이 상상을 초월하는 고수라는 것을 알아보았다. 또한 어쩌면 진짜로 대법왕일지 모른다고 생각했다. 포달랍궁의 대법왕은 인간의 생사화복을 내다보고 무예 또한 선인의 경지에 올라 있다고 들었다.

"대법왕님이시면 제 복장을 갖추시지 않고 왜 속의죠?"

홍화의 말투가 달라졌다. 그냥 내뱉는 것 같았지만 말속에는 무척 조심하는 기색이 배어 있었고, 그것은 동천몽을 대법왕으로 인정하는 말투였다.

동천몽이 빙긋 웃었다.

"정말 내 말을 믿나?"

"믿어요."

그러자 자정경이 옆에서 거들었다.

"기녀답게 사람 보는 안목은 있군요. 맞아요. 진짜 우리 사부님 대법왕이셔요."

자정경이 자신이 직접 동천몽에게 술을 따르려 하자 홍화가 병을 낚아 잡으려 했다. 하지만 자정경은 홍화의 손을 피해 자신의 손으로 잔을 가득 채웠다.

동천몽은 약간 불안한 표정을 지었다. 지금 마시는 술은 여아홍으로 죽엽청보다 독하다. 그런데 자정경은 죽엽청을 마시듯 거뜬히 잔을 비우고 있었다.

아니나 다를까, 자정경의 혀는 금세 꼬부라졌다.

"이… 이름이 뭐라고 했죠? 맞아, 홍단이라고 했지? 홍단, 꼭 무슨 어른들 놀이에 나오는 약 같잖아. 한데 낭자는 굉장히 이쁘네요. 몇 살이에요?"

홍화가 웃으며 말했다.

"맞춰보세요."

"거… 건방지군요, 감히 손님에게 맞춰보라니, 손님이 물어보면 공손히 대답해야 하는 거 아니에요? 몇 살이에요? 대답해봐요."

자정경이 함부로 말을 해도 홍화는 웃는 얼굴로 대답할 뿐이었다.

"좋아요. 대법왕님의 제자 되신다니까 말씀해 드리죠. 올해 스물일곱이에요. 기녀치고는 나이가 좀 많죠?"

"저… 정말로 스물일곱이에요? 그럼 언니뻘 되잖아. 에이씨 이, 재미없어."

그러더니 그대로 동천몽의 무릎 위로 쓰러졌다.

"저… 정경아, 정신 차려라! 정경아!"

하지만 이미 술이 취한 자정경은 어느새 동천몽의 허벅지를 베고 코를 골고 있었다.

"놔두세요. 독하긴 해도 금방 깰 거예요."

잠시 허벅지를 베고 자는 정경을 바라보던 동천몽이 잔을 내밀었다.

"한 잔 더 따라보거라."

홍화가 웃으며 말했다.

"술도 드시지 않을 거면서 자꾸 따르면 뭘 해요, 대법왕님."

동천몽이 고개를 들어 홍화를 빤히 쳐다보았다.

홍화가 웃으며 말했다.

"대법왕님은 인간의 생사화복을 내다보고 무예가 선인의 경지에 이르렀다고 하던데, 사실이군요? 술을 마셨다가 내기로 태우는 분은 보았지만 술잔 안에 있는 술을 없애는 분은 처음이에요."

"그래서 날 대법왕으로 인정한다는 것이냐?"

홍화가 웃으며 고개를 끄덕였다.

동천몽이 잔을 내리며 피식 웃었다.

"한때 너와 술 한잔해 보는 것이 소원일 때가 있었느니라. 나중에 이름을 날리면 가장 먼저 너를 품어봐야겠다고 맹세했지."

"그 말씀은 대법왕님께서 이곳 출신이란 말씀인가요?"

"태어난 곳이니라."

"아무튼 대법왕이 되셨으니 소녀를 품을 자격이 충분해요. 소녀 또한 거절하지 않겠어요."

홍화는 전혀 부끄러워하는 기색 없이 말했다.

오히려 두 눈이 서서히 타올랐다. 그것은 언제든지 원하면 자신의 몸을 내주겠다는 무언의 허락이었고 자신 또한 두근거리는 가슴을 주체할 수가 없다는 의미였다.

보통 사내라면 눈빛에 녹아졌을 정도로 야릇했고 그녀의 몸에서는 색향이 뿜어 나오기 시작했다. 동천몽의 가슴 또한 조금씩 뛰기 시작했다. 그러나 가슴만 뛸 뿐 가장 중요한 신체는 잠잠했기에 소리없이 숨을 삼킬 뿐이었다.

"소녀가 아직까지 처녀라고 하면 믿으시겠어요?"

그러면서 왼 소매를 걷어 올렸다.

동천몽이 깜짝 놀랐다. 팔꿈치와 팔목 중간에 수궁사가 선명히 찍혀 있었다.

동천몽이 미소를 지었다.

"기대가 크면 실망도 크다는 말이 있느니라."

"무슨 뜻이죠? 본녀가 별 볼일 없다는 건가요?"

"넌 최고다. 단지 그토록 원했던 널 앞에 두고 돌아서야 하는 내 심정이 실망스럽다는 얘기니라."

홍화는 동천몽의 말뜻을 쉽게 이해하지 못한 듯 눈을 깜빡거렸다.

동천몽이 코를 골며 자고 있는 자정경을 등에 업었다.

"왜요? 정말로 가시려구요?"

홍화가 따라 일어섰다.

"묘하군요. 한 번도 이런 적이 없었는데 왜 이렇게 서운하죠?"

동천몽이 자정경의 엉덩이에 손가락을 깍지 끼어 받치며 말했다.

"술값은 천상각에서 받아가거라."

동천몽은 그 말 한마디를 남기고 문을 나갔다.

홍화의 안색이 가볍게 변했다. 술에 취한 자정경을 등에 업고 걸어나가는 동천몽에게서 시선을 거두지 못했다.

갑자기 가슴이 뛰며 숨이 막혔다.

수많은 강호의 호걸들과 술을 마시고 절세의 기남자들과 얼굴을 맞대었지만 아직까지 누구도 그녀의 가슴을 뜨겁게 달구지 못했다. 그런데 지금 미치도록 심장이 뛰고 있었다. 한 번도 이런 경험이 없었기에 더욱 당황스러울 뿐이었다. 불현듯 달려가 붙잡고 싶다는 생각이 들었다. 술을 팔기 위한 목적일 뿐 마음에 아직까지 어느 사내도 들여놓지 않았었다.

뿐만 아니라 마음만 먹으면 누구일지라도 자신의 치마폭에

깔아뭉갤 자신이 있었지만 그럴 만한 사내는 아직 만나지 못했다. 그런데 지금 동천몽에게만큼은 자존심과 명예 모두 헌신짝처럼 버리고서라도 매달리고 싶다는 충동이 온몸을 흔들고 있었다.

홍화는 한동안 꼼짝도 하지 않았다. 동천몽은 이미 시야에서 자취를 감췄지만 그녀는 석상이라도 된 듯 서 있었다.

다 큰 여자를, 그것도 절색의 여인을 등에 업고 가자 사람들이 쳐다보았다. 일부는 질투와 부러움 가득한 시선으로 동천몽을 쳐다보았다.

동천몽은 터벅터벅 저잣거리를 걸어갔다. 해가 떨어지면서 조금씩 어둠이 밀려왔고 길가에 불이 하나둘 켜지기 시작했다. 자정경은 완전히 곯아떨어진 듯 쉴 새 없이 코를 골아댔다.

그런데 등에 업혀 있던 자정경이 갑자기 토했다.

"으웩!"

동천몽이 기겁했다. 반은 자신의 등에 묻었고, 일부는 지면으로 흘러 떨어졌다. 지독한 악취가 풍겼고 동천몽의 인상이 와락 찡그려졌다.

하지만 자정경은 아무것도 모르고 등에 볼을 대고 다시 잠을 잘 뿐이었다.

잠시 망설이던 동천몽은 그냥 걸었다. 멀지 않은 거리였으므로 집에서 갈아입을 생각이었다.

양 손바닥에 잡힌 자정경의 엉덩이는 탱탱했다. 천하쌍미 중 한 명이고 사내라면 목숨을 걸고서라도 취하고 싶을 만큼 육감적인 여인이었다. 하지만 엉덩이를 주무르고 쓰다듬어 보지만 감각은 되살아날 기미를 보이지 않았다.

멈칫!

저잣거리를 벗어나 골목으로 들어서던 동천몽이 멈칫했다.

이층 목조 건물이 나타났고 입구에 형천파라는 현판이 붙어 있었다. 동천몽이 걸음을 세우고 세로로 걸린 현판을 보았다. 현판이 붙어 있는 것을 보면 아직까지 필광을 비롯한 부하들이 저잣거리를 무대로 활동하는 것 같았다.

"뭐야, 당신."

등 뒤로부터 투박한 목소리가 들려왔다. 보지 않아도 필광의 목소리임을 알아볼 수 있었다.

"내 말 안 들려? 남의 문파 앞에서 뭐 하냐고!"

동천몽이 돌아섰다.

예상대로 필광이 서 있었다. 죽립을 깊숙이 눌러쓰고 있었기 때문에 필광은 동천몽을 알아보지 못했다.

"현판 글씨가 워낙 뛰어나 잠시 쳐다보았소."

필광이 현판을 힐끔 쳐다보며 말했다.

"이래 봬도 내 아는 형님이 망월산 개죽사 스님에게 받은 글씨야. 개죽사 주지 스님은 한때 황실에서 글공부도 가르치신 유명한 분이지. 보는 안목이 있는 걸 보니 글공부 좀 한 형씨 같군."

"아, 그래요?"

자신이 직접 가서 받아왔었다. 동천몽이 다시 한 번 필광을 본 후 천천히 등을 돌려 걸어갔다.

사라지는 동천몽을 한참 쳐다보던 필광이 고개를 갸웃했다.

"낯이 익는데, 목소리도 그렇고."

필광이 안으로 사라졌고 동천몽 또한 골목 끝으로 사라졌다.

땅거미가 짙어오는 관도에는 지나가는 행인 한 명 없었다. 동천몽은 자정경을 업고 느리지도 빠르지도 않은 걸음으로 걸었다. 고개를 약간 떨구며 걸었는데 가슴속으로부터 알 수 없는 한숨이 계속 흘러나왔다.

아무리 머리를 쥐어짰지만 속 시원한 답은 나오지 않는다. 답이 없다는 것은 결국 모두를 죽여야 한다는 것일 수도 있었다.

사실 처음에는 죽이는 것 말고는 어떤 생각도 해보지 않았다. 결코 살려두지 않으리라 다짐했고 결심했다. 하지만 대법왕이란 운명은 단단한 돌덩이 같았던 결심을 뒤흔들어 버렸다.

그것은 세존의 가르침이었다. 불사심법을 비롯해 자신이 배운 모든 무공은 석가의 가르침에 기초한 무공들이었다. 살상의 무예지만 그 안에는 불기(佛氣)가 담겨 있어 화후가 높아질수록 몸과 영혼은 불기에 물들어간 것이다. 처음에는 자신도

알지 못했지만 시간이 흐르면서 스스로 모든 것이 변화하고
있음을 알아차렸다.

자정경은 완전히 깊은 잠에 빠진 듯 고개가 기역자로 구부
려져 있었다. 그럴 때마다 동천몽은 몸을 움직여 고개를 반듯
하게 잡아주었다.

털썩!

잠시 길가 바위에 걸터앉았다. 주위는 어두워졌다. 시끄럽
게 울던 풀벌레들이 어둠이 짙어오자 조용해졌다. 서쪽 하늘
에 별 하나가 떠올랐다. 아무도 떠오르지 않는 텅 빈 하늘에
홀로 우뚝 서서 반짝거리고 있었다.

한때 저 별처럼 외로웠었다. 부하들을 이끌고 저잣거리를
쏘다니다 지쳐 잠들었고 어느 날 뒷간을 가기 위해 얼어났는
데 저 별이 있었다. 외로이 새벽 하늘을 홀로 밝히고 있는 별
을 보면 묘한 동질감을 느꼈었다.

동청몽은 다시 걸었다. 조그만 고개를 넘어서자 좌측으로
잘 포장된 길이 나타났다.

집으로 들어가는 길이었다. 그때 두 대의 화물마차가 요란
한 소리를 내며 지나갔다. 집안 사정이 아주 위태롭다고 들었
는데 해가 떨어졌는데도 화물마차가 지나가는 것을 보면 아직
은 그런대로 버티고 있는 것 같았다.

모퉁이를 돌아가자 장원의 불빛이 보였다. 예전만큼 화려하
지는 않았지만 여전히 불야성을 이루고 있었다.

"멈추시오!"

정문으로 다가가자 지키고 있던 위사가 소리쳤다.

척!

동천몽은 걸음을 세웠다. 위사 송악이 가까이 다가오더니 동천몽을 살폈다. 고개를 한쪽으로 빼어 등 뒤에 업힌 자정경을 보고 깜짝 놀라는 표정을 지었다.

"여자 아니오?"

"나요."

송악이 멈칫했다.

"나… 나?"

"날 모르겠소, 아저씨?"

그러면서 왼 손가락으로 죽립의 챙을 밀어 올렸다. 그러자 동천몽의 얼굴이 드러났다.

흠칫!

송악이 놀라는 표정을 짓더니 몇 번 눈을 깜박거리고 다시 쳐다보았다.

"마… 맙소사!"

송악이 그 자리에서 무릎을 꿇었다.

"마… 막내 공자님 아니시옵니까?"

"뭣이? 막내 공자님?"

다른 위사가 달려오더니 동천몽을 바라보았다.

부르르!

"오! 부처님!"

그 역시 송악 옆에 나란히 무릎을 꿇었다.

"일어들 나시오."

두 사람이 주춤거리며 일어서더니 어찌할 바를 몰라 했다. 도저히 눈앞에 벌어진 현실을 믿을 수가 없다는 표정이었다.

"왜들 그렇게 쳐다보시오?"

"너… 너무 기쁘고 놀랍습니다. 모두들 공자님이 죽었다고 했는데."

"마… 맞군요. 아무리 봐도 막내 도련님이 틀림없군요. 어디 갔다 이제 오십니까요!"

두 사람이 눈물을 글썽거렸다. 네 형제 중 가장 아랫사람들에게 자상했던 동천몽이었다. 망나니처럼 살았을 때도 자신들에게만큼은 누구보다도 따뜻했다. 근무 중 졸아도 못 본 체했고 심지어 훔쳐 나온 돈 중 일부를 나눠주기도 했다.

"대룡은 잘 크오?"

송악에게 물었다. 송악에게는 한 명의 아들이 있었다. 지금 열한 살인데 유난히 동천몽이 귀여워해 주었다. 한번 데리고 온 적이 있었는데 하루 종일 놀아주었고 저잣거리로 데리고 나가 온갖 선물을 안겨주었다.

"덕분에 잘 큽니다."

"요즘 뭘 가르치오?"

송악은 대룡에게 무예를 가르치겠다고 했었다.

"대관심법을 연마하고 있습니다."

"대관심법이라면 혹시 가흥에 있는 대관무장과는……?"

"맞습니다. 그곳에 입문했습니다. 상당히 자질이 뛰어나다고 칭찬이 자자합니다."

자식 얘기가 나오자 송악의 표정이 밝아졌다.

"대관무장의 수업료가 아주 비쌀 텐데."

"한 달에 은화 한 냥입니다."

"송 아저씨 녹봉이 한 달에 은화 두 냥 아니오? 그럼 대룡이를 가르치는 데 녹봉의 절반이 들어간단 말이오?"

"어쩔 수 없습니다. 저는 아무것도 아닙니다. 북경이나 장안에 가면 한 달에 은자 열 냥씩 하는 명문 무관이 수두룩하답니다. 이런 곳에서 아무리 잘 가르친다고 해도 그곳 아이들과는 차이가 나지요. 요즘은 은자가 강호 고수를 만드는 열쇠이옵니다. 아무리 자질이 있어도 가난하면 결코 절정고수가 될 수 없지요."

문득 눈앞으로 산적 부시가 떠올랐다. 아들이 무당파에 들어갔다면서 자랑에 입을 다물지 못했다.

"세상에서 가장 중요한 것이 자식 농사요. 할 수 있는 데까지 가르치시오. 정히 어려우면 내게 말을 하고. 크게는 몰라도 도와는 줄 테니."

"가… 감사하옵니다."

송악의 허리가 휘어졌다.

역시 다른 형제들과는 달랐다. 그래서 천상각의 모든 식솔들로부터 제일 존경을 받는지도 모른다. 물론 형제들에게는 가장 미움을 받지만.

"안에 기별을……."

"아니오. 내버려 두시오. 그냥 걸어 들어가겠소."

자정경을 업고 들어가는 동천몽을 송악은 감격과 기쁨의 시선으로 쳐다보았다.

"꿈만 같군, 죽은 줄 알았는데."

"모두가 죽었다고 했지. 공자님들도 우리가 물어보면 시체로 어느 야산에 있을 것이라고 했잖은가?"

"맞아. 그랬어. 그런데 저렇게 살아 돌아오시다니. 그런데 등에 업힌 여자는 누구지? 무척 미인이던데."

동료가 씨익 웃었다.

"그걸 꼭 물어야겠는가? 딱 보면 척이지."

두 사람의 입가에 부러움과 야릇함이 같이 차올랐다.

"그나저나 가뜩이나 사분오열된 집인데 원수덩이로 여기던 막내 공자님이 오셨으니 한바탕 난리가 벌어지겠군."

"그렇겠지. 제발 별일없어야 할 텐데."

두 사람의 얼굴에 염려가 떠올랐다. 둘 모두 동천몽을 염려하는 눈빛이었다.

녹풍원은 어둠에 잠겨 있었다. 불도 켜지 않은 채 동오룡은 서재에 앉아 창밖을 바라보고 있었다. 분명 자신과 적대 관계에 있는 사람이 능 씨를 납치해 갔을 것이다.

천상각과 적대 관계라면 무림맹이다. 하나 이내 고개를 내저었다. 상관량이 교활하고 야망이 크긴 해도 한낱 여자를 납치해 어떤 수단으로 이용할 만큼 야비한 인간은 아니다.

팟!

능 씨를 납치해 간 납치범을 생각하고 있을 때 누군가 녹풍원 앞마당을 들어서고 있었다. 흑의인영은 느릿하게 다가왔는데 거리가 가까워오면서 머리에 죽립을 썼다는 것을 알아보았다.

척!

흑의인영은 녹풍원을 가만히 올려다보았다. 마치 회상에 잠기는 듯한 숨소리까지 들린다. 이곳저곳 꼼꼼하게 살펴보던 흑의인영이 천천히 녹풍원 안으로 들어서면서 시야에서 사라졌다.

발자국 소리가 들려오더니 문 앞에서 멈췄다. 동오룡은 문을 쳐다보았다. 한동안 아무런 기척이 없었다. 아마 문 앞에서 들어올까 말까 망설이고 있는 것이 분명했다.

꿀꺽!

동오룡은 자신도 모르게 침을 삼켰다. 그리고 갑자기 가슴이 두근거리며 손바닥에서 식은땀이 흘렀다.

딸칵!

문이 천천히 열렸다.

건장한 체구의 흑의인영이 입구에 버티고 섰다. 가까운 거리였지만 죽립으로 인해 얼굴은 알아볼 수 없었다. 다만 무척 당당하여 자신도 모르게 위축이 되었다.

"누… 누구요?"

자신도 모르게 목소리가 떨려 나왔다. 그만큼 흑의인영에게서는 감히 범접하기 어려운 기세가 흘러나왔다.

흑의인영은 아무런 대꾸를 않고 주위를 휘둘러보았다. 그러더니 무척 감정없는 목소리로 말했다.

"그대로군요."

동오룡의 눈이 커졌다. 부모는 수십 년의 세월이 흘러도 자식을 알아본다. 어두워 얼굴을 확인할 수는 없었지만 목소리에서 이미 잃어버린 자식을 떠올렸다.

"이것도 아직 있네."

서재 한쪽 책상 위에 올려진 화병이었다. 구리로 만들어진 화병인데, 부친의 돈을 훔쳐 도망치다 붙잡혀 구리 화병으로 한 대 맞았었다.

스윽!

아직도 자신의 머리에 맞아 한쪽이 찌그러진 채 있었다. 구리로 만든 화병에 정통으로 맞고서도 깨어지지 않은 자신의 머리가 그토록 자랑스러울 수가 없었다. 그때부터 더욱 자신감을 갖고 싸울 때는 일두사를 썼다.

스으으!

자리에 앉아 있던 동오룡이 일어났다.

"모… 몽이란 말이냐?"

"후훗!"

화병을 놓고 동천몽이 메마른 웃음을 지었다.

"저… 정녕……!"

"어머니는요?"

동오룡의 몸이 얼어붙었다.

동천몽의 죽립 아래 눈이 빛을 뿌렸다. 이상한 낌새를 느낀 것이다.

"어머니 어디 계시죠?"

"어머니는 없다. 어느 놈이 납치해 갔다."

팟!

죽립 아래서 섬광이 터져 나왔다. 동오룡의 눈에 보기에는 그것은 분명 번갯불이었다.

동오룡은 동천몽이 달라졌음을 알았다. 능 씨의 말에 의하면 포달랍궁의 승복을 입은 사람들에게 끌려갔다고 했다. 그렇다면 그쪽에서 무공을 배워온 것이리라.

콰앙!

서재 좌측으로 안방이 있었는데 동천몽의 신형이 어느새 문을 박차고 들어서고 있었다.

방 안은 어두웠다.

쉭!

동천몽이 오른손을 뻗었다. 그러자 검지 끝에서 한줄기 불빛이 쏘아져 나가 탁자 위 촛불에 옮겨 붙었다. 기상천외한 기예에 동오룡의 눈은 더욱 커졌다.

동천몽은 환해진 방을 살펴보았다.

어머니 냄새가 난다. 남들은 천하제일상가의 여주인이라고 하면 호화의 극치를 누리며 사는 줄 안다. 하지만 자신의 눈에 보이는 어머니의 생활은 검소와 절약이었다.

스윽!

벽에 걸린 어머니 적삼을 들었다. 옷고름과 옆구리에 바느질 자국이 선명했다. 어머니의 냄새가 나고 금방이라도 웃으며 '내 아들 왔느냐' 하며 끌어안을 것 같았다.

적삼을 걸어놓고 어머니가 즐겨보시던 책을 한 권 뽑아 들었다.

어머니는 책을 자주 읽으셨다. 책을 볼 때마다 가장 즐겁다 하시며 자신에게도 책을 가까이할 것을 권했지만 관심도 없었다. 그땐 오로지 형들 틈에서 살아남기 위해 모든 신경을 그쪽에 집중하고 있을 때였으므로 책 따위가 눈에 들어올 리 없었다.

그때 동오룡이 옆에서 능 씨가 납치당할 당시의 상황을 말해주었다. 동오룡의 설명을 들은 동천몽의 눈이 빛을 뿌렸다. 동천비는 야망이 크다. 하지만 여자를 상대로 뭘 꾸밀 만큼 졸렬했지는 않다. 동천혁, 동천완 또한 유난히 어머니를 미워했지만 그들도 가능성은 적었다. 동오룡의 말처럼 무림맹의 짓일 가능성은 더욱 낮았다.

팟!

한순간 동천몽의 눈에서 섬광이 피어났다.

짚이는 인물이 있었다. 거의 확신이라고 해도 좋을 만큼 그는 충분히 이런 일을 하고도 남을 위인이었다.

삶에는 과잉 충성이라는 것이 있다. 그는 남달리 지나치게 충성을 했는데 이따금 그게 문제가 되어 과거 동오룡으로부터 꾸중을 듣곤 했다. 머리도 뛰어나고 판단력도 좋지만 윗사람에게 잘 보이기 위해 수단과 방법을 가리지 않는다는 단점을 갖고 있었다.

'그놈이다!'

동천몽의 어금니가 조용히 물렸다.

"덕배!"

휘이이!

느닷없이 방 안으로 한줄기 바람이 불어 들어왔다. 그리고 바람은 회오리로 변했고 이어 사람이 되었다.

맨발의 덕배를 보고 동오룡이 깜짝 놀란 표정을 지었다.

"당장 사불각주에게 연락하여 한 사람을 찾으라고 해라. 이름은 여추량이다."

"알겠사옵니다, 대법왕이시여."

"찾으면 절대 손대지 말고 지키고만 있으라고 전하도록. 내가 직접 가서 손을 쓸 테니까."

"아미타불!"

덕배가 바람처럼 사라졌다.

동오룡이 눈을 빛냈다.

"여 총관이 납치를 했단 말이냐?"

동천몽이 동오룡을 똑바로 쳐다보았다.

"평생을 곁에 두고도 그자의 됨됨이를 그렇게도 모르십니까?"

동오룡이 흠칫했다.

마치 쇠망치로 한 대 맞는 기분이었다.

"평생을 곁에 두고서도 그자의 됨됨이를 그렇게도 모르십니까?"

동천몽이 뱉었던 말을 다시 뇌까려 보았다. 그럼 자신은 몰랐는데 동천몽은 알고 있었다는 말이 아닌가.

도저히 믿을 수 없는 일이었다. 언제 그가 여추량에 대해 그토록 정확히 파악하고 있었단 말인가. 오로지 술 마시고 놀기에 바쁜 동천몽이었다.

"트… 틀림없느냐?"

"그자는 강자에게만 머리를 숙이는 저급한 여우입니다. 내가 아버지였다면 진작 잘랐을 겁니다."

동오룡의 안색이 굳어졌다. 자신은 여추량만 한 충신도 없다고 생각했고, 그래서 그에게 막중한 임무를 부여하곤 했다. 그런데 여추량이 능 씨를 납치해 가다니, 믿을 수가 없었다. 워낙 믿었던 탓일까, 가슴이 무너지는 것 같았다.

'자… 자네가… 자네가……!'

동오룡은 거의 반쯤 넋이 나가 있었다.

그때였다. 문이 급하게 열리더니 한 사내가 불쑥 들어섰다. 사내의 얼굴은 거의 사색이 되었다.

"가… 각주님, 큰일 났사옵니다!"

"무슨 일인데 그렇게 시끄럽느냐?"

"무… 무림맹에서……!"

동오룡의 눈이 커졌다.

"무림맹이라니, 자세히 말해보거라."

"무림맹 무사들이 지금 정문 앞에 와 있습니다."

동오룡의 안색이 굳어졌다.

무림맹의 무사들이 온 이유는 뻔했다. 천상각을 완전히 접수하겠다는 의지였다. 필시 동천비에 의해 자신들이 차단했던 육로와 수로가 뚫리자 아예 모든 것의 중심인 천상각을 장악해 버리겠다는 계산이 분명했다. 그렇게 되면 뱃길로 육로가 아무리 크게 뚫려 있어도 소용없는 일이 되고 만다.

"만나보십시오."

동천몽이 말했다.

동오룡이 동천몽을 쳐다보았다. 방법이 없겠느냐는 도움 요청이었다.

"손님이 왔으니 일단 영접부터 하는 게 순서 아니겠습니까?"

남의 일처럼 말하는 동천몽이 조금은 섭섭한 눈치였다. 동오룡이 밖으로 나갔고 뒤를 따라 동천몽도 나섰다.

정문에 도착하자 일백여 명의 무사가 도열해 있었다. 석상처럼 꼿꼿하게 서 있었는데 그들에게서 뿜어져 나온 기세가 하늘을 짓누를 듯했다.

'절정의 고수들이구나.'

동천몽은 무림맹에서 솜씨 좋은 자들로 선별하여 보냈다는 것을 알아차렸다.

"소생은 위모백이라 하오."

동천몽의 눈썹이 꿈틀거렸다. 이미 무림맹의 중요 인물들에 대한 분석과 조사는 마쳤다.

위모백은 종남파가 낳은 최고의 고수다. 올해 마흔둘로 현장문인 장패무검의 뒤를 이어 천하삼십육검을 완성시킨 검의 귀재이다. 무림맹에서는 청룡대를 이끌고 있다. 천룡대는 구파일방과 사대세가 및 오십대 명문에서 선발한 고수들로 구성되어 있었다.

"어인 일이시오?"

위모백이 큰 소리로 말했다.

"당분간 천상각을 우리가 접수하겠소. 다시 말하지만 당분간임을 분명히 밝히는 바요!"

동오룡의 눈이 발끈 일어섰다. 말이 당분간이지 한번 접수하면 그것으로 끝이다. 모든 거래를 중단시키고 문을 폐쇄할 것이다. 그렇게 한 달만 지나면 모든 중상들은 다른 곳으로 거래선을 바꿀 것이고 천상각은 고사할 수밖에 없었다.

'병신 같은 놈!'

처음에는 동천비가 하는 일이 못마땅했지만 이토록 궁지에 몰리다 보니 차라리 그가 하는 일이 잘됐으면 하는 생각이었다. 그런데 돌아가는 상황을 보면 동천비는 항상 반 걸음 늦었다. 상관량이 한발 앞서 움직이는 것이다. 그건 곧 두뇌 싸움에서 동천비가 상관량에게 미치지 못한다는 뜻이었다.

第七章
가족, 그 악연의 고리

무림맹이 일단 천상각을 접수하면 순식간에 철옹성을 만들 것이다. 뒤늦게 동천비가 공격을 해온다 해도 쉽지 않다는 것이다. 동천비는 천상각이 무림맹에 의해 폐쇄될 줄은 전혀 생각하지 못하고 있었으며, 폐쇄되었을 때를 대비한 대책도 아직은 세우지 않고 있었다.

"위모백이라 했는가?"

"그러하옵니다, 각주님."

위모백은 무척 정중했다.

그런 위모백의 행동을 보며 동오룡은 코웃음을 쳤다. 정도무림인치고 정중하고 예의 바르지 않은 사람이 없었다. 하지만 안으로는 썩었고 음흉하기 그지없으며, 탐욕과 욕심으로 가득 차 있는 위선자들이었다.

"이해를 못하겠네. 무림맹이 무엇이건대 감히 내 집을 접수한단 말인가? 여긴 내 집이라는 걸 기억하게. 무림맹 땅이 아니고, 무림맹이 본 가를 들어올 자격은 더욱 없네."

동오룡이 노골적으로 불쾌한 기색을 지었다.

"자네 집을 무림맹이 접수하겠다고 하면 자넨 어쩌겠나?"

멈칫!

위모백이 대답을 하지 못했다.

"무림맹은 뭐든지 자기들 맘대로 해도 되는가? 다시 말하지만 웃기는 소리일세. 당장 돌아가게. 한 번만 더 이따위 모욕적인 행동을 할 땐 가만있지 않겠네."

이래 죽으나 저래 죽으나 어차피 죽는다면 곱게 죽음을 받아들이고 싶지는 않았다. 이제 자신도 남은 것이라고는 오기와 악밖에 없었다. 한마디로 이판사판인 것이다.

위모백의 눈썹이 꿈틀했다.

"미안하오이다. 우린 명령을 수행할 뿐입니다. 넓은 아량으로 이해해 주시길."

"집주인의 허락도 없이 남의 집을 빼앗겠다니, 이거야말로 날강도들 아닌가?"

"말씀이 지나치시오."

"지나친 것 무림맹일세. 남의 재산을 강탈하는 자들이 어떻게 정의를 추종하고, 불의를 척살하는 무림맹이란 말인가. 그대들이 증오하듯 싫어하는 흑도인들도 이렇게까지는 폭력적이지 않네."

"한 번만 더 무림맹을 모욕하는 발언을 할 땐 가만있지 않겠소이다."

위모백의 검자루에 얹혀진 손에 힘을 주었다.

그러나 동오룡은 눈 하나 깜빡이지 않았다.

"내게 가져간 돈 대부분이 군비로 사용되었다고 하지만 상관량을 비롯해 무림맹 내 일부 간부들 주머니로 들어갔다는 것을 내 모를 줄 아는가? 그런데 이제 그것도 부족해 본 가를 쪼개어 나누어 가지려는 속셈 아닌가!"

번쩍!

위모백의 검이 뽑혔고 어느새 동오룡의 목젖에 대어졌다.

"다시 말해보시오, 지금 했던 말."

위모백의 눈에서 살기가 쏟아졌다.

동오룡의 입가에 미소가 떠올랐다.

"내가 하라면 못할 줄 아는가? 무림맹이야말로 천하의 안위를 지킨다는 명분 아래 온갖 부정과 비리를 자행하는 그야말로 벼락을 맞을 세력일세. 겉으로는 평화와 자유를 외치면서도 속으로는 수많은 상가와 부호들로부터 은자를 뜯어내는 기생충들 아닌가!"

"이놈이!"

파르르!

위모백의 검끝이 떨렸다.

금방이라도 목구멍을 뚫어버릴 듯했다. 하지만 찌르지는 않왔고, 안색이 붉으락푸르락할 뿐이었다.

"뭣들 하느냐! 당장 천상각을 폐쇄하라! 저항하는 자는 베어
도 좋다!"

"추웅!"

부하들이 일제히 대답을 하고 장원 안으로 날아들어 갔다.

위모백이 검을 겨눈 채 눈을 부라렸다.

"상관량 총관의 말씀만 계시지 않았다면 당신의 목은 지금
쯤 땅에 떨어졌을 것이오. 어쨌든 오늘부터 동 각주님을 가택
에 연금하라는 지시가 떨어졌소이다. 활동 지역은 녹풍원이
오. 그 밖으로는 이 시각 이후 절대 나갈 수 없소이다."

"여… 연금!"

"강제로 모시고 싶지 않습니다. 들어가시죠."

"핫핫핫! 날 가둔다고?"

"용서하십시오."

팟!

동오룡의 마혈을 제압했다.

온몸을 제압당한 동오룡이 버럭 소릴 질렀다.

"당장 풀지 못하겠느냐! 이런 천하에 도둑놈들 같으니라
고!"

"위모백이라고 했소?"

그때 동천몽이 조용한 목소리로 말했다.

위모백이 돌아보았는데 긴장의 표정을 감추지 못했다. 사실
처음부터 말은 동오룡에게 하고 있었지만 신경은 동천몽에게

가 있었다.

"협의지사들의 집단인 무림맹에서 하는 일이니 어련하시겠소. 하지만 굳이 마혈까지 제압해 가며 수모를 줄 필요가 있소? 각주님께도 명예와 자존심이 있는데."

위모백의 눈은 커졌고 동천몽의 말은 계속되었다.

"최소한의 예의는 갖춰야 하는 것 아니냔 말이오."

알 수 없는 일이었다. 이상하게 반박할 말이 떠오르지 않았고 자꾸 위축이 된다. 어깨를 펴고 크게 숨을 내쉬어봤지만 소용이 없었다. 동천몽에게 자신의 본능이 꺾이고 있는 것이었다.

"각주님의 마혈을 풀어드려라."

부하들이 다시 마혈을 풀었다.

동오룡의 귓가에 동천몽의 전음이 파고들었다.

"너무 걱정할 것 없습니다."

동천몽을 쳐다보는 동오룡의 시선이 아주 못마땅해하고 있었다. 걱정할 것 없다니, 내 재산을 빼앗겠다는데 걱정할 것 없단 말이냐는 뜻이었다.

"당장 어떤 변고가 생기지는 않을 것입니다. 유일한 손해라면 장사를 할 수 없다는 것인데, 소자가 대신 중상들과 거래상들에게 서찰을 띄우겠습니다. 무림맹이 모든 실권을 장악하여 어쩔 수 없이 잠시 문을 닫아야겠다고 말입니다. 넉넉잡고 두세 달만 기다려 달라고, 그 시간에는 다른 상가와 거래를 하도록 양해를 구하겠습니다."

동오룡의 눈썹이 꿈틀했다. 그럼 두세 달 후에는 어떡하겠느냐고 묻고 있었다.

"아버님은 아직 닥치지도 않은 걱정을 하시는군요. 내일 당장 강호의 정세가 어떻게 변할지도 모르는데 두세 달 후를 벌써 염려하십니까?"

흠칫!

동오룡이 깜짝 놀랐다. 동천몽의 말은 틀리지 않았다. 아직 일어나지도 않은 일을 끌어다 걱정할 필요는 없었다.

동천몽의 계산은 간단했다. 동천비는 지금 자금이 필요하다. 그렇기 때문에 어떻게 해서라도 천상각이 계속 장사를 하기를 바랄 것이다. 그렇기 때문에 장강수로와 황하수로 등을 힘으로 확보한 것이었다. 하지만 천상각이 문을 닫으면 그는 당장 자금난에 허덕인다. 어차피 돈으로 패업에 뛰어든 그에게 돈이 없다는 것은 무척 곤란한 일이다. 그래서 일부러 무림맹의 일을 가로막지 않았던 것이다.

흑수당의 모피가 원국으로 틀어졌고 천상각이 문을 닫았으니 동천비의 자금줄은 더욱 말라가고 있었다.

'길어야 보름이겠지!'

동천몽은 동천비가 보름을 전후로 흔들릴 것으로 내다봤다. 백쾌섬 또한 돈이 없는 동천비를 우호적으로 대하지는 않을 것이다.

"아아악!"

돌연 장원에서 여인의 비명 소리가 들려왔다.

팟!

동천몽은 순간적으로 떠오르는 것이 있었기 때문에 곧장 땅을 박차고 날아갔다.

화생각 마당에 내려서자 자정경이 무림맹 무사와 대치를 하고 있었는데 옷자락이 두 군데 찢겨져 바람에 펄럭거렸다. 그녀의 얼굴은 아직 술이 덜 깬 듯 불그레했는데 몹시 사나운 표정을 짓고 있었다.

"무슨 일이냐?"

"글쎄 이 작자들이 허락도 없이 자고 있는 방에 들어와 뒤지잖아요!"

동천몽의 시선이 자정경과 대치하고 있는 무림맹 무사에게 가 닿았다.

"무림맹에선 여인의 방도 허락없이 들어가도 되는가?"

무사가 멈칫하며 말했다.

"여자 방인 줄 몰랐소. 사과를 하려고 했는데 이 낭자가 다짜고짜 머리맡의 검을 들어 날 찌르잖소."

"야, 이 미친놈아! 여자 방에 들어온 남자를 가만 쳐다볼 여자가 어디 있냐? 네놈이 겁탈하러 들어온 놈인지, 아니면 물건 훔치러 들어온 놈인지 내가 어떻게 안단 말이냐?"

무사가 인상을 썼다.

"자꾸 이놈저놈 할 것이오? 미안하다고 사과를 했는데도 공격을 해서 어쩔 수 없이 나도 검을 들었소이다."

자정경이 동천몽을 보며 말했다.

"그런데 사부님, 이 작자들은 누구죠? 이자 외에도 여기저기 험상궂게 생긴 놈들이 설치고 다니던데?"

"무림맹에서 왔다는구나. 그러니 그만 검을 거두어라. 이쪽에서도 미안하다고 하지 않느냐."

자정경이 무사를 보며 쏘아붙였다.

"너 운 좋은 줄 알아."

그러면서 검을 검집에 꽂아 넣었다.

"빨리 꺼지지 않고 뭘 보고 있어!"

자정경이 버럭 소릴 지르자 무사가 멈칫했다.

"아… 알겠소. 미안하오. 그럼 소생은 이만."

무사가 등을 돌려 후닥닥 사라졌다.

그러자 자정경이 자신의 찢어진 옷을 보며 투덜거렸다.

"옷도 한 벌뿐인데 어떡하지."

"너만 괜찮다면 어머니 옷을 잠시 걸치는 게 어떻겠느냐?"

"알았어요. 그렇게 할게요. 그런데 조금 전 그 자식 무척 강한데요. 내 검이 그놈 근처에도 못 갔어요."

무사가 강한 것이 아니라 자정경이 약하다고 말해주려다 삐칠까 봐 동천몽은 입을 다물었다.

자정경은 모친의 허름한 무명옷을 걸쳤다.

헐렁했지만 본인은 무척 만족스러워했는데 그 모습에 동천몽의 눈이 커졌다. 빼어난 용모의 자정경이 허름한 무명옷을 걸치자 묘하게 더욱 요염하게 보였다.

꿀꺽!

마른침만 삼켰을 뿐 이내 다시 표정이 우울해졌다.

"사부님, 어때요? 어울리죠?"

"그래, 아름답구나."

자정경이 양팔을 벌리고 한 바퀴 빙 돌았다. 치마가 사방으로 넓게 퍼지며 허연 허벅지가 드러났고 동천몽은 눈을 부라리고 쳐다보았다.

뇌전처럼 잠깐 나타났다 사라진 허연 허벅지는 실로 자극적이었고 혹시나 하며 잠시 기다려 보았지만 여전히 깜깜무소식이었다.

'아… 아미타불!'

힘없는 불호가 입 안에서 맴돌았다.

자정경은 이리저리 옷을 살피며 아주 즐거워했다.

동천몽이 보기에는 그렇게까지 좋아할 만큼 화려한 옷도 아니었다. 그런데 자정경이 너무 좋아했으므로 물었다.

"그렇게도 좋으냐?"

"그걸 말씀이라고 하세요? 어머니 옷을 입었는데 당연히 기쁘고 즐겁죠."

동천몽의 눈이 커졌다.

"어… 어머니?"

"왜요? 사부님 어머님이니까 저에게도 어머니가 되잖아요. 나중 어머니 만나면 이 옷 달라고 해야지."

'서… 설마 저게!'

혹시 며느리로 들어앉을 생각을 하고 있지 않은가 싶어 눈을 크게 떴다가 이내 고개를 흔들었다. 바보가 아닌 이상 자신은 여인과 살림을 차릴 수 있는 신분이 아니라는 것을 모를 리 없기 때문이었다. 더구나 사내의 구실이 망가진 걸 모르지 않는 그녀였다. 하지만 서슴없이 어머니라고 부르는 것이 조금 마음에 걸렸다.

휘익!

한줄기 바람이 세차게 불어오더니 덕배 선사가 뚝 떨어져 내렸다.

동천몽을 향해 정중히 허리를 구부려 합장을 하고 말했다.

"여추량의 행적을 찾았사옵니다."

동천몽의 눈이 커졌다.

"생각보다 빨리 찾았구나. 그래, 지금 그는 어디 있느냐?"

"이십여 명의 무사를 대동한 채 항주로 향하고 있사옵니다."

"항주라면 여기서 그다지 멀지 않군."

동천몽의 눈에서 살기가 뻗어 나왔다.

그때 덕배 선사가 은근한 표정으로 말했다.

"들어오면서 보니 웬 낯선 자들이 험상궂은 기세를 풍기며 곳곳에 배치되어 있더군요."

"무림맹에서 온 사람들이니라."

덕배 선사의 눈썹이 꿈틀거렸다. 감히 대법왕의 자택에 외부인이 침입해 왔다는 것에 분노를 느낀 것이었다.

그걸 보고 동천몽이 웃음을 지었다.

"아직은 때가 아니니라. 그냥 내버려 두어라."

그때 발자국 소리가 들려오자 일행이 고개를 돌렸다. 위모백이 순찰을 도는 듯 다가왔다.

적당한 거리에서 걸음을 멈추더니 세 사람을 날카롭게 쏘아보았다. 그중에서 덕배 선사를 보며 눈빛이 흔들렸다. 그 또한 예사롭지 않음을 간파한 것이었다.

척!

위모백이 포권의 예를 취했다.

"스님께서는 어느 절에 계시옵니까?"

덕배 선사는 마주 합장을 하며 말했다.

"금둔사에 몸을 담고 있소이다."

위모백이 금둔사라고 중얼거리며 눈알을 굴렸다. 그 모습을 쳐다보는 덕배의 입가에 야릇한 웃음이 걸렸다. 금둔사는 서장에 있는 조그만 사찰이다. 그런 곳을 위모백이 알 리는 절대 없었다. 예상대로 머리에 떠올리지 못했는지 다시 한 번 덕배 선사를 예리한 시선으로 살폈다.

"천상각주와는 어떤 관계이십니까?"

셋 모두에게 던진 질문이었다.

덕배 선사가 힐끔 동천몽을 쳐다보았다. 대신 대답해도 되느냐는 물음이었고 동천몽이 나직이 고개를 끄덕였다.

"과거 한때 신세를 좀 졌지요. 그래서 요즘 어렵다는 말을 듣고 도와줄 것은 없는가 싶어 찾아왔소이다."

덕배 선사의 말은 막힘이 없었다.

동천몽이 놀라는 표정을 지었다. 과묵한 덕배 선사에게 저런 천연덕스런 모습이 있을 줄은 몰랐다.

"지금부터 천상각은 출입자를 비롯해 모든 움직임을 무림맹이 통제하니 협조해 주십시오."

말을 듣지 않으면 덕배 선사도 가만두지 않겠다는 경고였다.

"그러리다."

동천몽으로부터 전음을 받았기 때문에 덕배 선사는 속에서 불길이 솟았지만 고분고분 대꾸했다.

위모백이 힐끔 자정경을 보며 지나갔다. 위모백이 저 멀리 사라지자 자정경이 시늉을 냈다.

"출입자를 비롯해 모든 움직임을 무림맹이 통제하니 협조해 주십시오. 개 자식, 드럽게 목에 힘주고 지랄이야. 사부님, 저런 놈을 그냥 놔둘 거예요?"

동천몽이 사라지는 위모백을 보며 말했다.

"아직은 때가 아니라고 했지 않느냐? 우선 여추량부터 잡으러 가야겠구나. 잠시 아버님을 좀 뵙고 오겠다."

동천몽은 녹풍원에 들어서자 동오룡이 굳은 표정으로 홀로 술을 마시고 있는 것을 볼 수 있었다.

탁!

술병을 쥐고 따르려는데 동천몽이 병을 가로챘다. 두 손으로 부친의 잔에 술을 따르며 말했다.

"궁금하실 것입니다, 왜 무림맹 사람들을 그냥 내버려 두는지.”

“알고 싶구나.”

기다렸다는 듯 동오룡이 쳐다보았다.

동천몽이 술병을 세우고 부친을 마주 보았다.

“아직 멀었습니다. 본 가는 더 무너져야 합니다.”

“네 이노옴!”

“다시 말씀드리지만 저희 집은 망해야 합니다. 그래야 살아
날 것입니다.”

동오룡이 무서운 눈으로 동천몽을 노려보았다.

동천몽이 일어섰다.

“소자의 말뜻이 무엇인지 모르시리라고 생각하지는 않습니
다.”

동천몽이 등을 돌려 사라졌다.

굳은 표정으로 앉아 있던 동오룡이 채워진 잔을 단숨에 비
웠다. 고개를 숙인 채 한참을 있던 동오룡이 고개를 들었다.
그런데 조금 전까지 굳어 있던 얼굴은 어느새 평정을 회복하
고 있었다.

'망해야 산다!'

동오룡은 몇 번이고 그 말을 중얼거렸다.

*　　　*　　　*

일단의 행렬이 산길을 가고 있었다. 관도로 가면 수월하지

만 거리가 멀다. 그래서 불편하지만 산길을 택했다. 맨 선두에서 말을 타고 가는 사람은 여추량이었다.

그는 지금 동천비의 지시를 받고 항주로 가고 있었다. 항주는 바다를 끼고 있다. 소주와 더불어 천하제일미도 중 하나로 꼽히며 일찍부터 수산업이 발달했고 잡히는 생선은 대부분 전량 북경과 장안 등을 비롯한 고도로 이동된다. 같은 생선이라도 이 지역에서 잡히는 것이 훨씬 부드럽고 맛이 좋기 때문이었다.

"총관님!"

나란히 말을 타고 가던 사공진이 입을 열었다.

"어선 사백 척을 금화로 계산하면 어느 정도의 액수입니까?"

여추량이 앞을 보며 말했다.

"글쎄다. 중요한 것은 배가 얼마나 크느냐에 따라 다르겠지. 각주님이 소유한 배는 그곳에서도 가장 빠르고 크다고 했으니 못해도 황금으로 수백만 관은 되지 않겠느냐?"

"수… 수백만 관!"

사공진이 입을 떠억 벌렸다.

"항주에서 생산된 생선은 유달리 맛이 좋아 같은 배라도 이곳 어선이 훨씬 비싸게 매매되느니라. 같은 물건도 귀한 지역에서는 비싸게 팔리지 않느냐?"

여추량이 힐끔 하늘의 해를 살폈다.

"서두르자. 오늘 안으로 항주에 도착해야 한다."

항주로 가는 건 동천화를 잡기 위해서이다. 동천화는 부친에게서 배에 관계된 문서를 받아서 지금 항주로 향하고 있었다. 그녀의 평소 성격으로 볼 때 싼값에라도 팔아치워 종적을 감출 것이다.

말로 해서 듣지 않으면 동천비는 죽여도 좋다고 했다. 하지만 여추량은 제발 그런 일이 없기를 바랐다.

일행이 산 고개 정상에 이르렀을 때 여추량의 눈이 빛을 뿌렸다. 세 사람이 우뚝 서 있었기 때문이다.

가장 먼저 눈에 들어온 것은 맨발의 덕배 선사였다.

'저… 저자는!'

이미 흑수당에서 한번 마주쳤기 때문에 기억하고 있었다. 자정경 또한 그때 보았다. 문제는 한가운데 죽립을 눌러쓰고 있는 사내였다. 주위 경치를 구경이라도 하는 듯 뒷짐을 지고 유유자적하고 있었다.

사공진이 대뜸 앞으로 말을 몰아가며 소리쳤다.

"웬 놈들이냐?!"

사공진이 앞으로 나서자 이십 명의 무사가 일제히 뒤를 따랐다.

획!

말에서 뛰어내린 사공진이 목에 힘을 주어 말했다.

"정체를 밝혀라!"

덕배 선사와 자정경은 아무 말도 하지 않았다. 주위를 구경하고 있던 죽립의 사내가 천천히 돌아서더니 말했다.

"귀 안 먹었다. 살살 말해라."

흠칫!

사공진이 깜짝 놀랐다.

말 한마디를 뱉었을 뿐인데 일거에 자신의 기세가 꺾이는 기분이 들었기 때문이다.

죽립의 사내가 말에서 내려오고 있지 않는 여추량을 보며 말했다.

"말에서 안 내려올 셈인가? 그럼 내가 올라가지."

휙!

누가 말릴 틈도 없었다. 여추량은 눈앞에서 뭔가 번쩍인다고 생각한 순간 어느새 등 뒤가 묵직해짐을 느꼈다.

히히힝!

갑자기 한 사람이 더 오르자 말이 놀라 소리를 질렀다.

"누… 누구시오?"

여추량의 목소리가 떨려 나왔다. 죽립의 사내는 자신의 등 뒤에 있었다. 적인지 아닌지 아직 판단을 내릴 수 없었지만 어쨌든 자신의 모든 것은 등 뒤 사내에게 완전히 묶여 있었다.

"아… 아니, 저자가!"

사공진과 부하들이 움직이려 들자 오히려 여추량이 손을 들어 제지했다. 부하들의 검이 아무리 빠르다고 해도 등 뒤 사내의 공격을 앞설 순 없었다.

"올해 당신 나이가 몇이던가?"

무척 다정한 음성이었다. 그것도 한 손으로 어깨를 쓰다듬으며 묻는다.

파르르!

여추량은 몸을 떨었다. 어깨를 주무르고 있었지만 시원하기는커녕 온몸에 소름이 돋았다. 금방이라도 어깨를 부서뜨릴 것 같은 공포가 전신을 지배했다.

"귀… 귀공은 도대체……?"

"예순다섯이던가? 몇이지?"

"예… 예순넷이오만, 나이는 왜?"

"예순넷이면 세상을 알 나이군. 자식이 셋 있지 아마?"

흠칫!

여추량이 또다시 놀랐다. 자신에게 자식이 셋이라는 사실을 아는 사람은 천하에 동오룡과 동천비 말고는 없었다.

"첩도 얻었다지? 하긴 요즘 돈벌이가 제법 쏠쏠하니 첩 하나쯤 둘 만하지."

꼴깍!

여추량은 마른침을 삼켰다. 가족을 알고 애첩이 있음을 알 정도면 자신에 대한 조사가 철저히 이뤄졌음을 증명했다. 대체적으로 상대에 대해 자세히 조사를 하는 데에는 두 가지 이유가 있다. 하나는 죽이려는 것이고, 다른 하나는 도움을 받으려는 것이다. 하지만 지금의 경우는 전자에 가깝다고 생각했다. 도움을 원하는 자가 이렇게 무례한 방문을 할 리가 없기 때문이었다.

"여추량."

"허억!"

이름까지 알고 있었다.

"지금 동천화를 잡으러 가는 길인가?"

"……!"

여추량은 아무 대꾸도 할 수가 없었다. 숨조차 쉴 수가 없었다.

부하들은 공격할 기회를 노리고 있었다. 그러나 자신이 판단하기에 천하에 어떤 고수라도 이 상황에서는 자신을 안전하게 탈출시키지 못한다. 그렇다면 방법은 하나뿐이었다. 죽립의 사내가 원하는 대로 움직이는 것이다.

"뭘 원하오? 으헉!"

여추량이 기겁했다. 죽립사내가 자신의 목을 매만졌기 때문이다.

죽립사내가 목을 매만지며 말했다.

"돈을 벌면 목부터 살이 찌는데 많이 쪘군, 여 총관."

"마… 말씀하시오."

"어디 있느냐, 내 어머니."

"크허헉!"

여추량은 그제야 모든 것을 파악했다. 등 뒤에 있는 사람은 동천몽이었다. 하나, 또다시 피어나는 의문이 있었다. 백쾌섬의 말로는 분명히 죽었다고 했다.

"죽었다고 들었나 보군, 그렇게 놀라는 걸 보니."

"저… 정말 막내 도련님?"

"누가 네놈의 도련님이란 말이냐? 아참! 덕배, 저놈들을 모두 잡아 무릎을 꿇려라."

"그리하지요, 대법왕님."

"대… 대법왕."

"그럼 저분이 바로……!"

사공진과 부하들이 경악을 금치 못했고, 덕배의 몸이 움직였다. 순식간에 사내들 속으로 뛰어든 덕배의 쌍수가 사방으로 원을 그리며 휘돌았다.

파아아아!

강력한 밀종대수인이 사내들의 마혈을 찍었다.

"끄럭!"

"그극! 꺽! 까가각!"

짚단처럼 사내들이 쓰러졌고, 몇몇은 공격을 피하고 달려들었다. 그러자 덕배가 노호를 터뜨렸다.

"아… 미… 타… 불!"

콰아아!

조금 전과는 전혀 다른 가공할 밀종대수인이 쏟아졌다.

픽!

퍼어억!

그들은 비명도 지르지 못하고 절명했다. 단 이 초 만에 부하들이 모조리 제압되거나 숨을 거두자 여추량의 안색이 잿빛이 되었다.

격렬하게 두근거리는 여추량의 심장 소리가 가슴으로 전달

되었다.

동천몽은 턱을 여추량의 어깨에 올리고 귀에 속삭였다.

"어머니 어디 계시느냐?"

여추량은 어깨를 한 번 떨 뿐 대답을 하지 않았다.

동천몽은 조금 전과 똑같이 조용히 말했다.

"내 어머니 어디 계시느냐?"

여추량이 더듬거리며 말했다.

"나… 난 모르는……!"

탁!

동천몽의 오른손이 어깨에 올려지자 여추량이 말을 멈췄다.

"날 모르느냐? 형들 손에서 살아나려고 개 같은 짓을 서슴지 않은 사람이다. 나 또한 어머니를 찾기 위해서라면 개새끼가 되는 건 어렵지 않다는 얘기지. 개새끼에게 물어뜯기지 말고 말해라."

자신이 납치한 사실을 아는 사람은 사공진뿐인데 그는 조금 전 덕배의 밀종대수인에 죽었다. 또한 능 씨를 납치할 당시 사공진이 데려간 수하들은 이들이 아니다. 자신의 행위라는 것이 드러날 위험과 징후는 어디에도 없었으므로 여추량은 태연하게 입을 열었다.

"도… 도련님께서도 저를 너무 모르시는군요. 소… 속하가 어찌 감히 가모님을……!"

여추량의 말을 다시 멈췄다.

이번에는 동천몽의 왼손이 어깨 위에 올려졌기 때문이다.

"여추랑."

"하… 하명하소서."

"넌 아직도 날 돌대가리로 아는 모양이구나. 이봐, 덕배! 내가 돌대가리더냐?"

느닷없이 묻자 덕배가 화들짝 놀랐다.

하지만 이내 정중히 합장을 하며 대답했다.

"아미타불! 대법왕님께서는 천기를 보시고 미래를 예지하시고 사람의 마음을 읽으십니다."

"들었나? 난 지금 네놈 머릿속을 훤히 들여다보고 있다. 마지막이다. 어머니가 계신 곳을 말해라."

"모… 모르……!"

우두둑!

왼쪽 어깨 위에 올려진 왼손에 힘이 들어갔고, 쇄골뼈를 그대로 부숴 버렸다.

"커억!"

"훗훗! 내가 대법왕이 되었다고 하니까 무척 자비스러울 줄 아는 모양이구나. 물론 자비스러울 때도 있지. 하지만 소주의 개고기로 돌아갈 때도 있다. 어머니 계신 곳을 말해라."

능 씨는 최후의 팻감이었다. 이제 와서 정도를 따지고 도덕을 따질 때가 아니었다. 어차피 전쟁은 과정이야 어찌 되든 이기면 그것으로 끝이었다.

와지직!

이번에는 오른쪽 어깨뼈가 산산이 부서졌다.

"커어억!"

여추량이 처절한 비명을 질렀다.

동천몽이 다시 귓가에 대고 나직한 소리로 말했다.

"제법이군. 무사들보다 장사꾼의 고집이 세다더니 역시 그렇군. 그럼 계속 고집을 피워보라고."

뻐억!

이번에는 오른쪽 허벅지를 내려쳤다.

우둑!

뼈 부러지는 소리가 섬뜩하게 들렸다.

퍽!

이번에는 좌측 허벅지를 쳤고 역시 뼈 부러지는 소리가 사람들 귓속을 파고들었다.

여추량의 얼굴에 공포의 기색이 떠올랐다.

동천몽은 자신을 죽일 생각이 없다. 죽이는 것보다는 어쩌면 평생토록 사람으로서는 견딜 수 없는 모진 고통을 겪으며 살게 하려는 의도인지 모른다.

뼈만 부러져서는 죽지 않는다. 동천몽은 지금 양팔을 못쓰게 만들었고 양다리를 부러뜨렸다. 지금이라도 빨리 의원을 찾아가면 부러진 뼈를 이을 수 있겠지만 시간이 지체되면 평생 사지를 사용하지 못한다. 사지를 사용하지 못하면 이륜거도 탈 수 없고 오로지 방 안에 누워 대소변을 받아내야 한다.

"마… 말하겠습니다. 가모님은 안전하게 모셔두었습니다."

"장소가 어디냐?"

"소월당입니다."

동천몽의 눈살이 오므라졌다.

"소월당(素月堂), 그곳은 또 뭐냐?"

"소… 속하의 산장입니다."

멈칫!

동천몽의 눈이 좁혀졌다가 이내 커지더니 미소를 지었다.

"그러니까 네놈이 가끔씩 휴식을 취하는 별장이라는 말 아니냐? 네놈에게 별장이 있었더란 말이냐?"

여추량은 아무 말도 하지 않았다.

"훗훗! 똑똑함을 자랑으로 여기시던 우리 아버지 밑에서 산장을 갖출 만큼 돈을 빼돌렸다는 얘긴데, 과연 그대답군. 이 사실을 아버지께서 아신다면 아마 거품을 물고 나자빠지시겠지."

동천몽이 재미있다는 듯 웃음을 지으며 다시 입을 열었다.

"여추량."

"말씀 듣사옵니다."

"자신을 어떻게 생각하느냐? 너 자신이 좋은 사람이라고 생각하느냐? 아니면 죽어 마땅한 사람이라고 생각하느냐?"

움찔!

여추량의 어깨가 다시 떨렸다. 동천몽의 질문에 여추량은 본능적으로 호흡을 가다듬었다. 대답 여하에 따라 자신의 생사가 오늘 결정된다는 것을 느꼈다.

퍼퍽!

말이 무거운지 앞다리를 들었다 놓았다.

"잘 생각해 보도록. 주위에 도움이 되는 사람인지, 살아 있어봤자 남에게 해만 끼칠 사람인지를 말이야."

"고… 공자님, 어찌 그런 질문을 하십니까? 사람이 자신을 평가한다는 건 무척 어려운 일로써……."

"지금 내게 설교하나? 묻는 말에 대답만 해라."

"그게 아니오라……."

"결국 네 입으로는 말을 못하겠다는 것 같은데 그럼 대신 내가 말해주겠다. 넌 죽어야 한다. 살아 있어봤자 전혀 세상에 득이 되지 않는 사람이다."

"……."

"어디 별장만 사들였겠느냐? 별장은 극히 일부분이겠지. 워낙 영리한 그대이니 갖은 방법으로 엄청난 부를 축적했을 거야. 아무튼 난 지금 그것을 탓하고자 입 아프게 헛바닥을 놀리는 게 아니다. 내가 말하고자 하는 건 십 년 전 사건을 거론하고자 함이다."

"시… 십 년 전이라 하오시면?"

"기억을 못하는가 보군. 이봐, 덕배. 그게 뭐였더라? 대법왕님들이 써놓은 책이 뭐였지?"

덕배 선사가 대답했다.

"법왕록(法王錄)이옵니다."

"맞아, 왕록. 거기에 보니 강자는 약자에게 부린 횡포를 자꾸 잊는 습성이 있다는 거야. 그들의 의식으로는 별것 아닐 테니까. 그런데 너도 기억을 못하는 걸 보니 그런가 보군. 십 년 전 넌 내 어머니 생신 날 내 뺨을 때렸다."

파악!

동천몽이 여추량의 머리통을 후려쳤다.

쩌어억!

여추량의 머리통이 마치 수박처럼 정확히 반으로 갈라졌다.

동천몽이 살기를 담고 말했다.

"다시 태어나면 곱게 살기 위해 노력하도록. 소주의 개고기였다면 이렇게 안 죽였다. 널 아마 갈기갈기 찢어 죽였을 것이다."

쿠우웅!

여추량이 땅으로 굴러 떨어지자 순식간에 주위가 피로 적셔졌다.

말이 기겁하며 날뛰자 동천몽이 말고삐를 쥐더니 진정시켰다.

"워… 워어어!"

이윽고 말이 진정했고 동천몽이 입을 열어 말했다.

"덕배, 소수의 인원만 날 따르게 하고 당장 여산으로 이동해 그곳에 있는 소월당을 접수하도록. 그리고 어머니에게 아들이 곧 찾아갈 테니 맘 편히 계시라고 전하거라. 난 동천화를 잡으러 가야겠다."

"이들은 어찌할까요?"

무릎을 꿇려놓은 여추량의 부하들을 보며 덕배 선사가 물었다.

　동천몽이 그들을 둘러보았다. 동천몽의 시선이 닿자 무사들은 찔끔 놀라며 고개를 숙였다. 하지만 한편으로는 동천몽의 입에서 어떤 말이 떨어지느냐에 따라 생가가 결정된다고 생각하자 모두 두려운 기색을 떠올렸다.

　"모두 무공을 폐지하고 돌려보내라. 이미 못된 생각들이 골수에 박혀 돌려보내도 다시 독초로 살아갈 것이니라."

　"알겠습니다."

　"하… 한 번만 봐주십시오, 공자님. 맘 잡고 살 테니 제발 무공 폐지만은!"

　"존경하는 형님!"

　무사들이 울부짖었다.

　하지만 덕배 선사의 오른손은 가차없이 휘둘러졌고 날아간 지풍이 그들의 무공을 일거에 파괴해 버렸다.

　무공이 폐지되자 모두의 얼굴에서 혈기가 사라져 창백해졌다. 무공으로 단련된 기력이 빠져나가면서 일어난 현상이었다.

　"늦어도 이레 안에 소월당으로 갈 테니 그렇게 알거라."

　"옥체 보중하소서."

　동천몽이 말 머리를 돌리려 들자 휙 하는 옷자락 소리가 들리더니 자정경이 어느새 등 뒤에 달라붙었다.

　와락!

　그러면서 동천몽의 허리를 사정없이 양팔로 끌어안았다.

순간 덕배 선사는 얼른 고개를 돌려 버렸고, 동천몽의 눈은 커졌다.

"저… 정경아, 꼭 그렇게 잡아야 하느냐?"

"그럼 어딜 잡아요? 잡을 곳이 사부님 허리뿐이잖아요."

아닌게 아니라 잡을 곳이라고는 허리밖에 없었다. 거친 말 위에서 자칫하다간 굴러 떨어진다.

"조… 조금 살살 잡으면 안 되겠느냐?"

"아, 진짜! 그러다 떨어지면 어떡해요. 어서 가요."

그러면서 뺨까지 등에다 사정없이 붙여댔다.

겉으로만 곤란한 척할 뿐 동천몽의 내심은 흐뭇하다 못해 감동으로 젖어들고 있었다.

머릿속에 또다시 화중동거란 말이 떠올랐다.

어쩌면 자신의 병을 고치기 위해 일부러 더 노골적으로 몸을 부대끼는지 모를 일이기도 했다. 어쨌든 절대 피하고 싶지는 않았다.

팍!

양발로 배를 걸어차자 말이 땅을 박차고 달리기 시작했다.

두두두두!

항주만 쪽으로 사라지는 두 사람을 보며 덕배 선사가 땅이 꺼져라 불호를 외웠다.

자칫하다간 포달랍궁 사상 최초로 혼인한 대법왕이 탄생할 지도 모른다는 두려운 생각이 들었다. 어떻게 해서라도 자정 경을 떼어놓아야겠는데 도저히 방법이 없었다.

대법왕은 절대이다. 누구도 대법왕의 뜻을 거스를 수 없고, 대법왕의 명령은 하늘의 뜻이었다. 하지만 곁에 여인을 두는 것만큼은 막아야 한다. 그런데 도저히 용기가 나지 않았다. 더구나 자신이 겪은 신임 대법왕은 하나부터 열까지 너무 마음에 들었다. 장부답고 적당히 아랫사람에게 웃음을 줄 줄 알고, 아랫사람들이 하는 일을 존중해 준다. 더구나 무예까지 출중하여 어쩌면 포달랍궁 사상 가장 훌륭한 대법왕이 될 가능성이 높았다. 여자를 가까이 하는 것만 빼면.

"맹수, 맹금."

두 명의 승려가 덕배 선사의 부름에 나타났다.

덕배가 동천몽을 수행한다면 맹수와 맹금은 덕배를 수행한다.

"대법왕님을 따르라. 특히 자 낭자와의 관계를 예의주시해서 지켜보도록."

"존명."

두 승려가 사라지자 덕배 선사는 크게 한숨을 내쉰 후 반대편으로 몸을 날려갔다.

갯내음을 실은 끈적끈적한 바람이 불어왔다. 멀리 짙푸른 바다와 강물이 보이고 만선을 알리는 깃발을 세운 어선들이 떼를 지어 포구로 들어오고 있었다.

한 마리의 말이 항주만으로 들어섰다. 무서운 속도로 달리던 말은 인파가 북적이는 도심으로 진입하면서 속도를 늦추었다. 마상에는 죽립을 눌러쓴 동천몽과 자정경이 타고 있었다.

동천몽은 부둣가를 따라 거칠게 말을 몰았다.

서쪽으로 오 리쯤 달리자 야트막한 산이 나타났고, 바다를 내려다보면 한 채의 장원이 세워져 있었다. 멀리서도 대해수장(大海水莊)이라는 웅장한 현판이 위풍당당하게 걸려 있는 것이 보였다.

대해수장의 주인은 원만도란 사람이었다. 항주만에서 가장 큰 어문(漁門)이며 거느린 배만 해도 수백 척이고 항주 일대에서만 아니라 중원의 수산업에 막강한 영향력을 끼칠 만큼 규모가 큰 곳이었다. 항주 사람들의 약 절반이 대해수장의 밥을 먹고 산다고 할 정도로 대어가인데, 이곳의 실질적인 주인이 바로 동오룡이었다.

그런데 대해수장의 분위기가 평소와 달랐다. 항상 두 명이 지키던 정문에 오늘은 다섯 명이 흉흉한 기세로 서 있었고 북적이던 수산물을 실은 마차들도 오늘따라 뜸했다.

"어디서 온 분들이시오?"

동천몽과 자정경이 다가가자 다섯 명의 무사가 험상궂은 눈빛을 쏘아 보냈다.

동천몽은 동천화가 데려온 수하들이라는 것을 알아보았다. 사불각의 무미 선사의 보고에 의하면 동천화는 태양곡의 힘을 빌리고 있다고 했는데 곡주 이화덕과 뜨거운 사이라고 했다. 태양곡은 무림맹에 몸을 담고 있지만 사대세가와 거의 비견할 정도의 힘을 갖고 있었다.

이화덕은 무공도 출중하지만 여자를 다루는 데 남다른 재주가 있어서 이미 수많은 명문가의 여인들과 염문을 뿌리고 있었다. 그런 색마에 가까운 사내가 동천화에게 목을 매달고 있다는 것은 필시 천상각이란 배후 때문일 것이다. 야망이 있는 자라면 천상각 같은 대상가의 여식은 가장 좋은 배경이 될 수밖에 없었다.

동천몽이 다섯 사내를 내려다보았다. 말로써는 절대 들어갈 수 없다. 피를 흘리고 싶지 않지만 누구도 들여보내지 말라고 했을 것이고 어떤 핑계와 이유를 대어도 가로막을 것이다.

방법은 하나뿐이었다.

파아아!

동천몽의 오른손이 뻗었다. 빳빳하게 곧추선 다섯 손가락에서 지옥지가 날아간다.

사내들이 공격을 감지하고 대응에 나서려고 했지만, 지옥지는 그들의 마혈을 간단히 제압했기에 모두 석상처럼 굳어진 채 놀란 눈으로 쳐다볼 뿐이었다.

스으으!

동천몽이 칼로 두부를 자르듯 오른손을 모로 세워 위에서 아래로 그었다. 그러자 만년한철로 된 정문이 정확히 반으로 갈라졌다.

기이이이!

마혈이 제압당한 다섯 사내의 눈이 개구리 눈처럼 튀어나왔다.

쿠쿠쿵!

정문이 두 조각이 되어 나뒹굴었고, 두 사람을 태운 말이 안으로 들어섰다. 곧장 조그만 연못이 나왔고 그 위를 석교 하나가 가로지르고 있었다. 석교 위를 건너며 아래를 내려다보았는데 희귀한 바닷고기들이 물속을 노닐고 있었다.

석교를 건너자 아름다운 정원이 우거져 있었고 그 사이로 소로가 뚫려 있었다. 자정경은 말을 타고 가면서 주위의 아름다운 경관에 연신 감탄을 금치 못했다.

"어려서 열하에 있는 건륭제의 산장에 놀러 간 적이 있었어요. 그곳도 아름다웠지만 이곳과는 비교도 안 되는군요. 정말 아름다워요."

자정경은 연신 탄성을 내지르며 부지런히 고개를 돌리며 구경에 열을 올렸다. 소로는 오십 장쯤 이어졌고, 끝에 이르자 웅장한 장원의 전각들이 모습을 드러냈다.

第八章
두모제근

한 채의 삼층 전각이 좌우로 십여 채의 전각을 거느리고 있었는데, 동천몽은 언뜻 사찰의 건축 양식을 닮았다고 생각했다.

동천몽은 삼층 전각이 장주 원만도가 묵는 곳이라는 것을 알아보았다. 삼층 전각 앞마당에 도열하듯 서 있던 세 명의 무사가 말을 타고 들어오는 두 사람을 발견하고 신속히 날아와 앞을 막았다.

"감히 여기가 어디라고 말을 타고 오는 거요? 당장 내리시오."

"아니, 정문의 이 친구들은 뭐 한 거야? 어떻게 말을 타고 들어오도록 만들어!"

동천몽이 우장을 뻗었다.

좌아악!

빠르고 강력했다. 거기다 누구도 기습 공격을 해오리라 짐작조차 못했기에 위기를 직감했을 땐 이미 세 무사는 앞가슴이 파열되어 고꾸라지고 있었다.

"윽!"

"크윽!"

"컥!"

자정경의 눈이 커졌다. 지금 펼친 것은 지옥금이었다. 그런데 뢰음사 뢰음칠혈과 싸울 때보다 훨씬 강력해졌다.

두 사람은 말에서 내렸다.

어왕각(漁王閣)이라고 쓰인 현판을 일별하고 두 사람은 전각의 문을 열었다. 문은 소리없이 열렸는데, 안쪽으로부터 여인의 교소가 터져 나왔다.

"홋홋홋! 원 장주께서 이렇게 현명한 분인 줄 몰랐어요. 나에게 충성을 바치겠다니 감사해요."

여인의 목소리는 동천화의 것이었다. 자신의 어머니 머리채를 휘어잡고 마당으로 내팽개치던 그녀의 표독스런 모습이 지금도 눈에 선하다. 우리 어머니를 왜 때리냐고 나섰다가 오히려 초주검이 되도록 맞았다. 그때 어머니와 함께 얼마나 울었던가. 동천몽이 천상각을 떠나자고 어머니에게 매달렸다. 하지만 어머니는 아버지를 너무 사랑하기 때문에 그럴 수 없다고 했다.

어머니는 아버지를 진심으로 사랑했다. 그렇기 때문에 그런 수모를 당하면서도 그의 곁을 떠나지 않은 것이었다. 그런데 형제들은 그런 어머니가 재산을 노리고 떠나지 않는다면서 이루 말할 수 없는 수모와 고통을 주었다.

방 안에는 모두 세 사람이 앉아 차를 마시며 담소를 나누고 있었다.

긴머리를 늘어뜨린 동천화가 등을 돌리고 있었고, 맞은편에 앉은 오십가량의 뚱뚱한 대머리중년인은 보나마나 원만도일 것이다. 동천화 우측의 백의를 걸친 말쑥한 차림의 서른 중반가량의 사내는 필시 태양곡의 곡주 이화덕일 것이다.

세 사람은 뭐가 그렇게도 좋은지 큰 소리로 웃으며 차를 마시고 있었다.

촤르륵!

동천몽이 주렴을 한 손으로 걷으며 들어섰다. 주렴 소리에 차를 마시던 모든 사람들이 돌아보았다.

원만도가 가장 먼저 반응을 보였다.

"누구십니까?"

동천화는 앉은자리에서 고개를 돌렸지만 죽립을 쓴 동천몽을 알아보지 못했다.

다만 우측으로 앉아 있던 이화덕이 자정경의 미모에 놀라 눈을 부릅떴다. 자정경을 보자 동천화의 얼굴이 너무 추해 보인다. 그렇다고 동천화가 정말로 추한 용모는 아니었다. 그만큼 자정경의 미모가 뛰어나다는 말이었다.

'저토록 아름다운 여인이……!'

이화덕의 눈이 달아올랐다. 먹잇감을 앞에 둔 맹수의 눈빛이었는데 동천화가 쳐다보자 깜짝 놀라며 잽싸게 평상시의 모습으로 돌아갔다.

한편 원만도의 표정이 굳어졌다. 이미 밖에는 태양곡 고수들이 지키고 있는데도 이들이 들어왔다면 밖의 상황은 뻔했다. 동천화 역시 그 사실을 간파하고 자리에서 일어났는데 유독 이화덕만 자정경의 미모에 빠져 있었다.

이화덕의 뜨거운 사선을 받은 자정경이 유혹이라도 하듯 허리를 비틀며 상체를 도발적으로 내밀고 야릇한 웃음을 지었다. 그러자 이화덕의 두 눈이 찢어져라 커지며 숨결이 거칠어진다.

"넌 어디서 굴러먹다 온 계집이냐?"

동천화가 대번에 자정경을 노려보며 소리쳤다. 우선 자기 남자인 이화덕을 유혹하는 자정경부터 잡아야 했다.

자정경이 웃으며 말했다.

"그러는 네년은 날 언제 봤다고 반말이냐?"

자정경이 웃으며 막말을 쏟아내자 동천화의 얼굴이 흉측하게 일그러졌다.

"이… 이런 찢어 죽일 년이 감히!"

"동 낭자, 진정하시구려. 자자! 우선 자리에 앉으시오. 내가 알아서 혼을 내겠소."

이화덕이 동천화를 부축하여 자리에 앉혔다.

동천화가 자정경의 맞욕에 충격을 받은 듯 이마를 손으로 짚으며 말했다.

"저년을 당장 무릎 꿇려 내 앞으로 데려와요, 이 공자님."

"아… 알겠소. 그렇게 하리다."

이화덕이 동천화의 어깨를 토닥여 주고 두 걸음 앞으로 다가왔다. 자정경이 숨을 쉴 때마다 앞가슴이 출렁거리자 이화덕의 눈은 심하게 흔들렸고, 측면으로 비켜서며 허리를 받쳐 올리자 완전한 도발적인 자세가 되었다.

이화덕의 눈에서 색기가 무섭게 피어올랐다.

벌겋게 두 눈이 변한 채 마른침을 삼키는 것이 자정경에게 완전히 빠진 듯했다.

"낭자의 방명은 어떻게 되시오이까? 소생은 태양곡주 이화덕이라 하오."

자정경이 동천몽을 보며 말했다.

"들으셨죠? 사부님 이자가 이화덕이래요."

"대충 짐작은 하고 있었느니라."

"그런데 어떡하죠? 사부님 매제 될 분인데?"

"난 저런 매제 둔 적 없느니라."

"그럼 여기 누님도?"

"그건 아니지. 누님은 누님이지."

동천화가 다시 일어섰다. 동천몽을 깊숙한 눈빛으로 쳐다보더니 더듬거렸다.

"당신 누구죠?"

죽립 챙 아래에서 동천몽의 입술이 뒤틀린다.

"오랜만이오, 누이."

동천화의 눈썹이 찌푸려졌다. 자신에게 동생은 없다. 그런데 상대는 자신을 향해 서슴없이 누이라고 한다.

"홋홋! 나 천몽이오."

"처… 천몽!"

동천몽이 죽립 챙을 손가락으로 밀어 올려 얼굴을 드러내 보였다. 입가에 환한 미소를 짓고 서 있는 동천몽을 발견한 동천화가 쓰러질 듯 휘청거렸다.

"도… 동 낭자."

이화덕이 얼른 손을 잡았다.

"얼굴이 왜 그러시오? 어디 아프시오?"

굳은 동천화의 얼굴을 보며 동천몽이 부드럽게 말을 이었다. 하지만 동천화는 그 부드러운 말속에 어떤 예리한 칼보다 무서운 살기가 숨겨져 있다는 것을 모르지 않았다.

"네… 네가……!"

"죽었을 텐데 어찌 된 일이냐는 얘기오? 어느 미친놈이 날더러 죽었다고 합디까?"

동천몽이 조용히 손을 내밀었다.

"주시오. 대해수장이 소유하고 있는 배들에 대한 문서 말이오."

"호호호! 네놈이 지금 제정신이냐? 감히 뭘 내놓으라는 것이냐?"

"누이가 갖고 있어봤자 며칠 못 가 저기 이가 놈 손에 아니면 무림맹 손으로 들어갈 것이오. 그러니 내게 맡기는 것이 안전하오. 어서 돌려주시오."

"이놈이 몇 년 만에 나타나더니 아예 맛이 갔구나!"

탁!

어느새 동천몽이 동천화 손을 거머쥐었다.

전광석화와 같은 동작이었다. 동천몽이 살기를 쏟아냈다.

"내 입에서 거친 말이 나오기 전에 내놓으시오. 혹시 장주가 갖고 있소?"

원만도가 고개를 저었다.

"저는 아닙니다."

동천화가 손을 뿌리치려 했다.

"이것 놓지 못하겠느냐?"

쫙!

동천몽의 왼손이 동천화의 앞가슴을 찢었다. 그러자 한 개의 봉투가 떨어졌고, 그것을 동천몽의 왼손이 번개처럼 낚아챘다. 동천화의 손목을 쥐고 있던 손을 놓고 봉서 안에 든 서류를 꺼내 살피던 동천몽이 고개를 끄덕였다.

"뭐 해요! 당장 저놈의 손에 들린 문서를 빼앗지 않고!"

동천화가 이화덕을 향해 소리 질렀다.

그때까지도 자정경의 미모에 빠져 있던 이화덕이 화들짝 놀라며 정신을 차렸다.

"흐흐! 오래전에 실종되어 죽었는지 살았는지 알 수가 없다던 그 동생인가 보군. 아무튼 반갑네, 처남. 처음 만난 입장에서 불쾌한 인상을 주고 싶지 않으니 그것 이리 주게."

동천몽이 손에 들고 있던 배 문서를 품속에 찔러 넣었다.

"지금 반항하는 건가, 처남?"

동천화가 버럭 소릴 질렀다.

"빙신아, 처남이고 지랄이고 빨리 빼앗으란 말이다! 그렇게 말로 해서 듣는 놈인 줄 알아! 어서 강제로 뺏으라니까!"

"처남, 마지막 기회를 주겠네. 그것 이리 주게. 나 화나면 보이는 게 없는 사람일세. 자, 줄까?"

그러면서 손을 내밀었다.

그러자 동천화가 답답해 미치겠다는 듯 꽥 소릴 질렀다.

"걔가 누군지 알아? 소주의 개고기란 말이다. 말로 해서는 죽었다 깨도 안 듣는다니까, 이 인간이! 너 혹시 저 계집에게 잘 보이기 위해 지금 그러는 것 아냐?"

이화덕이 움찔하더니 눈을 부라렸다.

"날 뭘로 보고 그런 말을 하시오? 내 사전에 다른 여인은 없다는 걸 몰라서 그러시오?"

"그러면 당장 저 자식의 모가지를 비틀란 말이야, 어서!"

이화덕이 힐끔 자정경의 눈치를 한 번 보더니 동천몽을 향해 말했다.

"처남."

"처남 소리 안 빼? 그 새끼가 무슨 처남이야!"

동천화가 또다시 버럭 소릴 질렀다.

이화덕이 목소리를 다듬고 말했다.

"그만 내놓을까?"

"아이고, 속 터져. 저 인간이 아무래도 저 계집에게 잘 보이기 위해 개지랄을 하는구만. 야! 이화덕, 너 이 새끼야!"

이화덕이 인상을 썼다.

"하나를 세겠다. 그 안에 주지 않으면 참지 않겠다. 하나."

동천몽이 여전히 우뚝 서 있자 이화덕이 인상을 썼다.

"홋홋! 하는 수 없군. 날 원망하지 말게."

촤악!

이화덕이 주먹을 뻗었다. 태양곡의 성명절기인 오살권(五殺拳)이었다. 다섯 번이면 천하의 누구도 죽인다는 내력 깊은 권공이었다.

동천몽이 마주 주먹을 뻗었다.

뻑!

이화덕이 뒤로 한 걸음 물러나더니 눈을 빛냈다. 순식간에 표정이 달라졌다. 조금 전까지는 여유를 보였는데 완전히 놀라움으로 바뀌어 있었다.

"흐흐! 제법이구나. 일초는 매형으로서의 자비였다. 하지만."

하지만 말을 채 잇기도 전에 동천화가 다시 소릴 질렀다.

"저 인간이 끝까지, 처남 아니라니까!"

이화덕의 눈이 가늘어졌다.

불현듯 한 가지 생각이 머리에 떠올랐다.

'내가 왜 그 생각을 못했지?'

동천몽을 죽이면 자정경은 자연스럽게 자기 몫이 된다는 것을 깨달은 것이었다.

"조심해라."

더 이상 봐주고 망설일 것이 없었다.

콰아아!

천양지차였다. 조금 전의 주먹이 부드러웠다면 이번 권은 폭풍이었다. 동천몽의 눈이 커졌다. 소문대로 대단한 위력의 권이라는 것이 느껴졌다.

동천몽의 오른 주먹이 붉게 달아올랐다. 지옥금을 권으로 변형한 것이었다.

이화덕의 눈이 흔들렸다. 동천몽의 권이 범상치 않다는 것을 느낀 것이다. 그래서 십성에서 십이성으로 내력을 끌어올렸고, 두 주먹이 정통으로 부딪쳤다.

콰앙!

와당탕!

두 권이 부딪치며 파생된 기파에 의해 실내의 기물이 박살났고, 세 사람이 마시던 찻잔과 탁자가 구석으로 날아가 버렸다.

"우우욱!"

원만도가 비틀거리며 창가로 밀려났는데, 얼굴이 창백했다. 단순한 기파에 내상을 입은 것이다.

이화덕은 가만히 서 있었다. 겉으로 봐서는 아무렇지도 않았고 표정도 자신만만했다.

그런데 공격할 기미를 보이지 않았다.

"뭣해! 이 멍청아!"

동천화가 소리쳤지만 이화덕은 꼼짝도 하지 않았다. 동천화
가 더욱 날뛰었다.

"빨리 저놈 잡으라니까! 이 인간이."

그래도 이화덕은 움직이지 않았다. 동천화가 더 이상 참지
못하고 다가들자 이화덕이 말했다.

"소… 손이……."

"손이 뭘?"

"아… 아작 났소. 소… 손목도 나갔고."

"무슨 소릴 하는 거야. 손이 뭘 어떻다고."

동천화가 늘어뜨려진 이화덕의 오른손을 잡아당겼다.

"으아아! 마… 만지지 마!"

이화덕이 죽는다고 소릴 질렀다.

"마… 맙소사!"

동천화의 눈이 튀어나올 듯 커졌다. 이화덕의 오른손은 뼈
가 없는 것처럼 물렁거렸고, 손목은 물론 손가락 마디마디가
완전히 제자리를 벗어난 듯했다.

"더 이상 당신에 대해서는 이러쿵저러쿵 하고 싶지 않다. 돈
많은 집 계집을 유혹하는 것도 사내의 능력이니까. 그러니 살
고 싶으면 조용히 떠나라."

나이는 젊지만 세상 돌아가는 것쯤은 알고 있었다.

버틸 상대가 있고 말을 고분고분 들어야 할 상대가 있었다. 눈앞에 서 있는 동천몽의 말은 무조건 들어야 신상에 좋다는 것을 이화덕은 어렵지 않게 깨달았다.

나름대로 인정을 받는 오살권을 이토록 무참히 깨뜨릴 상대라면 이미 결과는 드러났다. 고집 피우고 잔머리 굴려봤자 통하지 않는다.

"살려… 쥐서 고맙소. 그럼 소생은 이만."

이화덕이 조심스럽게 동천몽의 눈치를 보며 물러났다.

"이 빙신아, 어딜 가는 거야?!"

동천화가 소리쳤지만 이미 실내에서 이화덕의 그림자는 사라져 있었다.

"저 미친놈이!"

"누이."

동천몽이 조용히 불렀다.

동천화가 대답 대신 그대로 무릎을 꿇었다.

"나… 날 죽여줘. 내가 잘못했다."

돌변한 태도에 모두가 의아한 표정을 지었다.

동천화가 울먹거렸다.

"변명 않겠어. 날 죽여서 몽이 네 가슴에 쌓인 울분이 풀린다면 그렇게 해. 내가 어머니 팔을 잘랐어. 입이 백 개라도 할 말이 없어. 맘대로 해."

동천몽은 가만히 내려다보았고 동천화는 고개를 떨군 채 가볍게 흐느끼기까지 했다.

"흑! 난 천벌을 받을 계집이야. 살아 있을 가치도 없어. 어머니에게 해도 너무했음을 인정해. 뭐 하는 거야? 어서 날 죽이라니까?!"

눈물로 범벅이 된 얼굴로 쳐다보며 외쳤다.

"어서 베라구. 난 살 가치가 없어. 흐흐흑!"

고개를 떨구며 동천화는 울었다.

"굳이 핑계를 대자면 그런 것 있잖아. 괜히 내 아버지를 빼앗긴 것 같은 기분 말이야. 괜히 미웠어. 심통도 났고. 그래서 더욱 못살게 굴었어."

바닥으로 눈물이 뚝뚝 떨어졌다.

"널 원망하지 않을 거야. 모든 것은 내가 지은 죄의 대가이니까. 그래서는 안 된다고 하루에도 몇 번씩 생각하면서도 막상 어머니를 보면 그렇게 심통이 나는 걸 어떡해."

"사… 사부님."

자정경이 다가왔다.

흐느끼는 동천화를 보며 자정경이 입을 열었다.

"용서해 주세요. 잘못을 뉘우치고 있잖아요. 다른 건 몰라도 아버지를 빼앗긴 것 같아서 그랬다는 건 나도 이해해요. 우리 아버지를 좋아하는 여인이 있었는데 그렇게 밉더라구요. 악착같이 혼인을 못하도록 막았고 온갖 훼방을 다 놓았어요. 끝내 혼인을 막았죠. 지금은 너무 후회가 되지만 말예요."

"흐흐흑! 어엉!"

동천화는 급기야 통곡의 수준으로 줄달음쳤다.

"아무리 미워도 핏줄에 대한 미움은 가슴에 담을 수밖에 없다고 하잖아요. 사부님 누이잖아요."

"아니야. 날 죽여줘. 더 이상 어머니를 볼 낯이 없어. 내가 아무리 찾아가서 용서를 구한다고 해도 어머니의 마음이 풀리겠어? 그러니 이 기회에 날 죽여 버려."

"사부니임."

자정경이 애처롭게 하소연했다.

"으아아앙!"

"만약 사부님이 용서해 주지 않으면 나 말도 안 할 거예요."

자정경이 새침해졌다.

그리고 동천화에게 말했다.

"언니, 그만 해요. 사부님은 자상하셔서 용서해 주실 거예요. 그러니 그만 눈물을 그쳐요."

"말리지 마. 나 죽고 싶어. 난 벼락 맞아 죽을 년이야."

"으음……!"

동천몽이 신음에 가까운 한숨을 쉬었다.

"좋소. 누이가 그렇게 죽기를 원하니 천벌받을 각오를 하고 죽여 드리리다."

"안 돼요, 사부님!"

자정경이 앞을 막아섰다.

"진정하세요. 아무리 잘못을 했다지만 누이를 죽일 수는 없어요. 사부님, 제발 화를 가라앉히시고."

"비켜라, 정경아. 저 여자는 살아 있을 가치가 없는 독사 같은 여인이다. 누이라는 것을 감안해 단번에 숨통을 끊어주겠다."

"사부님, 제정신이세요? 어떻게 혈육을!"

"난 두 번 말하는 걸 제일 싫어한다. 비켜라."

그리고 동천몽의 입술이 잠깐 까닥였다.

그러자 자정경이 눈쌀을 찌푸리더니 슬며시 비켜났다.

"맘대로 하세요. 사부님 집안 문제까지 내가 끼어든다는 것이 조금은 주제넘었군요. 죽이든지 말든지 사부님 뜻대로 하세요."

동천몽이 고개를 떨구고 있는 동천화를 보며 말했다.

"마지막으로 할 말 없소? 하고 싶은 말 있으면 하시오."

동천화가 고개를 번쩍 치켜들었다.

"그래, 죽여라, 이 개자식아! 마지막으로 할 말 없냐고 했더냐? 산더미처럼 많다, 호로 상놈의 새끼야!"

돌변한 동천화 행동에 자정경은 물론 원만도까지 경악했다.

화악!

"어… 어쩜!"

동천화가 눈에 독기를 담고 외쳤다.

"뭘 봐, 이 새끼야! 어서 내 목을 치라니까? 네까짓 놈에게 목숨 구걸하느니 안 산다, 재수없는 새끼."

동천화의 눈이 파랗게 빛을 뿌렸다.

독이 오른 독사의 눈빛이었다.

"그 창녀만 아니었다면 우리 형제가 이렇게 갈라지지는 않았을 것이다. 집안에 계집 하나가 잘못 들어오는 바람에 우리 가문이 이렇게 어려워진 거란 말이다. 그 창녀가 아버지를 꼬드겨 재산을 빼돌리고 우리 형제들의 사이를 갈라놓았다는 것을 네놈도 인정할 것이다."

"정경아."

동천몽이 웃으며 말했다.

"조금 전 이 사부가 네게 전음으로 무엇이라고 했더냐? 말해보아라."

자정경이 한숨을 쉬며 말했다.

"정말 구제불능인 여자군요. 저 여자 하는 말과 행동 모든 것이 위선이고 거짓이라고 했어요. 필시 죽인다고 하면 바득바득 악을 쓰고 악담을 퍼붓고 온갖 행패를 부릴 것이라고 하셨는데 어쩜 한 치도 어긋남이 없군요."

흠칫!

동천화가 놀란 표정을 지었다. 동천몽은 이미 자신의 속마음을 훤히 읽고 있었던 것이다. 자신은 부처님 손바닥 안에서 온갖 재롱을 다 떤 손오공 꼴이 되고 말았다.

동천몽의 입가에 차가운 미소가 떠올랐다.

"맹수 있느냐?"

스르르!

허공에서 맹수가 떨어져 내렸다. 법명답게 정말로 두 눈이 쭉 찢어졌고 새파란 괴기가 풍겨 나왔다.

"대법왕님의 명을 기다리옵니다."

"이 여자를 데려가라. 적당히 훈계한 뒤에 수라옥으로 보내고."

동천화는 생각없이 쳐다보았다. 당연히 그럴 수밖에 없는 것이, 그녀는 수라옥이 무엇 하는 곳인 줄 모른다. 더구나 적당한 훈계라는 표현이 그녀를 안심시켰다.

명령을 받은 맹수의 표정은 엄숙했다.

"명을 받사옵니다."

쉭!

맹수의 오른손이 뻗어왔다. 동천화가 화들짝 놀라며 반항을 하려 했지만 어느새 손목이 잡혔다.

"큭!"

온몸의 힘이 쭉 빠졌다. 손목만 잡혔을 뿐인데 맥이 빠지고 축 늘어진다.

"갑시다, 여시주."

"어딜 간다는 거냐? 이 손 놔라!"

맹수는 아무런 대꾸를 않고 동천화를 끌고 나갔다.

만나면 단칼에 베어버리고 싶었다. 아니, 갈기갈기 찢어 죽이겠다고 다짐하고 맹세했다. 하루에도 몇 번씩 동씨 형제들을 죽이는 꿈을 꾸었고 그들의 뜨거운 피를 양손에 묻히기를 소원했다.

어머니에 대한 행패는 자식으로서 도저히 묵과할 수 없는 것이었다. 그런데 묘한 일이었다. 막상 그녀를 면전에서 보자 측은한 생각이 들었다.

바다가 내려다보이는 대해수장 북쪽의 절벽 위로 정자가 세워져 있었다. 용고정이라는 현판이 걸려 있었는데 맹수는 동천화를 그곳으로 끌고 갔다.

"야, 이 미친 중놈아, 제발 손 좀 놔!"

맹수는 묵묵히 동천화를 정자 위로 끌고 올라가 잡은 손을 놓았다. 절벽 아래로 파도가 하얀 포말을 일으키며 거친 물살을 만들었다.

툭!

맹금이 떨어져 내리자 동천화가 놀랐다. 여태껏 맹수 혼자인 줄 알았었다.

맹수가 말했다.

"대법왕님께서는 여시주에게 적당한 훈계를 하라고 말씀하셨소. 그럼 지금부터 훈계를 하겠소."

"흥!"

동천화가 코웃음을 쳤다. 네놈들 훈계 따위는 필요없다는 투의 경멸이다.

"앉으시오."

동천화는 또다시 코웃음을 치며 팔짱을 끼었다. 턱도 없는 소리 말라는 투였다.

"우린 두 번 고운 말을 사용하지 않소. 그리고 혹시라도 출가한 승려들이어서 그저 그럴 것이라는 생각을 갖고 있다면 그건 큰 오산이오. 앉으시오."

동천화는 팔짱을 끼며 먼 바다를 쳐다보았다.

"이년아, 앉으라잖아!"

맹금이 머리채를 휘어잡아 사정없이 주저앉혔다.

쫘당!

동천화가 풀썩 주저앉았다.

"이런 미친놈들이!"

벌떡 일어서려는 동천화의 머리통을 맹금의 솥뚜껑만 한 손이 내리쪘었다.

"어디서 함부로 일어나, 이년아!"

퍽!

다시 엉덩방아를 찧었다.

"일어나."

맹수가 말했으나 동천화는 이번에는 노려볼 뿐 움직이지 않았다.

"이년아, 일어나라잖아!"

맹금이 머리채를 잡아당겼다.

"아악!"

"앉아."

"이년아, 앉으라잖아!"

또다시 머리채를 잡아 주저앉혔다.

"일어나."

"빨리 일어나, 이년아!"

동작이 조금만 더뎌도 맹금이 인정사정없이 머리를 휘어잡고 세우고 앉혔다.

"여기까지는 여시주의 정신 상태를 추슬러 주기 위한 것이
었고, 그럼 지금부터 본격적으로 본 궁 식의 훈계를 하겠소. 훈
계 방법은 두모제근이오."

동천화는 표독하게 외쳤다.

"이런 맛이 간 땡초새끼들!"

척!

처억!

맹수와 맹금이 동천화 앞에 우뚝 섰다.

쭉!

맹수의 오른손이 동천화의 머리카락 한 개를 뽑았다.

그러자 맹금 또한 기다렸다는 듯 머리카락 한 개를 뽑았다.

쭉!

"개… 개자식…… 악!"

따끔한 아픔에 동천화가 소릴 질렀다.

쭈욱!

쭉!

규칙적으로 두 사람은 머키라락을 뽑았다. 동천화는 피하려
했지만 피할 수가 없었다. 한 발만 뒤로 물러나면 절벽이고 떨
어지면 뼈도 추리지 못할 만큼 높았다.

쭉─ 쭈죽!

쭈쭈쭈죽!

두 사람의 머리카락 뽑는 속도는 갈수록 빨라졌다.

뿐만 아니라 처음에는 한 개씩 뽑았는데 시간이 갈수록 두 세 개씩 뽑아졌고 더욱 아픔은 심해졌다. 어느새 정자 바닥으로 동천화의 머리카락이 수북이 쌓였다.

멀리서 그 모습을 바라보는 동천몽은 착잡한 표정을 지었다. 자정경 또한 길게 한숨을 쉬었다. 동천몽은 무척 가슴이 따뜻한 사람이었다. 아무리 대법왕이라고 하지만 여느 사람들 같았으면 동천화를 죽였을 것이다.

*   *   *

별천지라 하기에 충분했다. 연못 주위로 버드나무가 능청 휘어지고 제철도 아닌데 수면 위로 점점이 연꽃이 만발해 있었다. 연못 동쪽으로는 정방형의 정자가 세워져 있었는데, 세심사(洗心榭)란 현판이 달려 있었다.

연못 북쪽으로는 다섯 개의 거대한 돌기둥이 떠받치고 있는 웅장한 전각 한 채가 있었는데, 놀랍게도 권아승경이라는 글씨를 현판에 써 달았다. 권아승경은 건륭제의 식사를 준비하던 곳을 일컬음이다. 즉, 이곳 주인 또한 황제를 시늉 내고 싶어한 것이 분명했고, 그 좌측으로 소월당이라는 주궁이 세워져 있었다.

소월당에 앉아서 보면 흰 구름에 감싸인 앞산이 눈에 들어왔다. 수시로 연못에서 만들어진 안개가 산을 덮어 몽환적인 분위기를 만드는 이곳이 바로 여추량의 별장이었다.

"아함!"

별장을 지키는 무사가 긴 하품을 했다.

"지금쯤 어떻게 되었을까? 천상각이 무너졌을까?"

하품을 한 무사가 동료 무사를 향해 물었다. 맞은편의 동료 무사 또한 찢어져라 하품을 한 후 대답했다.

"글쎄, 아무리 천상각이라고 해도 무림맹에게 정면으로 반기를 들었으니 온전하겠나?"

"하긴, 자고로 금력(金力)이 무력(武力)을 이기는 건 못 봤으니까. 그나저나 주인님께서는 적당한 시점에서 발을 빼실 것 같던데."

"영리하신 분이야."

"누구 말인가?"

"누군 누구야? 주인님이시지. 무림맹에서 천상각을 접수하면 간부들을 가만 놔두겠나? 본보기 차원에서라도 모조리 죽이겠지. 그러기에 앞서 발을 빼시는 걸 보면 말일세."

"주인님의 머리는 그야말로 절묘해."

"한데 저 인간은 뭐지?"

한 사람이 다가오고 있었다. 느리지도 빠르지도 않은 걸음걸이였고, 걸치고 있는 붉은 가사는 반누더기였다. 하나 두 사람의 시선을 사로잡는 것은 맨발이라는 것 때문이었다.

"정신 나간 놈 아냐? 거 보면 미친놈들이 맨발로 다니잖아."

"미친놈이 길을 잃어 이 깊은 산중까지 왔을 리는 없고… 가사를 보아하니 중놈 같기도 한데? 대가리 털도 짧고 말이야."

"정지!"

두 사람이 창을 힘주어 겨누며 그자의 앞을 막았다.

덕배가 가느다란 시선으로 두 사람을 보며 조용히 입을 열었다.

"아미타불! 여기가 소월당이오?"

"그렇소. 그런데 스님은 누구시오? 어떻게 여길 찾아오셨소?"

가슴 앞에 걸린 긴 염주를 보고 승려라는 것을 알아챘다.

"안에 몇 명 있소?"

"우리 두 사람을 포함해… 그런데 그건 왜 묻소?"

대답을 하려다 뭔가 이상한 낌새를 느끼고 반문했다.

덕배가 버럭 소릴 질렀다.

"빨리 대답하지 못하겠소? 안에 몇 놈이 있느냐고 묻잖소이까?!"

하도 큰 소리로 윽박지르듯이 묻자 얼떨결에 대답을 했다.

"모… 모두 아홉이오만?"

덕배가 힘주어 말했다.

"모두 나오라고 하시오, 당장!"

"네."

최면에 걸린 사람처럼 좌측 무사가 등을 돌려 안으로 뛰어들어 갔다.

혼자 남은 무사는 덕배의 눈치를 살폈다. 낡았지만 붉은 가사를 걸쳤고 앞가슴을 덮은 염주를 보면 승려임이 분명했다.

그러나 맨발이라는 것이 왠지 섬뜩한 느낌을 자아냈다.

"저어… 한마디 물어도 되겠습니까?"

무사는 용기를 내었다.

덕배가 쳐다보자 움찔 놀라면서도 조심스럽게 물었다.

"이 근처 절에 계십니까?"

덕배는 아무 대답도 하지 않았다.

그러자 무사가 다시 입을 열었다.

"나… 나도 불자입니다. 집안 대대로 불교를 믿습니다. 저를 낳을 때 어머니께서 부처님을 만나는 태몽을 꾸셨다더군요."

덕배는 우두커니 바라보았다.

"시… 실례인 줄 압니다만 법명을 좀 물어도 될까요?"

"덕배요."

"더… 덕배… 좋은 법명이시네요. 전 국홍금이라고 합니다. 저 뒷산에 있는 의심사에 계십니까?"

덕배는 다시 입을 다물었다.

그때 발자국 소리가 나더니 무사들이 나타났다. 데리러 갔던 무사를 포함해 모두 여덟이었는데 덕배를 보고 흠칫했다. 그들 역시도 그가 맨발이라는 것이 마음에 걸린 것 같았다.

"스님께서 우릴 모두 모이라고 했소?"

우두머리로 보이는 중년인이 앞서 나와 물었다.

제법 야무지게 보였고 옆구리에 찬 검도 수실까지 달아 한껏 멋을 부렸다.

"여기 있는 인원이 소월당에 있는 무사들 전부요?"

"그… 그렇소만 도대체 뉘시오?"

그러자 덕배와 얘길 나눴던 무사가 말했다

"저 뒷산에 있는 사찰에서 온 덕배 스님이십니다."

"아, 그래? 그럼 탁발을 나오셨군요. 그럼 진즉 그렇게 말씀하시지요. 뭣들 하느냐? 모두 은자 한 푼씩 거두어 드리거라. 많이 바칠수록 복을 받느니라."

"아이씨이, 탁발 나온 줄도 모르고 은근히 쫄았잖아. 무슨 놈의 스님이 그렇게 살벌하오. 젠장!"

무사가 투덜거리며 동료들을 향해 말했다.

"아까워하지 말고 주자고."

그러면서 자신이 솔선수범하겠다는 듯 은자 한 닢을 꺼내다가갔다. 그때였다.

"모두 죽어줘야겠소."

흠칫!

다가가던 무사를 비롯해 모두가 덕배의 말에 놀란 표정을 지었다.

"다시 말하겠소. 모두 죽어야 할 것 같소이다. 이건 내 뜻이 아니라 내가 모시는 대법왕님의 명령이시오."

"무… 무슨 말을 하고 있는 거요?"

우두머리가 굳은 표정으로 물었다.

"하지만 살 수 있는 방법이 있소이다. 그냥 떠나면 되오이다. 그럼 살 수 있소. 하지만 떠나지 않으면 내 손에 죽소이다."

"도대체 무슨 말을 하는 거요? 좀 알기 쉽게 해보시오. 그러니까 떠나면 살고 남으면 죽는다는 건데, 왜요?"

"소월당을 노납이 접수한다는 얘기요. 떠나겠소? 죽겠소?"

우두머리가 인상을 썼다.

"이제 보니 이 새끼 완전히 맛이 간 중새끼잖아. 네놈이 뭔데 떠나라 마라 하는 거야? 진짜 웃기는 놈이잖아. 네놈이야말로 죽기 싫으면 꺼져라. 우리 어머니가 절에만 다니지 않았다면 이미 모가질 잘랐느니라."

"그래서 모두 죽겠다는 것이오?"

"뭣들 하느냐? 저 미친 중놈을 쳐라!"

우두머리가 소리쳤고 수하들이 달려들었다.

덕배가 오른손을 들어 달려드는 무사들을 향해 후려쳤다.

"미… 밀종대수인! 피해랏!"

우두머리가 기겁하며 소리쳤지만 이미 늦었다.

단 일격에 무사들이 멀리 날아가 떨어졌다. 하지만 숨이 끊어진 것은 아니었다. 덕배가 다가가 일제히 혈도를 내려쳤다. 그러자 무사들의 얼굴이 경악으로 일그러졌다. 무공이 폐지된 것이었다.

흠칫!

덕배가 돌아서자 우두머리가 기겁하며 한 걸음 물러났다.

그러더니 죽어라 몸을 날려 도망쳐 버렸다.

덕배는 곧장 소월당 안으로 들어섰다. 세상사에 무관심한 덕배 선사도 화려한 장원의 경관에 눈을 부릅 뜰 수밖에 없었다.

덕배는 길을 따라 올라갔고, 바람에 꽃향기가 실려 있었다. 한참을 올라간 덕배가 걸음을 멈췄다.

소월당 마루에 서서 구름 낀 건너편 산을 바라보고 서 있는 한 명의 중년 여인이 있었다. 덕배 선사는 한눈에 동천몽과 닮았음을 알아보았다.

덕배 선사의 발자국 소리에 능 씨가 고개를 돌렸다. 붉은 가사를 걸친 덕배를 보며 능 씨의 눈이 빛났다. 단번에 포달랍궁 승려 복장이라는 것을 알아본 것이다.

"아미타불! 소승은 덕배라 하옵니다. 대법왕님의 명령을 받고 찾아왔습니다."

"대… 대법왕이라 하면?"

"세속의 존함이 동 천 자 몽 자이옵니다."

"그… 그럼 천몽이 보내서 오셨단 말인가요?"

"그러하옵니다. 이미 이곳을 지키던 무사들은 소승이 모두 쫓아버렸사옵니다. 이제 불안해하실 필요 없사옵니다."

주르르!

능 씨가 눈물을 흘렸다. 마침내 꿈에도 그리던 아들을 찾은 것이다.

"저… 정말이죠? 우리 천몽이가 보냈단 말이죠?"

"아미타불! 감히 출가인의 입에서 어찌 거짓이 나올 수 있겠사옵니까? 이곳으로 오신다고 했사오니 곧 뵈올 것입니다."

"곧 뵈올 것이 아니라 지금 왔습니다."

느닷없는 소리에 두 사람이 놀라며 고개를 돌렸다.

동천몽과 자정경이 말을 타고 천천히 올라오고 있었다.

파르르!

능 씨는 온몸을 떨었고 눈은 화등잔만 해졌다. 비록 헤어질 때에 비해 체격도 커졌고 얼굴도 조금은 달라졌지만 틀림없는 동천몽이었다.

"모… 몽아!"

능 씨가 맨발로 계단을 뛰어내려 가자 동천몽 역시 그대로 몸을 날려 계단 앞에 섰다.

계단을 내려온 능 씨가 우뚝 서 있는 동천몽의 위아래를 한참 훑어보았다.

와락!

능 씨가 동천몽을 끌어안았다.

"왔구나. 내 아들이 살아왔구나."

능 씨는 동천몽을 끌어안고 눈물을 흘렸다.

"네가 죽었을 것이라고는 한 번도 생각하지 않았다. 내 아들이 말썽쟁이기는 해도 어디 내놔도 떨어지지 않는 녀석이었기에."

끌어안긴 동천몽이 피식 웃었다. 그 와중에도 능 씨는 아들 자랑을 하고 있었다.

"어디 얼굴 좀 다시 보자꾸나."

양손으로 동천몽의 뺨을 감싸고 뚫어져라 바라보았다.

"아니오?"

"진짜다, 진짜 내 아들 맞다."

다시 힘차게 동천몽을 부둥켜안았다.

능 씨는 떨어질 줄 몰랐다. 하염없이 눈물을 흘리며 동천몽을 안고 있었다.

그때 자정경이 다가와 말했다.

"안녕하세요, 어머니."

능 씨가 꾀꼬리 같은 음성에 고개를 들었다. 자정경이 환한 미소를 짓고 있자 깜짝 놀란 표정을 지었다. 한 송이 꽃처럼 아름다운 자정경의 미소에 놀란 것이다.

"누… 누구?"

"소녀는 자정경이라고 해요. 대법왕님께서는 저의 사부님 되세요. 만나뵙게 되어 반갑습니다, 어머니."

"어… 어머니."

능 씨가 더듬거리며 중얼거리더니 얼굴이 환해졌다.

"네. 어서 와요, 낭자. 우리 몽이의 제자라구요?"

"네. 사부님께서 소녀를 거두어주셨어요. 그래서 어머니께서는 저에게는 사고가 되십니다. 그러니 앞으로 뭐든지 시키세요. 열심히 하겠습니다."

능 씨가 동천몽을 바라보며 묘한 표정으로 웃었다.

그러자 동천몽이 버럭 소릴 질렀다.

"왜 웃습니까?"

"아, 아니다. 그냥."

"이상한 생각 하지 마세요. 절대 그런 것 아니니까."

"누가 이상한 생각을 한다고 그러느냐? 넌 아직도 앞서 가는 건 여전하구나."

"한데 어머니, 듣자 하니 크게 다쳐서 의식을 잃으셨다던데 어떻게 쾌차하셨어요?"

자정경의 물음에 능 씨의 표정이 잠깐 굳어졌다.

"여 총관이 의원을 데려다 치료했다더군요. 아마 내가 죽으면 쓸모가 없어지기 때문 아니겠어요."

"맞아요. 인정으로 살려준 것이 아니라 인질로써 가치를 높이기 위해 살린 것이죠. 그런데 어머니, 저에게 존댓말하지 마세요. 사고가 어찌 아드님 제자에게 존댓말을 써요? 그냥 말씀 낮추세요."

"아무리 그래도……."

"아니에요. 그것이 예법이에요. 그냥 '정경아' 하고 부르세요. 아셨죠, 어머니?"

동천몽이 눈살을 찌푸렸다.

"정경이 너도 어머니라는 호칭보다는 사고님이라고 불러야 정상 아니냐?"

"어떻게 부르든 내 맘이에요. 소녀가 사고님이라고 부르는 것이 좋으세요, 아니면 지금처럼 어머니라고 부르는 것이 좋으세요?"

"그… 그야 당연히 어머니라고 부르는 것이 좋아요."

자정경이 동천몽을 돌아보며 혀를 날름 내밀었다.

"거 봐요. 어머니라고 부르는 것이 좋다고 하시잖아요. 어

머니 드리기 위해 제가 몇 가지 선물을 사 왔는데 마음에 드실
지 모르겠어요."

그러면서 품에서 조그만 옥함 한 개를 꺼냈다.

그걸 본 동천몽이 눈을 크게 떴다. 이곳을 오던 중 저잣거리
에서 잠시 볼일이 있다고 사라졌는데 그러고 보니 저 옥함을
사기 위함인 것 같았다.

딸칵!

옥함 뚜껑을 열자 능 씨의 눈이 커졌다.

"이… 이건 비취 옥환 아닌가요?"

"어머니, 말씀 놓으시라니까요. 듣기 거북해요, 진짜."

자정경이 울상을 짓자 능 씨가 웃으며 고개를 끄덕였다.

"이거 비쌀 텐데."

"하나도 안 비싸요. 어서 손가락에 끼워보세요. 아니, 제가
끼워 드릴게요."

자정경이 반지를 꺼내 능 씨의 손가락에 끼웠다.

스윽!

"어때요. 커요?"

"아니, 크진 않는데."

"작아요?"

"아니, 딱 맞아."

"잘됐어요. 제가 보는 눈이 있군요. 제 손가락에 맞췄는데.
설마 어머니 손가락이 저와 같을 줄은 몰랐어요. 정말 잘 어울
려요."

능 씨 또한 손가락에 낀 반지를 이리저리 살펴보았는데 입가에 미소가 가득한 것이 무척 마음에 든 듯했다.

"그리고 이것도."

자정경이 품에서 또 한 개의 옥함을 꺼냈는데 조금 전 것보다 컸다.

"이건 또 뭐지?"

"직접 열어보세요."

동천몽까지 눈을 크게 뜨고 지켜보았다.

능 씨가 조심스럽게 옥함 뚜껑을 열었다.

달칵!

옥함이 열리고 능 씨의 눈이 커졌다.

"맙소사. 이건 백향분 아닌가요?"

"네, 맞아요. 어머님같이 아름다우신 분들은 백향분을 쓰셔야 해요. 그럼 훨씬 피부도 고와질 뿐 아니라 우아해 보이거든요."

"어쩜!"

선물을 보고 좋아하는 능 씨와 옆에서 온갖 찬사를 늘어놓는 자정경을 보며 동천몽이 눈을 감아버렸다.

도무지 대책이 서지 않았다. 이건 제자가 아니라 마치 며느리가 시어머니 선물을 사 오는 것과 하나도 다르지 않았는데 더욱 중요한 것은 능 씨의 눈빛이었다.

자정경을 쳐다보는 눈빛이 단순히 아들의 제자를 보는 눈빛이 아니었다. 그것은 예쁜 며느리를 쳐다보는 시어머니의 자상한 눈빛이었다.

묘하게 두 사람은 죽이 잘 맞았다. 지금 막 만났을 뿐인데도 서로 손을 잡고 다정히 얘길 하며 소월당 안으로 걸어 들어가고 있었다. 그런 두 사람을 쳐다보던 동천몽이 피식 웃음을 터뜨렸다.

한편 나란히 어깨를 하고 들어가는 자정경과 능 씨의 모습을 불안한 시선으로 보는 사람이 있었다. 그는 다름 아닌 덕배 선사였다. 말을 하진 않았지만 덕배 선사 또한 자정경을 바라보는 능 씨의 눈빛이 범상치 않다는 것을 직감했다. 그것은 가족을 바라보는 눈빛으로, 애정이 가득 담겨 있었다.

'아미타불! 대법왕님께 여난이 있을 것이라고 금왕님께서 그러시더니만……'

천 년의 법통과 율법도 인간의 운명 앞에서는 무용지물이다. 다시 말해 대법왕이 혼인하는 경천동지할 일이 벌어지지 말란 법도 없다. 물론 절대 불가한 일이었지만.

"덕배."

"예, 대법왕님."

"어떠냐? 이곳 말이다. 경치도 이만하면 됐고 공간도 좁지 않은 데다 먹고 자는 시설이 완벽히 갖춰져 있는데 본 궁의 중원 거점으로 사용하는 것 말이다."

第九章
일목

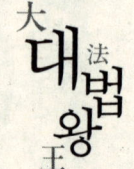

덕배 선사가 놀란 표정으로 쳐다보았다.

지금 포달랍궁의 무사들 대부분이 항주의 성과사에서 묵고 있었다. 성과사는 항주 인근에서 가장 큰 사찰로 승려만도 오백이 넘는다. 워낙 규모가 크기 때문에 이천 명에 가까운 포달랍궁 사람들의 먹고 자는 문제는 크게 염려되지 않을 것이다. 하지만 그건 어디까지나 며칠의 일이고 오래 묵게 되면 얘기가 달라진다. 이미 성과사의 눈치가 처음과 다르다는 보고가 여러 차례 들어왔다. 비록 말사지만 주인이 아닌 만큼 언제까지 눈칫밥을 먹을 수는 없었는데 마침 적당하게 소월당이 나타난 것이다.

"더구나 이곳은 아무에게도 알려지지 않아 더욱 운신하기가 수월하다."

"하… 하오시면 이곳을 그냥 가로채시겠다는……?"

"이곳 주인은 죽었다. 그리고 그는 우리 아버지를 속여 빼돌린 돈으로 샀으니 천상각 소유라고 해도 틀리지 않다."

자신의 말에 억지가 있음을 모르지 않는다. 어찌 됐든 능력껏 빼돌렸으니 그것은 여추량의 재산인 것이다. 하지만 지금은 이것저것 따질 때가 아니었다.

"당장 모두 이곳으로 모이도록 기별을 해라."

"존명!"

덕배 선사가 사라지자 동천몽은 우두커니 서서 아름다운 주위 풍광을 바라보았다. 볼수록 조용하고 아늑하다. 강호에 은원만 없다면 평생 살고 싶을 만큼 마음에 들었다.

어머니도 모셨고 자신이 할 일은 당분간 없다. 남은 것이라고는 돌아가는 상황을 지켜보는 것뿐이었다. 지금은 무림맹과 천상각을 대표하는 동천비와 목와북천 백쾌섬의 싸움이기에 자신은 낄 데가 아니었다. 다만 그들의 싸움에서 절대 시선을 떼지 않아야 한다. 대신 자신은 따로 할 일이 있었다.

*　　　*　　　*

모래에 물이 스며들며 색깔이 변한 것과 흡사했다. 처음의 변화는 눈동자부터 시작되었다. 흰자위가 조금씩 검게 변했고 검은색은 점차 얼굴 전체로 퍼져 나갔다. 잠깐 사이에 얼굴은 숯덩이처럼 검게 변했고, 의복으로 가려져 보이지는 않았지만 목으로 빠르게 내려가 가슴으로 퍼져 나갔음이 분명했다.

그리고 일다경쯤 지나자 양 발과 팔도 완전히 먹물처럼 변했다.

그것은 완전한 흑인(黑人)이었다. 걸치고 있는 옷이 백의인 탓에 더욱 검게 보였다. 어둠 속에 던져 놓으면 어둠의 일부로 보일 만큼 동천비의 몸은 검었다.

동천비의 오른손이 뻗었다.

스으으!

손바닥에서 무형의 열기가 뻗어 나와 정면 석벽에 부딪쳤다. 소리도 없고 충격에 의한 울림도 없었다. 그런데 잠시 후 석벽이 손바닥 모양으로 재가 되어 바닥에 흘러내렸다.

부스스!

묵곤혈참기가 십이성에 달하면 모든 것을 태워 버린다. 진기를 끌어올리면 전신이 완전한 먹물로 변하고 장력에 화강암이 잿더미가 되었음은 묵곤혈참기가 극성에 올라섰음을 증명하고 있었다.

"흐흐흐!"

동천비의 입에서 음산한 웃음소리가 흘러나왔다. 자신의 무공에 무척 만족스러워하는 표정이었다. 시커멓게 변했던 몸이 진기를 거두자 다시 원래의 모습으로 돌아왔다.

몸을 일으켜 석벽 가까이 다가가 자신의 장력에 녹아내린 곳을 살폈다. 놀랍게도 깊이가 한 자 가까이나 되었다. 오성의 공력을 끌어올렸을 뿐인데 한 자 깊이의 화강암이 재로 변했다는 것은 십이성을 펼쳤을 때 어떤 위력일지 충분히 짐작되는 바가 있게 했다.

한참 동안 흡족한 표정으로 자신의 위력을 감상하듯 바라보던 동천비가 지하실을 빠져나왔다.

금우산장은 부산했다. 곳곳에서 부하들이 무예 수련을 하는 소리가 들려왔고, 대장간에서는 무사들의 병기를 만드는 망치질 소리가 끊이지 않았다.

척!

좌측으로 몸을 돌리던 동천비가 걸음을 멈췄다. 그러더니 우측 길로 방향을 틀었다. 우측 길로 접어들어 십여 장쯤 걷자 조그만 개울이 나타났고, 그곳엔 징검다리가 있었다.

징검다리를 건너 나지막한 동백나무 숲을 지나자 한 채의 전각이 세워져 있었다. 동천비가 다가서자 무사 한 명이 재빨리 나타나 허리를 깊숙이 숙였다.

"대공자님을 뵈옵니다."

"여 총관에게는 아직도 소식이 없느냐?"

"예, 아직."

동천비의 표정이 굳어졌다. 잠시 앞에 서 있는 무사를 보더니 방 안으로 들어섰다.

여추량의 방은 텅 비어 있었다. 아직 한 번도 이런 일이 없었다. 여추량은 동천화에게 갈 대해수장의 재산을 압수하러 갔다. 동천혁은 놓쳤다. 제갈팽이 광산에 도착했을 땐 동천혁이 이미 광산을 싼값에 처분하고 모습을 감춘 뒤였다. 물론 동오룡이 자신에게 넘겨준 재산 또한 적은 것이 아니었지만 그것으로는 부족했다. 급한 대로 동천화의 것이라도 빼앗아야 했다. 그런데 여추량으로부터 아무런 소식이 없는 것이다.

여추량은 워낙에 영리하고 임기응변에 능하다. 딸린 부하들도 적지 않기 때문에 큰 걱정은 되지 않았지만 상황이 상황인 만큼 은근히 신경이 쓰였다. 지금부터는 어느 것 하나도 틀어져서는 안 된다. 그렇지 않으면 치명타이다.

자신이 조사한 바에 의하면 무림맹도 무척 다급한 처지였다. 그 이유는 지금까지 천상각에서 가져간 엄청난 돈이 맹주와 상관량 등 일부 간부들 주머니로 들어가 버린 때문이다. 그로 인해 군수물자 확보가 넉넉할 수가 없었고, 목와북천이 타도 무림맹을 외치며 일어나자 당황한 것이다. 목와북천은 자신과는 또 다르다. 무림맹과 수백 년을 대치하다시피 경쟁해 온 흑도무림이었다. 무림맹은 서둘러 전력을 정비해야 하는데 문제는 자금이었다. 개인의 주머니 속으로 들어가 버린 돈은 절대 다시 나오지 않는 성향을 갖고 있다. 결국 외부에서 끌어들여야 하는데, 역시 가장 만만한 것이 천상각이었다. 그러나 천상각의 모든 운송로는 목와북천과 자신이 장악하고 있었다.

"대공자님!"

문밖에서부터 부르는 음성이 들려왔다.

동천비가 입구로 고개를 돌리자 문이 열리고 부총관 가석구가 안색이 굳은 채 나타났다.

"무슨 일이냐?"

"무림맹에 의해 본 가가 폐쇄되었습니다."

"언제?"

동천비의 눈이 커졌다. 아무리 수로와 육로를 지켜주고 보호해 줘도 천상각이 폐쇄되어 들어가고 나오는 물량이 없다면 말짱 헛일이었다.

동천비의 얼굴이 딱딱하게 변했다. 운송로 확보에만 신경을 썼지, 무림맹에서 심장부를 타격하리라고는 전혀 예상하지 못했다. 항상 느끼는 것이지만 상관량보다 자신이 항상 한발 늦다. 적이지만 실로 소름 끼칠 만큼 뛰어난 두뇌가 아닐 수 없었다. 먼저 생각하고 앞서 움직이는 그의 능력은 그저 놀랍다는 말밖에 할 말이 없었다.

무림맹이 천상각을 장악한 것은 영업 행위를 막아 자신의 자금줄을 완전히 차단하려는 목적이 크다. 그러나 알지 못하는 다른 뜻이 또 있을 것이다.

그것이 뭘까? 상관량이 천상각 내부에서 얻으려는 것은 과연 어떤 것인가.

팟!

돌연 동천비의 눈이 흑광을 발했다. 언젠가 부친이 술을 한잔하면서 했던 말이 떠오른 것이다. 장사꾼은 주머니를 많이 찰수록 좋다고 했다. 장사란 평생 잘되는 것이 아니기 때문에 불황과 돌발 사태를 대비해 여러 개의 주머니를 준비하고 있는 것이 장수의 지름길이라고 했다.

어디 그뿐인가. 장사꾼은 절대 누굴 믿어서는 안 된다고 했다. 부자간에도 믿지 말고, 형제간에도 믿지 말라고 했던 기억이 떠오르는 순간 동천비는 자신도 모르게 신음을 흘렸다.

"아차!"

부친이 자신에게 준 것이 전부인 줄 알았는데 지금 곰곰이 생각해 보니 부친에게는 또 다른 여러 개의 주머니가 있었음이 분명했고 상관량은 그것을 노리고 천상각을 점령한 것이 분명했다.

만약 부친이 감춘 여러 개의 주머니가 집 안에 있고 그것이 상관량의 수중에 들어간다면 호랑이에게 날개를 달아준 꼴이 된다.

콰앙!

동천비가 벽에 발길질을 했다. 거대한 구멍이 뚫리고 전각이 무너질 듯 흔들거렸다. 왜 그 생각을 못했던가. 장사꾼의 아들로 태어나 온갖 묘수와 속임수, 인간관계에 대해 누구보다도 많은 훈련을 받고 자란 자신이 왜 깨닫지 못했단 말인가.

"천상각에 진주해 있는 무림맹의 규모는 어느 정도 되느냐?"

"눈에 드러난 숫자는 일백여 명에 불과합니다."

하나의 성을 공격하여 점령하려면 최소한 세 배 이상의 공격력이 요구된다. 백 명이 있다면 삼백 명이 필요하다는 얘기가 되지만 상대는 상관량이었다. 그가 또 어떤 함정을 쳐놓고 자신을 기다리는지 알 수 없다. 절대 백 명만 달랑 보냈을 리 없었다.

천상각을 되찾아야 했다. 포로가 된 부친의 안위 따위는 아무런 문제가 아니었다. 평소 부친의 성품으로 볼 때 집 안 어딘가에 상상을 초월하는 팻감을 감춰놓고 있을 것이 분명했다.

'있다. 그것도 크다!'

동천비는 확신했다.

"제갈팽."

"예, 주군."

제갈팽은 완전한 수족이라도 된 듯 허리도 제대로 펴지 못했다. 그의 태도가 이토록 바뀐 것은 동천비가 묵곤혈참기를 터득하면서부터였다. 돈뿐만 아니라 이제 힘으로도 상대가 안 됨을 인정하고 완전히 굴복한 것이다.

"모두 동원할 수 있는 병력이 어느 정도 되느냐?"

"사백 가까이 될 것입니다."

동천비의 안색이 어두워졌다. 사백 가지고는 어림도 없다. 상관량이 어떤 함정을 펼쳐 놨다고 가정하면 최소한 일천 명은 되어야 한다.

방법은 하나뿐이다. 목와북천이었다. 그러나 돈 문제에 그들을 동원하고 싶은 맘은 솔직히 없었다. 견물생심이라고 했다. 집 안에서 엄청난 자금을 찾아내기라도 한다면 그들이 돌변할 수도 있었다. 원래 그런 중요한 일에는 심복과 측근들만 데리고 움직이는 것이 가장 좋지만 지금으로서는 위험을 감수

할 수밖에 없었다. 일단 고토를 되찾아야 하니까.

*　　*　　*

따뜻한 햇살 아래 산적들이 옷을 벗고 이를 잡고 있었다. 바느질 선이 있는 곳에 시커먼 이들이 덕지덕지 붙어 있었고, 여기저기서 이를 눌러 죽이는 소리가 끊이지 않았다.

"네놈이 내 피를 빨았다 이거지… 개자식."

"내 피가 어떤 핀데."

툭!

투우욱!

"아함!"

한참 열심히 이를 잡던 부시가 늘어지게 하품을 했다.

요즘 벌이가 신통치 않은 듯 광대뼈가 툭 튀어나와 있었는데 열심히 이를 잡는 부하들을 보며 한숨을 쉬었다.

부하들 역시 비쩍 말라 있었다. 부하들이 저렇게 피골이 상접해 가는 것은 이유를 불문하고 두목인 자신의 책임이었다. 두목의 능력이 출중하면 부하들을 굶기지 않는다. 벌써 스무 날째 단 한 탕도 성공하지 못해 풀뿌리로 연명하고 있었다. 근처에 사는 짐승이란 짐승은 거의 잡아먹어 이제 조그만 새들 말고는 찾아볼 수가 없었다.

"어디 가십니까?"

옷을 입고 일어서자 부하들이 일제히 쳐다본다. 음식을 숨겨놓고 혼자 슬그머니 먹으러 가는 줄 아는 의심의 눈초리들이었다.

"야, 이 새끼들아, 날 그렇게 겪었으면서 그런 눈빛들을 던지는 거야! 내가 여태껏 너희들을 하나라도 더 먹였으면 먹였지, 내 배 채우는 거 봤어!"

"아… 아니오."

"저희를 향한 두목님의 사랑이 얼마나 깊은지는 압니다."

"아는 새끼들이 그런 의심의 시선으로 날 봐. 잠깐 뒷간 좀 다녀오려고 그래. 의심나면 따라오고."

"아… 아닙니다. 잘 다녀오십시오."

"조심하십시오. 요즘 전충이 많던데."

전충은 풀잎을 갉아먹고 사는 곤충인데 독성이 있다. 엉덩이를 까고 볼일을 보다 전충에 쏘여 고생한 경험이 한두 번이 아니었다. 며칠 전엔 부하 중 한 명이 전충에 쏘여 이틀 밤낮을 고통에 신음했다.

"다녀올 테니까 이들 잡고 있어."

부시가 숲 속으로 걸어 들어갔다.

한참을 들어간 부시는 주위를 살폈다. 풀이 듬성하고 제법 평평한 곳을 발견하고 아랫도리를 내렸다. 먹은 것도 없는데 자주 뒷간을 찾게 되는 것은 나무뿌리를 먹기 때문이었다. 그래서 대부분이 사리다.

뿌지지지!

요란한 소리와 함께 엉덩이로부터 물이 쏟아졌다.

산적질도 아무나 못한다. 불쌍하다고 봐주고 장애인이라고 봐주고 여자라고 통과시켜 주다 보니 털 만한 상대가 없었다. 마음을 독하게 먹고 털려고 해도 막상 상대의 얼굴을 보면 가슴이 아파졌다. 대부분이 가난한 보따리 장사들이었다. 그들도 가족이 있는데 자신이 털어버리면 당장 굶게 될 것이기 때문이었다.

"아무 데나 볼일을 보지 말고 뒷간을 고정된 장소에 하나 만들지 그러느냐? 온 산이 배설물로 발 디딜 틈이 없구나."

"으헉!"

얼굴이 벌겋게 달아오르도록 힘을 주던 부시가 기겁하며 고개를 쳐들었다. 삼 장쯤 떨어진 조그만 소나무 앞에 한 사내가 뒷짐을 지고 고개를 돌리고 서 있었다.

"웨… 웬 놈인데 남의 볼일 보는 것까지 방해하느냐?"

"나다. 그사이에 내 목소리까지 잊었느냐?"

"나라니? 이름을 대! 나가 한두 명이냐?"

"쯧쯧! 내 목소리를 벌써 잊어먹다니, 그런 너에게서 무당에 합격하는 똑똑한 아들이 나오다니 불가사의하구나."

그러면서 흑의인이 고개를 돌렸다.

"헉! 대법왕님 아니십니까?"

"산채에 가 있을 테니 느긋하게 볼일 보고 오너라."

"예예! 먼저 가 계십시오. 소인 신속히 볼일을 마치고 달려가겠습니다."

동천몽은 천천히 산채로 걸어갔다. 부시의 부하들이 양지녘에 앉아 웃통을 벗고 이를 잡고 있었다.

"조황이 좋은가 보구나."

모두들 고개를 돌렸다가 동천몽을 발견하곤 후닥닥 그 자리에서 무릎을 꿇었다.

"대… 대법왕님!"

"아이고!"

동천몽이 웃으며 말했다.

"일어나 편히들 앉거라."

"아… 아닙니다. 이상하게 소인들은 무릎을 꿇는 게 좋습니다."

"그렇습니다. 우린 이대로가 행복합니다."

"명령이니라. 일어나 편히 앉거라."

동천몽이 목에 힘을 주었다.

그러자 산적들이 일제히 옷을 입고 편히 앉았다.

그때 부시가 볼일을 보고 달려왔다.

"부시가 대법왕님을 뵙습니다. 절 받으십시오."

그러면서 말릴 틈도 없이 동천몽에게 큰절을 했다.

절을 한 부시가 잽싸게 부하들 옆으로 가 나란히 앉았다. 마치 큰스님의 말씀을 듣기 위해 숨죽이고 열을 맞춰 앉은 신도들 같았다.

"너무들 말랐구나. 장사가 그렇게 잘 안 되느냐?"

부시가 조심스럽게 말했다.

"솔직히 잘 안 됩니다. 지나가는 것들이라는 게 모두 영세민

이어서 뺏을 수가 없었습니다."

"헛헛! 넌 내가 아는 부시와는 전혀 다르구나. 내가 아는 부시는 영세민이고 뭐고 무조건 빼앗고 보았는데, 아무튼 산적질을 해도 기본 양심은 지킨다니 눈은 감아주마. 자, 일단 배를 채우러 가자."

"저… 정말이십니까?"

"정말 밥을 사주신단 말씀입니까?"

"그래, 그러니 따라들 오너라."

산적들의 얼굴에 미소가 떠올랐다.

동천몽은 산을 내려가 곧바로 객점을 찾아 들어갔다. 뗏국물이 쫠쫠 흐르는 산적들이 들어가자 점소이가 대번에 인상을 썼다.

"잠깐! 이분은 들어가시고 여기서부터 정지."

점소이가 동천몽은 통과시키고 부시 앞을 막아섰다. 점소이가 위아래를 훑어보더니 인상을 썼다.

"당신들 개방 거지들이지? 당장 꺼져. 여기가 거지들 집합소인 줄 알아!"

부시가 눈을 부라렸다.

"어딜 봐서 우리가 거지로 보이느냐. 나 부시야, 임마. 부시도 몰라."

"부… 부시?"

점소이가 눈을 찢어져라 뜨더니 순식간에 허릴 숙였다.

"주… 죽여주십시오. 소인이 나이를 먹다 보니 이제 부시님의 얼굴도 잊었습니다. 어서 들어가십시오."

"나 비위 건들면 알지?"

"물론입죠."

일행이 자리를 잡고 앉아 주문을 했다.

"마음껏 시키거라. 얼마든지 먹고 싶은 것 마음대로."

산적들의 입이 찢어졌다.

"족우탕 주게."

"나도 족우탕."

부하들이 하나같이 모두 족우탕을 시켰다.

부시가 헛기침을 하더니 말했다.

"난 우리 서장 족우탕으로 주게. 중원 것 말고."

"우리도 서장 것일세. 중원 것 말고."

점소이가 굽실거렸다.

"역시 모두 족우탕을 드실 줄 아는군요. 한데 저분께서는?"

동천몽을 가리켰다.

"난 채약탕으로 주게."

"요즘 있는 분들은 약초와 채소로 만들어진 채약탕을 드시죠. 알겠습니다."

점소이가 물러나자 부하들이 부시를 향해 물었다.

"두목님, 진짜로 중원 족우탕을 먹으면 병 걸립니까?"

부시가 버럭 소릴 질렀다.

"어떤 호로 상놈의 새끼가 그런 말을 해. 중원 것이 좋으니까 해동국에서 미친 듯이 사가지."

"그런데 왜 두목님께서는 서장 것으로 드십니까?"

"그… 그냥! 오늘 날씨가 좋잖아. 난 날씨가 좋을 때는 마구 서장 족우탕이 먹고 싶어진다."

잠시 후 음식이 나왔고 산적들은 미친 듯이 먹기 시작했다.

미친 듯이 먹는 산적들을 보며 동천몽이 조용히 한숨을 내쉬었다.

"그런데 어인 연락도 없이 소인들의 산채를 찾아오셨습니까?"

어느 정도 배가 찬 듯 부시가 물었다.

동천몽이 말했다.

"여기서 멀지 않은 곳에서 아랫사람이 실종되었느니라. 그래서 조사차 지나가다 들렀구나."

일행이 식사를 끝내고 모두 배가 부른 듯 만족스런 표정을 지으며 동천몽을 존경의 시선으로 쳐다보았다.

모두가 동천몽을 따라가겠다고 했다. 굳이 밥값을 하겠다는 행동들이었으므로 동천몽은 말리지 않았다.

넓은 개활지에는 단 한 구의 시신도 없었다. 짐승들이 뜯어먹었다기보다는 생존했던 동료들이 모두 묻어주었을 것이다. 상당한 시간이 지났지만 당시의 처절했던 현장을 보여주기라도 하듯 아직까지도 여기저기 커다란 구덩이가 만들어져 있었고 마른 핏자국이 있었다.

부시와 부하들은 사방으로 퍼져 수색을 했다. 결코 혈부림 무사들이 묻어주는 따위의 일은 하지 않았을 것이다. 그렇다면 짐승들이 먹어치웠을 가능성이 큰데 뼛조각 하나도 발견되지 않았다.

반경 오 리를 이 잡듯 뒤졌지만 일목의 시신이나 소지품으로 추정되는 물건은 보이지 않았다.

"죽지 않은 것 아닐까요? 외형상으로는 생존 확률이 전무하지만 사람 일이란 모르잖습니까?"

동천몽을 위로한답시고 부시는 나름대로 긍정적인 말을 해댔다. 하지만 동천몽은 별다른 반응을 보이지 않았다.

"수고들 했느니라. 너희들은 그만 가보거라."

동천몽의 말에 부시와 부하들의 얼굴에 아쉬움과 섭섭함이 묻어났다. 머뭇거리며 누구도 떠날 기색을 보이지 않았고 문득 부시가 한 걸음 나섰다.

"존경하는 대법왕님, 소인 부시가 한 말씀 올려도 되겠습니까?"

양손을 가지런히 맞잡고 엄숙하게 말했으므로 동천몽은 그렇게 하라고 고개를 끄덕였다.

"저희는 산적입니다. 비록 가난한 사람들은 통과시켜 주었지만 어쨌든 산적은 나쁩니다. 그래서 대법왕님께 한 가지 부탁을 드리고자 합니다."

"말해보거라."

"산적질도 이제 신물납니다. 남은 인생이라고까지 할 것은 없지만 앞으로는 착한 일을 하며 살고 싶습니다. 소인들을 어떻게 거두어주시면 안 되겠습니까?"

동천몽이 눈살을 찌푸렸다.

"모두 머리 깎고 중이 되겠단 말이냐?"

"모… 못 될 것도 없지요."

"소인은 자신있습니다."

"소인의 조상들 중 중이 된 사람들도 많습니다."

여기저기서 부하들이 한마디씩 내뱉었다.

부시가 진지한 표정으로 말했다.

"거두어주십시오. 제발 중이 되어 착한 일을 하다 죽게 해주십시오."

"착한 일을 하다 죽게 해주십시오."

부하들이 일제히 무릎을 꿇었다.

동천몽이 그런 부시 일행을 보며 말했다.

"중 노릇은 아무나 하는 게 아니니라. 고기도 먹지 못하고 술은 더더욱 마실 수 없으며, 날마다 공부도 해야 하고, 아무튼 피곤하다."

"괜찮습니다."

"절간 생활도 세속과 다르지 않아 처음에는 온갖 잡일을 도맡아서 해야 한다. 밥도 하고 나무도 하고 하루도 허리 펼 날이 없지."

"괜찮습니다!"

"부시."

부시가 고개를 쳐들었다.

"하명하십시오."

"넌 자식이 있지 않느냐? 절간 생활을 하면 자식과 인연을 끊다시피 해야 하는데, 가능하겠느냐?"

"어차피 그놈 또한 무당에 들어갔으니 평생 도사로 살다 죽을 테고, 아비 또한 중이 되었다고 해서 지놈이 기분 나빠하지는 않을 것이며, 서로 서운할 일은 더욱 없을 것입니다."

동천몽이 의외로 의지가 굳건한 부시 일행을 보며 조용히 말했다.

"그럼 이렇게 하자꾸나. 곧바로 머리를 깎는 것보다는 본 궁의 제자들을 따라다녀 보거라. 그 이후에도 마음이 변하지 않으면 받아주겠노라."

"감사합니다!"

"당장 중원으로 가거라. 항주에서 멀지 않은 곳에 소월당이라는 곳이 있는데, 내가 보내서 왔다고 하면 받아줄 것이니라. 종이 갖고 있는 사람 있느냐?"

부시의 부하 한 명이 구겨진 종이를 품에서 꺼냈다.

"나무뿌리를 먹기 때문에 때와 장소를 가리지 않고 뒤가 흐르는 통에 준비해서 다니지요."

동천몽은 글씨를 쓸 만한 풀을 꺾어 종이에 몇 자 적어 부시에게 다시 주었다.

"이걸 보여주거라."

부시가 종이를 받아 품속에 집어넣었다.

일행은 동천몽에게 큰절을 하고 떠나갔다. 동천몽은 의기양양한 표정으로 떠나가는 부시 일행을 한참 동안 쳐다보다가 몸을 돌렸다.

"우리가 금황동어를 잡다니, 도저히 믿어지지가 않습니다."

두 사람이 개천을 따라 내려오고 있었는데, 잡은 고기를 담은 통과 그물을 어깨에 메고 있었다. 고기를 잡아오는 것이 틀림없었다.

두 사람은 부자지간으로 보였는데, 아주 귀한 고기를 잡은 듯 자꾸 통을 들여다보았다.

동천몽이 두 사람을 향해 다가갔다.

낯선 사람이 다가오자 두 부자는 경계의 표정을 감추지 않았다. 동천몽은 잔뜩 굳어 있는 두 사람을 향해 점잖은 목소리로 물었다.

"말 좀 묻겠소이다. 두 분께서는 이 근처에 사시오?"

"그렇소이다. 우린 저 아래 매향촌에 사오이다만 왜 그러시오?"

"이곳에서 자주 고기를 잡으시오?"

아버지로 보이는 노인이 힐끔 자신들이 고기를 잡았던 위쪽을 쳐다보며 말했다.

"이곳은 개울이지만 의외로 고기가 많소이다. 그래서 사흘에 한 번 꼴로 고기를 잡으러 나오지요. 꽤 쏠쏠하오이다."

사흘에 한 번 꼴로 고기를 잡으러 여길 지난다면 당시의 싸움에 대해 뭔가 알지도 몰랐다.

"얼마 전 이곳에서 큰 싸움이 벌어졌는데, 혹시 알고 있소?"

"알고말고요. 말도 마시오. 시신이 어찌나 많이 널렸던지 기절할 뻔했소이다. 시체는 동료로 보이는 사람들이 치웠소이다만 피 냄새는 아직도 나는 것 같소."

생각만 해도 소름이 끼친다는 듯 몸을 가볍게 떨었다.

동천몽이 주머니에 손을 집어넣어 종이 한 장을 꺼냈다. 종이는 접혀져 있었는데, 동천몽은 망설였다. 가능성이라고는 전혀 없는 일이었다. 하지만 추적하는 데까지는 하고 싶었다. 일목은 자신을 살렸다. 죽었다면 시신이라도 찾아 배교의 성지 대설산에 묻어주고 싶었다.

"이런 사람 보지 못했소? 시체라도 좋소."

그려두었던 일목의 초상화를 보여주었다.

"으헛!"

"꺅!"

예상대로 두 부자는 기겁했다. 생긴 것도 험상궂은 데다 눈이 하나뿐인 것에 무척 놀란 것 같았다.

"사… 사람이오?"

"물론입니다. 혹시 못 보셨습니까?"

노인이 고개를 갸웃했다.

"워낙 생긴 것이 특이해 한 번이라도 봤으면 기억이 날 텐데 전혀 떠오르는 것이 없는 것을 보면 보지 못한 듯싶소."

"잠깐!"

그때 연신 눈알을 굴리던 아들이 고개를 번쩍 들었다.

"전 본 것 같아요. 물론 초상화 속의 사람인지는 잘 모르겠지만 눈이 한 개인 것만은 분명해요."

동천몽의 눈이 빛났다.

"어디서 봤소?"

"용사교 아래서요."

"용사교?"

동천몽이 묻자 노인이 대답했다.

"우리 마을과 방곡(邦曲) 마을 사이에 용사교라는 다리가 있소이다. 전설에 의하면 옛날에 용이 다리 아래 살면서 통행세를 주는 사람은 잡아먹지 않고, 그냥 지나가면 잡아먹었다고 하여 용사교라고 부르오. 그런데 언젠가부터 그 용사교 아래에 다시 용이 나타났다는 말이 돌고 있소이다."

"아버지, 그 용이 지금 이분이 찾고 있는 그 사람 같아요. 눈이 하나뿐이어서 용사교를 건너는 사람마다 지레 겁을 먹고 은자를 한 닢씩 던집니다. 나도 얼마 전에 우연히 봤는데 정말 무섭게 생겼더군요. 진짜 용 같았어요. 하나뿐인 눈에서 시뻘건 빛이 쏟아지는데, 아이구야!"

아들이 고개를 절레절레 흔들었다.

"용사교는 어디로 가야 하오?"

"이 개천을 따라 계속 내려가면 나오이다."

"고맙소이다."

동천몽은 가볍게 포권을 해 보이고 몸을 돌렸다.

살아 있을 가능성은 전무하지만 사람 일은 모른다. 더구나 눈이 하나뿐이고 아주 흉악한 생김새라고 했으므로 가능성이 전혀 없는 것은 아니었다. 자신이 봐도 일목은 천하에서 가장 공포스럽게 생겼다고 해도 과언이 아니었다.

울던 아이가 일목을 보고 나서 울음을 뚝 그친 것을 한두 번 본 것도 아니었다.

쉬이!

빠르게 몸을 날렸다. 백여 장을 내려가자 물길이 넓어져 둑으로 올라섰다. 둑은 곧잘 사람들이 다니는 도로였는데 제법 넓었고 잘 닦여져 있었다.

동천몽의 신형은 흐르듯 날아갔다. 주위 풍광이 전광석화와도 같이 뒤로 후퇴를 거듭했고 차 한 잔 마실 시간쯤 되자 강줄기가 좌측으로 휘어지면서 한 개의 다리가 나타났다.

동천몽은 눈앞의 다리가 용사교라는 것을 알아보았다. 용사교 좌우로는 갈대가 무수히 자라고 있었고, 물은 한가운데로 흘렀다. 동천몽이 용사교를 건너려고 할 때, 다리 아래서 갑자기 으스스한 음성이 흘러나왔다.

"그냥 가면 안 되지."

멈칫!

동천몽이 걸음을 세웠다.

"촌스럽게 왜이래? 어제오늘 일도 아니면서. 빨리 넣어."

동천몽이 주위를 휘둘러보자 용사교 난간 쪽 바닥에 구멍이 뚫려 있었는데, 조그만 팻말에 전구(錢口)라는 글자가 쓰여 있었다.

그렸다고 할 만큼 악필이다.

"이 구멍으로 돈을 넣으란 말이오?"

"아, 이 자식. 너, 이 다리 처음 지나가?"

"그렇소!"

"저 구멍에 성의껏 넣고 가. 그럼 돼."

"얼마를 넣어야 지날 수 있소?"

"성의껏 넣으라고 했잖아. 물론 많이 넣으면 좋지."

"그냥 지나가면 안 돼오?"

"이런 개자식이, 본 어른신과 지금 장난치냐!"

다리 밑 갈대가 부스스 소리를 내며 좌우로 갈라지더니 둑과 다리가 맞닿은 언덕으로 한 거렁뱅이가 올라왔다. 다 떨어진 초립을 눌러쓴 거렁뱅이는 다리 위로 올라오자마자 동천몽을 노려보았다.

한 눈뿐이었는데 보통 사람이 봤다면 그 자리에서 기절을 하고도 남을 만큼 험상궂은 인상이었다.

움찔!

동천몽을 발견한 거렁뱅이가 놀라는 표정을 지었다. 동천몽을 이리저리 살피던 거렁뱅이가 돌연 떨리는 음성으로 말했다.

"대… 대법왕님?"

"네가 정녕 일목이란 말이냐?"

"대법왕님이 맞군요. 으아아아!"

일목이 그 자리에서 털썩 주저앉더니 대성통곡을 했다.

"크아아앙! 아이고! 크아아앙!"

마치 부모가 죽어 통곡하는 사람처럼 다리를 손바닥으로 내려치며 일목은 큰 소리로 울었다.

"이… 이게 꿈입니까, 생시입니까? 저 하늘의 해가 떠 있 걸 보니 꿈은 아닌 듯한데. 아미타불, 대법왕니임."

동천몽은 가만 내버려 두었다.

가슴에 쌓인 한이 많은 사람일수록 울음은 도움이 된다. 실컷 울고 나면 가슴에 맺힌 것이 어느 정도 뚫리는 것이다.

일목의 울음은 쉽게 끝나지 않았다. 무려 일다경 가까이 다리 바닥을 두드리며 울더니, 비칠거리며 일어나 말했다.

"저… 절 받으소서."

양손을 가지런히 모아 허리를 숙이던 일목이 퍽 소리를 내며 그대로 얼굴을 지면에 박으며 엎어졌다.

"일목아!"

동천몽이 벼락처럼 달려들어 부축했다.

전혀 예상하지 못했기 때문에 일목의 코에서 피가 흘렀다. 동천몽은 일목이 무공을 잃었음을 깨달았다. 안는 순간 이미 전신에서 기력이 하나도 느껴지지 않았던 것이다.

일목은 쌍코피를 흘리며 말했다.

"소… 송구하옵니다. 절을 올려야 하는데."

"받은 걸로 하겠다."

가까이서 본 일목은 정말 흉측했다. 얼굴은 수많은 흉터로 범벅이 되어 있었다. 옛날에는 못생기긴 했지만 흉터는 없었는데, 필시 그날 혈부림 무사들과 싸우며 생긴 흉터일 것이다.

『대법왕』 제5권에 계속…

절대천왕

장담 新무협 판타지 소설

하늘을 무너뜨릴 것이다!
그리고 내가 하늘이 될 것이다!

원한이 하늘에 뻗쳤으니,
그로 인한 분노가 천하를 피로 물들인다.
뉘 있어 그를 막을 수 있을 것인가!
여기! 젊은 절대자가 천하를 향해 발을 딛는다!
오라! 꿈이 있는 자여!

潛行武士

잠행무사

김문형 新무협 판타지 소설

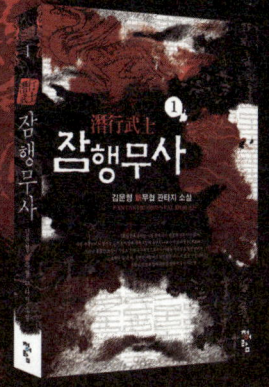

"흑랑성에 들어간 사람 중에
다시 강호에 나온 이는 없다."

서장 구륜사와의 결전을 승리로 이끌며 중원무림에
홀연히 나타난 문파 흑랑성(黑狼城).
그러나 흉흉한 소문이 사실로 드러나 무림맹으로부터
사파로 지목받고 멸문당한다.

그로부터 일 년 뒤.
강호의 은원을 정리하고 금분세수를 하려는 청위표국의 국주 송현은
마지막으로 무림맹의 의뢰를 받아들인다.
그것은 바로 금지 구역 흑랑성에 잠행하는 일.

송현은 무림에서 외면받는 무사 네 명을 선출하여
소림승 진광과 함께 흑랑성에 들어간다.
흑랑성의 비밀이 하나씩 드러나면서 밝혀지는 진실은
그들을 목숨을 건 사투로 끌어들여 가는데……

액션스릴러로 만나는 무협
잠행무사!

유행이 아닌 자유추구
WWW.chungeoram.com

Book Publishing CHUNGEORAM

무영무쌍

김수겸
新무협 판타지 소설

그림자도 찾기 힘들고[無影],
가히 대적할 자도 없다[無雙]!
강호의 절대고수 무영무쌍!

청설위국의 위사 진세인,
그를 찾아오는 수많은 사람들.
그를 원하는 수많은 세력들.

거대한 음모의 소용돌이 속에서
그는 그를 버렸던 용부를 지켰고,
그에게 검을 겨눴던 무림맹과 십만마교를 구해냈다.

모든 것을 가졌던 황제가 끝까지
갖지 못했던 단 한 사람!
위사 진세인과 동료들의
강호행이 시작된다!

유행이 아닌 자유추구 -
WWW.chungeoram.com
Book Publishing CHUNGEORAM